郊外の記憶

文学とともに東京の縁を歩く

鈴木智之
Suzuki Tomoyuki

青弓社

郊外の記憶——文学とともに東京の縁を歩く　目次

第2章　越境の場所——『犬婿入り』の「町」を歩く　63

第3章　「町田」と「まほろ」のあいだ——三浦しをん「まほろ駅前」シリーズの「町」を歩く　103

第4章　郊外のアースダイバー——長野まゆみ『野川』における自然史的時空間の発見　155

第5章　記憶の伝い——古井由吉『野川』、あるいは死者たちの来たる道　190

第6章　この平坦な町で大人になっていくということ　237
——北村薫「円紫さんと私」シリーズの「町」と「路」

装丁——神田昇和

まえがき

東京の郊外を舞台とする文学作品（小説）を読み解きながら、そのテクストを手がかりとして町（あるいは町外れ）を歩き、それぞれの地域での時間と空間の結び付きを再発見しようとする。以下に読まれるのは、そうした試みの記録である。

正直なところ、発想の枠組みとしてそれはものすごく斬新というわけではない。文学に描かれた場所を探訪する行為を文芸評論家・野田宇太郎が「文学散歩」と名づけて打ち出したのは、一九五〇年代のことである。(1) 近年それは「聖地巡礼」という言葉に引き継がれ、アニメの舞台や映画のロケ地を巡ることが、ファン文化の一形態として定着しつつある。また、何かしらの作品を媒介とするのではなく、町を歩くことによって土地の成り立ちや地域の来歴、あるいは都市の記憶を（再）発見しようとする営みも、しばらく前からさまざまに提唱され実践されている。そのなかには、地形の凹凸や段差に手がかりを見いだすもの、路地や暗渠などの都市空間内の（しばしば目につきにくい）細部をたどり直そうとするもの、廃墟や無用と化した建造物を探し歩くもの、道や鉄道に沿って移動していくものなど、各種の着眼点がある。こうした動きは八〇年代にはすでに始まっていたものだが、現在にいたるまで継続し、「町歩き」は一過性のブームの域を超えて、一時代の文化になりつつあるようにみえる。本書もまた、こうした潮流のなかから生まれた一作品にほかならない。

しかし、なぜこうした動きがみられるのか。それ自体が興味深い現象だが、まずはごく素朴に、人々の行為がどのように動機づけられているのかを考えてみると、そこに二つの側面があるように思われる。

一つには、自分が生きている地域、とりわけ都市の時空間と自己の生活のつながりを実感しづらい状況があって、自分がどこにいるのか、どんな歴史性のなかに身を置き、何を引き継ぎながら、どの方角を向いて生きているのかがわかりにくくなっているということ。そのような意味での居場所の喪失感が緩やかに共有され、それを補塡するかのように、見えにくくなった過去を探り当て、呼び戻し、ほころびを繕おうとする、そんな心持ちがはたらいているのではないだろうか。しかしそれは、失われたものを回復しようとするだけの振る舞いではない。そこには、自分が見慣れてきた（と思っている）場所を別様に捉え返し、空間との新しい関係を切り開こうとする、いわば刷新や創造の感覚が伴っている。生活空間というものは、一定の利便性をもって準備されていればそれでよいわけではなく、人々が自らの身体をもって参入していくとき、何らかの可能性をもって開けていく空間であるほうが望ましい（楽しい）。そのようにして新たな相貌に出合うことによって、その土地は生き生きとした活動の場所になっていく。町歩きを促す多様な仕掛けはいずれも、都市空間をこれまでとは違う視点から見いだす――その意味で「再発見」する――ことを可能にするものとして提案されている。

回復と創出。その二つの試みを同時に促すような条件が、いま、地域空間・都市空間と私たちのあいだにある、ということである。

例えば文学研究者・日高昭二は、利根川に関わる紀行文や文学作品を渉猟し、自らもまた流域を歩き回って土地の「記憶」を再構成している。その著書『利根川』で、彼は次のように述べる。

> われわれにとっての二十世紀は、場所からの切断と、空間移動の自由とを享受してきた歴史とも言えよう。しかし現在われわれにとっての場所とは、生活感覚を復元する意義にとどまらず、生態や地域という言葉とも結びつき、そこでこそ得られる知見をあるべき「場所」の感覚としはじめているようにも思われる。(2)

概観すれば確かに、二十世紀とは（近代とは、というべきか）、多くの人々が土地のしがらみから解放され、一生のあいだに何度もの空間的移動を経験するようになった時代であり、同時に、新たに建設され続ける空間、とりわけ都市空間が、その土地の来歴や過去の生活の形を切り捨てて、時代ごとの合理性に従って再編されていく時代でもあった。そのなかで、人々は「場所」の感覚を失い、生態との結び付きもまた生活の実感としては成り立ちがたくなってきた。

だからこそいま、私たちは「場所の記憶」の回復を希求している。日高は次のようにいう。

現在、われわれの生活空間はいよいよ抽象化され、またいずこも同じという情報的な画一化がすすむなかで、「場所」の記憶は逆に人々の暮らしの姿を、そこでの匂いや声や音などを交えた風景とともに取り戻す再生的な機能を仮託されているようにも思われる。(3)

しかし、「再生」とは単にかつてあったものの再現だけではなく、場所に対する新たな関係の構築でもある。日高のこの著作が鮮やかな印象を残すのは、利根川という河川が作り出してきたひとつながりの場所のイメージを、現代人の空間知覚の枠組みに抗して呼び起こしていることにある。「江戸の始めから、明治・大正・昭和へとつづく河川改修工事の歴史とともに流れる利根川には当然、さまざまな場所の記憶というべきものが刻まれている」「川は、洪水と利水の両面を抱えつつ(略)この国の交通と産業とを導いていた」(4)。このように、水の流れに沿って営んできた人々の活動が一つのエリアを形作り、そこに固有の色彩、風合いを与えてきた。しかし、社会活動が水運への依存を低くし、移動の経路を別様に構築するようになっていくと、人々は急速にその輪郭を見失ってしまう。文学テクストを媒介にして日高が呼び起こしていく風景は、その空間を「流域」として私たちの前に現出させる。その再発見とともに、私たちはその空間に対する新たなまなざしを獲得することができるのである。

こうした関係の結び直しのためには、どうしても歩くことが必要である。歩行は、空間をそのつど行為の文脈として編成し、身体的な参入の場所に変え、意味に満ちた世界として現出させる。レベッカ・ソルニットが『ウォークス』で示したように、歩くことは「精神と肉体と世界が対話をはじめ[5]」ることを可能にする。歩きながら見る。あるいは、見るために歩く。それを通じてはじめて空間は実践の場所になり、ときに新たな相貌を見せる。こうした風景の刷新を促してくれる媒体として、例えば小説のテクストが機能しうる。読んでは歩き、歩いてはまた読む。その繰り返しによって、それぞれの土地に潜在していた時空間に触れることが可能になる。

私たちもまた先行する一連の企てに追随して、文学作品を媒体にしながら、郊外の記憶の再発見を試みる。その手がかりがなぜ「文学」なのかについては、本書のなかで多少の理論的な考察を示そう。ではなぜ、その舞台が「郊外」なのか。

ソルニットはその著書で、郊外化が「歩行の文化」に否定的な影響を及ぼしてきたと論じている。都市圏の拡大は、歩いて移動することができる範囲に豊かな文化を含み込んでいた街――徒歩都市《ウォーキング・シティー》――を解体し、それぞれの要素を広域に分離してしまった。働く場所と住む場所が遠く隔たり、一日のうちのかなりの時間を車やそのほかの交通機関による移動に費やすようになる。郊外住宅地は「自動車のスケールで構築され、生身の人間の身体では対処できないレベルで拡散している[6]」。こうして郊外化は、「徒歩を移動手段として用をなさないものにした[7]」のである。それは、歩くことによって養われてきた世界との遭遇の可能性を大きくすり減らすことになった。ソルニットがアメリカについて語ったこの事情は、程度の差こそあれ、日本にもあてはまる。郊外の、例えば国道沿いを歩いてみればすぐに感じられることだが、しばしばその「道」は歩行者のために作られていない。人がその足を動かして世界に参入していくことを、むしろ拒むかのように歩きにくい空間が続いている。しかし、だからこそいま、「歩くこと」が、この空間の貧困化に抗する一つの実践、ソルニットに言わせれば「対抗文化《カウンターカルチャー》」の一翼を担いうる。「歩くことは、こうした内面や身体性や風景や都市の豊かさが失われてゆくことに抵抗するための防波堤を維持するひとつの手段[8]」なのである。

それほど大げさな言葉で語らなくてもいいのかもしれない。しかし少なくとも、歩くことを通じて私たちは、郊外の空間のなかにあってあまり言葉にされてこなかった要素に触れ、これに目を配ることができるように思われる。それは、歩行者を拒絶するかのようなこのエリアでこそ、右に述べた意味での二重の動機づけが、独特の強度をもって立ち上がってくるということである。もちろん、土地の来歴とのつながりを回復したいという欲求や、自分が生きている空間を別様のまなざしで捉え返したいという欲求はどんな場所にも生まれうる。しかし郊外では、時空間の結び付きが、都市の中心部とも伝統色が濃い地域社会とも異なるものとして準備されていて、その再生と創出の可動域がより広く準備されているのではないだろうか。それは、客観的な意味で、郊外に豊かな過去の遺産が眠っているということではない。むしろ、住人と地域との関係のありようが、その潜在性を生み出しているように思えるのである。

郊外の住人の多くは新参の流入者である。人生のある時点で、その地域に住宅を見いだし、移ってきた人々が住む地域。もちろんその土地には、自分たちがやってくる前から生活を続けてきた人々があり、伝統や歴史のうえに現在の町が形作られている。しかし、郊外に住宅を入手する人々が、「土地の記憶」とのつながりを求めてくるのはかなりまれなことだろう。伝統や歴史は、新たに流れきた者たち（私たち）の目には見えない場所にあり、めったに聞き取られることがない物語として潜在している。だから、住人のほとんどは過去とのつながりをもたない。その意味で、住人でありながら、その土地への「根差し」は浅い。その点は、たとえ親や祖父母の時代からそこに住んでいて、郊外に生まれ育った世代であっても、大きく変わるものではない。

しかし、この関係の希薄さは、翻せば可能性の源泉である。特に何もないと思っていた場所にも、歩き回って目を凝らしてみると、時間と空間の結び付きを感じさせるさまざまなアイテムやスポットを見いだすことができる。それは、地形だったり、残存物だったり、固有の生活様式だったり、歴史上の出来事だったりする。その一つひとつは、華やかな外観をもたないかもしれないし、意味不明な痕跡として打ち捨てられているかもしれない。それでも、立ち止まって目をとめると、その場所に固有の時間が立ち現れる。その時間の痕跡に「触れる」ことを通して、ほんの少しだが、その土地と自分との関係が変化する。

本書が提示するのは、文学とともに東京の縁を歩くという、このささやかな記憶実践の記録である。「文学社会学」という境界的な研究領域の、さらにまた周辺的な試みの一つとして受け止めていただければありがたい。しかし、社会学としての可能性うんぬんよりもまず、虚構の物語と地域空間を接続してみるというこの遊びがさまざまな発見に満ちているということ、そして、自分がこの場所に生きていくうえでそれが心の糧になりうるということ、その楽しさを読者に感じていただければ、と願っている。

注

（1）渡辺裕『まちあるき文化考――交叉する〈都市〉と〈物語〉』春秋社、二〇一九年

（2）日高昭二『利根川――場所の記憶』翰林書房、二〇二〇年、一二ページ

（3）同書一〇ページ

（4）同書一〇ページ

（5）Rebecca Solnit, *Wanderlust: A History of Walking*, Penguin Books, 2001.（レベッカ・ソルニット『ウォークス――歩くことの精神史』東辻賢治郎訳、左右社、二〇一七年、一四ページ）

（6）同書四二五ページ

（7）同書四三五ページ

（8）同書二四ページ

序章　土地の記憶と物語の力

――「郊外」の文学社会学のために

「怖いものなんかあるのか」
「あるよ。記憶」

三浦しをん『まほろ駅前狂騒曲』[1]

1　時空間の形象としての小説

小説は、物語の叙述を通じて、時間と空間の交わりを形象化する。したがって、そのテクストの読解は、時間軸上に展開される出来事がどのように空間的に体現されるのか、また、空間的現実がどのように時の流れを呼び込み、その様相に応じて構成されていくのかを読み取っていく作業になる。周知のように、こうした視点を提起したのは、ソビエト連邦（当時）の文学理論家ミハイル・バフチンである。

『小説における時間と時空間の諸形式』でバフチンは、文学、とりわけ小説のなかの「時間的関係と空間的関係との本質的な相互連関」[2]を「クロノトポス」と呼び、作品の構成の根幹に関わる時間と空間の相互連関を把握することを、分析的読解の焦点に置いた。

文学における時空間《クロノトポス》の場合、空間的特徴と時間的特徴とは、意味を付与された具体的な全体のなかで融合する。時間は、凝縮されて密になり、芸術化され可視的になる。空間も、集約されて、時間・話の筋・歴史の展開のなかに引き込まれる。時間的特徴が、空間のなかでみずからを開示し、空間は、時間によって意味づけられ計測される。文学における時空間《クロノトポス》を特徴づけるのは、両種の系列のこうした交差、双方の特徴のこうした融合である。(3)

この一文でも強調しているように、小説世界のなかの「時間と空間の結び付き」は、常に「具体的な全体のなか」に示されるものであり、空間的配置から遊離した時間的リアリティーが自律的に存在するわけではない。基本的に小説とは、物語的な時間のつながりのなかで出来事や経験を語るものであり、その筋は具体的な空間のなかで展開される。そこに、空間が時間的に意味づけられ、時間が空間のなかで可視化するという関係が生まれる。この不可分な二者の関係を読み解いていくことで、小説がどのように「歴史的現実」を認識しているのかを明らかにできるのである。

そのうえでバフチンは、小説作品のなかにはしばしば、時間と空間の交差が反復的に現れる特権的な場所があるという。そして、小説のなかで重要な役割を果たすこの特別な場所を指して、クロノトポスという言葉を使うこともある(例えば、スタンダールやオノレ・ド・バルザックの〈客間・サロン〉、十八世紀のイギリス小説の〈城〉など)。これを本書では〈クロノトポス〉と表記することにしよう。〈クロノトポス〉は、物語のなかに反復的に現れ、筋書きの転換を生み出す主要場面が演じられ、物語の節目がそこで結ばれたり解かれたりする場所である。したがってそこには、きわめて具象的に物語内容の核心が指し示され、時間軸上に展開された出来事の意味が空間内に凝縮される。作品のなかで〈クロノトポス〉が果たしている役割を解析していくことによって、物語全体の構造を把握するとともに、その作品が表象しようとする歴史的世界の構造を明らかにしうる。これが、『小説における時間と時空間の諸形式』に示されたバフチンの視点だった。

この考え方をベースに置いて、以下では、現代の日本文学のなかの「空間と時間」「場所と物語」の関連を読み取っていく。その際、特に「郊外」と呼ばれる地域の表象に照準を合わせることにする。

なぜ郊外なのか。それは、この都市周辺に形成される社会空間で、そこに生きる人々が、時間的な現実との結び付きを明確に捉え損なっているように思えるからである。どのような空間に置かれていようと、人は「時」の流れのなかで構成されていく現実を生きている。しかし、現代では、目前の空間的現実との関わりのなかで、自分（たち）が生きている世界の来歴（物語性）を把握しにくくなっている。「時と場所との交わり（クロノトポス）」が、日々の生活のなかで実感しづらくなり、過去とのつながりのなかで現在を生きることが困難になっているようにみえるのである。

この状況に対して、文学、とりわけ小説は固有の嗅覚をもって分け入り、その曖昧な時空間を生きる人々の世界に物語的な形象を与えようとする。その形象化の作業に内在する「現実感覚」を抽出することによって、いま私たちが生きている郊外的世界の構造を浮かび上がらせることができるのではないか。ここに、以下の考察を導く視点がある。

このとき、小説のテクストのなかに「郊外のクロノトポス」を読み解いていく作業は、単純に文学作品に対する認識を深め、そこに構成された歴史的現実についての表象を再確認するだけのものには終わらない。この分析的読解は、私たちの現実の郊外空間に対する感覚を変容させ、その歴史性に対する認識を更新することにも寄与するはずである。文学的想像力は、単純に人々が抱いている認識を反復し、これを形象化するだけではなく、人々の目にはまだ明晰な像を結んでいない「潜在化した現実」、人々の意識の周辺に埋もれている「可能性としての現実」に形を与えようとする。この想像的な認識の枠組みを掘り起こし、その視点を借り受けながら現実を見直すことによって、私たちはこの世界との関係の結び方を少しずつずらしていくことができる。その意味で、以下の読解には、私たちがこの曖昧な郊外空間との関係を結び直すための作業という意味もある。
では、この二面的作業は、実質的にどのようにして可能になるだろうか。

2 見えない者がここにいるということ

文学作品の読解・分析を試みる際に、筆者は可能なかぎり、その舞台やモデルになった場所を訪ねて歩いてみることにしている。もちろん、どれほど写実主義的な作品であっても、テクストは自立的な意味世界を構成するものであるから、舞台になる土地についての認識がそのまま作品の理解に直結するわけではない。しかし、かつて前田愛が精緻に論じたように、テクスト空間は外部に位置する現実空間の「写像」として、何らかの関数式に従ってこれを変換しながら成り立つのであり、外部空間の様相を体験しておくことは作品の読解に何らかの――通常は「理解の深まり」と呼ぶことができるような――変化をもたらす。(4)

このとき、変化していくのは、テクストに対する関係だけではない。文学作品の舞台としてその空間を体験することによって、場所のイメージが一新されることがしばしばある。例えば、そうでなければ見過ごしてしまうだろう広場や空き地が、物語のなかで重要な出来事が生じた地点であることがわかると、何でもないようなその空間が輝きを放ち、ある種の聖性を帯びて立ち現れるようにもなる。物語のテクストを介在させることで、土地と人間の関係は確かに変容する。そうであるならば、この二重の変容過程――場所の体験を介してテクストの読み方が変わること／テクストの読解を介して場所との関係が変わること――を主題化するところから、空間の文学社会学とでもいうべき研究実践――実践的探究――を立ち上げることができるだろう。

このとき、場所（空間）と文学（物語）のあいだに、もう一つの媒介項を挟むことができる。それは「土地の記憶」である。物語とは、それ自体が人間の時間的な経験を形象化する一つの様式であり、したがって特定の場所を舞台に物語が語られると、その空間に時間軸上のつながりをもった行為（筋）が呼び込まれることになる。このとき、テクストはしばしば、土地に宿る記憶を呼び起こそうとする。そこに「かつてあったこと」を想起し、これを語りのなかに呼び込むことで、その時点で生起する出来事（現在時における物語）が、一個人に体験できる時空の広がりを超えて、もっと大きな集合的記憶の流れのなかに挿入される。これによって、（ある一時点の知覚対象としてしか現れることがない）物質的環境が歴史性を帯びた場になる。物語が土地の記憶の憑代《よりしろ》になることによって、空間は、それ自体のうちに重層的な時間をはらんだ生成の場へと変貌していくのである。

では、実際に物語のテクストは、人間が記憶を介して（時間的リアリティーとして）空間へと関わる様式にどのように関与するのか。この問いを挿入することによって、場所と文学の社会学的関係を問う視点を、もう一歩絞り込むことができるだろう。

ここで、呼び起こしておきたい一つのエピソードがある。以前にほかの論考(5)でも言及した逸話だが、文脈を変えて、再度そこから考えを進めてみたい。

以前、東京の郊外に立地するある私立大学に勤めていた頃、私のゼミに「霊感」が強いという一人の女子学生が在籍していた。彼女の目にはいたるところに「霊的」な存在が見えているらしく、研究室で話をしているときにも、「いま先生のすぐ後ろにもいますよ。うん、でもあんまり危険そうな感じではないので、大丈夫だと思います」という感じの言葉が、ごく自然に出てくるのだった。

私（たち）は、彼女の話を聞くのが好きだった。例えば、その大学の所在地には、昔、処刑場と墓地があったと伝わっているのだが、彼女によれば、そのキャンパスには本当にたくさんの者が出没するのだという。音楽サークルのメンバーだった彼女が教室でギターの練習をしていると、その後ろの机の上を駆け抜けていくやつがいるとか、「スポット」として名高い近くの土手に行くと、その両側から這い上がってくる兵士の姿が見えるとか。私たちはそういう話を聞いて、自分には何も見えないことに安堵したり、それを悔しがったりしながら、しばしば時を過ごした。

振り返ってみると、彼女の話は「土地の記憶」を呼び起こす物語だった。かつてその場所で無念の死を遂げた者たちの「魂」の徘徊が、彼女の目を通して私たちの前に浮かび上がっていたのである。では、私たちは彼女の話をどこまで信じていたのだろうか。そこに語られていたこと／語られていた者たちが、（その存在論的地位で）何か危ういものだと感じていたことは事実である。しかし、彼女の語りの誠実性を疑っていたわけではない。彼女の目には見えている。それは確かなことだった。私たちの目には見えない者の存在を伝えること。それが、語り手としての彼女の役割だった。

文学者もしばしば同じようなことをしているのではないだろうか。その場所に住まう見えない者たちの姿を、その土地に蓄えられた記憶を、誰かが「霊媒」として語らなければ誰の耳にも届かない声を、伝える。そういうものとして、作家や詩人は振る舞っている。

おそらくそれは、私たちの社会が――私たちが生きている「空間」が、というべきかもしれないが――実にたくさんのことを忘却しようとする、またはさせようとすることへの抗いである。その意味で、物語ること（文学するということ）は、一種の記憶実践なのである。

3　記憶喪失都市？

都市、あるいは郊外に暮らしていると、開発・再開発によって地域の様相が一変してしまうことがある。それは、景観や外観のなかに保存されている記憶を失うことでもある。

東京都心部の再開発はこの数年のあいだにも精力的に進められ（例えば、JR東京駅周辺とか六本木とか）、久しぶりに訪れてみると、昔はそれなりによく知っていたはずの街区がまるでなじみがない空間になっていることがある。単純に、店舗が入れ替わったとか建物が建て替わったというだけではすまない。しばしば、その街がもっていた雰囲気やにおいがごっそり奪われて、まるで別の場所になってしまったように感じる。(6)しかし、これはいまに始まったことではない。少なくとも戦後、とりわけ高度経済成長期からバブル経済の時代まで、東京は常に、場所としての同一性の感覚を破壊しながら、新しい装いの空間を創出し続けてきた。そのありようを「記憶喪失症の都市」と呼んだのは加藤周一である。

彼は、東京という都市を特徴づける六番目の項目として「変化の速度」(7)を挙げ、次のように言葉を続ける。

一年も東京を離れていれば、街の様子が大きく変わってしまうこともしばしば経験する。東京の変化が早いのは、経済的「ダイナミズム」と、個々の建築が周囲との美的調和という観点からはほとんど規制されないことに因る。東京は、過去にこだわらず、万事を更新する。もちろん、空気や水の汚染、下水やゴミ処理、住宅、交通などの諸問題は解決されなければならない。そのためには新しい計画や設備が必要である。古いものを壊して（都市が利用することのできる土地は、ほとんど常に限られている）、新しいものを建てなければ、その都会には「進歩」がない。その活力を東京がもっていることは、どれほど評価しても評価しすぎることはない。しかし、盾には常に両面がある。古いものを取り払って、新しいものを建てることに急な都会は、その個性（常に歴史と結びついたところの）を失う。その景観には持続性がなく、一世帯の記憶さえも結びつく場所がない。「昨日の空」は、もはや、この都会の上には拡がることができない。東京は記憶喪失症の都市である。(8)

加藤は、東京の街が常に新しい景観を生み出すような創造力を備えていることを必ずしも否定的に評価しているわけではない。しかし、「街の変わってゆく速度」が「ある限度を越えれば（略）市民の心理に、さらに進んでは文化の性質に、広くかつ深く影響を及ぼすに違いない」。したがって「心理的不安定や神経症の流行、進むことを知ってふり返ることを知らない文化の一種の浅薄さが、次第に著しく目立ってきても」「それは身から出た錆《さび》というものである」(9)というのである。

この批判的視点を引き継ぎながら、枝川公一は一九九〇年代の前半に、鈴木俊一都知事(当時)のもとで進められた再開発構想の進展によって、東京の街が場所としての同一性の感覚を急速に失いつつあることを指摘していた。


東京から、見慣れた街がどんどん消えている。しかもその消え方のスピードが速まっている。そのこと自体は成り行きであって、異を唱えるにはあたらない。しかし、その後に、どのような街が生みだされていくかが問題である。最近は、以前に同じ空間になにがあったのか、まるで不明になってしまった、新しい街が目につく。せっかく空間が貯めこんでいる記憶があるのに、一切を放擲して顧みないかのようである。東京の財産が、こうして浪費されている。(略)記憶の継承とは、別に史跡や遺物を保存することではない。そこにわだかまる無形の「気分」を伝えていくのである。(10)


これよりも早く、一九八四年に刊行された『都市の記憶』のなかで粉川哲夫は、やはり憎悪に近い感覚とともに、次々と外観を更新していく都市・東京に「呪詛の言葉」(11)を浴びせている。

遊歩する思想家・粉川は、街を歩くときには常に「うさんくささへの期待」があるという。しかし、東京の「街路は白っぽく小ぎれいになり、室内も、スーパーマーケットのように、さっと見わたせばその全体像の察しがつくほどに予定調和化してしまった。(略)街路と室内は、アルミ・サッシのガラス戸や自動ドアーで画然と仕切られて、そのダイナミックな相互関係を断たれてしまった結果、街路はただの通行の場として、室内は身体運動がより拘束された場として分断されることになった」(12)のである。

粉川は、文化的な混成のなかから立ち上る生活のにおいを消去して小ぎれいになっていく東京という都市を、「スリック・シティ」と形容する。「英語で〝あかぬけした都会人〟のことを slicker というようだが、slick には

〝けばけばしい〟とか〝ペラペラの〟、〝見かけだおしの〟という意味があり、スリック・シティとはまさしく東京の街路を表現するためにあるのではないかと思うのである」[13]。東京は、その住人たちに「均質的な画一の文化と生活を強制」する「一種の収容所」[14]と化している。そして、この都市に暮らすということは、常に「故郷」を奪われそこから追い立てられていくことに等しい。したがって、粉川に言わせれば、この街の住人は一種の「難民」[15]として生きているのである。

4　記憶なき場所としての郊外？

都市（都会）としての東京が次々と記憶を手放していくのだとすれば、その周縁に広がる郊外はどうだろうか。郊外は、都市の人口が居住地を拡張していくことによって生じた、都市と農村の境界的な性格を帯びた生活空間を指す。当然のことながら、郊外化が進む以前から、その土地にも人々の暮らしがあり、歴史があり、受け継がれてきた伝統や記憶がある。しかし、若林幹夫が論じたように、郊外に流入してきた新しい人口（郊外住宅地に暮らす雇用労働者世帯）は、労働の拠点を都心部に置いていることが多く、伝統的に維持されてきた地域の共同的生活とは濃密に関わろうとしない。その結果、「旧住民と新住民の間で、地域の記憶の分断と不連続が生じる」。そして、郊外開発が進んでいくと、「先行して存在してきた農村社会もまた、兼業化や自営業化、雇用労働者への転業等により変質・解体し、それと共に地域の記憶の媒体となってきた共同の作業や祭事なども衰退し、かつてあった集落や田畑、雑木林などの風景も失われてゆく[16]」。したがって、旧住民もまた、地域空間に埋め込まれていた記憶から切り離されていく傾向にある。

過去から現在へとつながる時間の断絶は、生活の形態と共同性の形成を支える空間の再編成によって加速していく。戦後日本の郊外住宅地の開発は、かつてそこにあった地域生活の空間を、その記憶ごと根こそぎ剝ぎ取っていくような暴力性をもって推し進められてきた。特に、大規模なニュータウン開発が進んだ場所に、近世以前からその土地に蓄えられてきた伝統や記憶の痕跡を見いだすことは容易ではない。そして「土地の歴史や記憶を想起し、読み取るための標識となる旧来の地名」もまた「〇〇が丘」や「△△台」等の、どのニュータウンでつけられてもいいような、交換可能でそれゆえ均質的な新たな町名によって置き換えられていったのである」[17]。若林は、ニュータウンにみられる「まるで模型のようなその景観デザインや紋切り型の可愛さの演出は、そもそも何の歴史的な記憶も伝統も文化ももたないがゆえに、そうした記号やイメージを欲望してやまない、郊外という場所と社会の根無し草性を示しているのではないだろうか[18]」と問いかけている。

　三浦展もまた、日本の諸地方の「ファスト風土化」を批判する文脈で、生活のなかから、その土地に固有の記憶が消失しつつあると論じる。彼は、食生活に供される商品がどのような地域でもすべて一律の味になっていることを指摘し、そのような画一化が生活の全領域に及ぶものであるという。

> 衣服も住居も街並みもそうである。その土地の自然や風土と無関係になっている。田圃の真ん中にアメリカ風やら地中海風やらの家が建つ。それはまったく風土と無関係だ。
>
> 　それは言い換えれば、生活のなかから生産、労働の要素がいっさい消えていくということだ。生活が単なる消費でしかなくなるということである。しかもその消費は、ますます全国一律、世界共通の均質なものになっている。地方だから地方固有の暮らしがあるというのは、まったくの幻想でしかない。日本昔話のような過去のものになっている。
>
> 　それは、地方が地方としての土地の固有の記憶を失っているということだ。ファスト風土とはまさに記憶喪失の風土なのである[19]。

こうした形で郊外化した地域は、都心以上に伝統の消失と記憶の希薄化が進んだ空間、その意味で「過去なき土地」とでもいうべき相貌を見せている。郊外という地域にある種の危うさを感受する人々は、その場所に集積されているべき記憶が欠落しているという認識を、基本的な前提としてもっているようにみえる。例えば、郊外を「住むことの思想」を奪われた空間と見なす小田光雄の次の評言にもうかがえるように。

> 町や村は生活すること、住むことにおいてほんとうに「人間の作った親しみやすい一つの思想だった」。しかし郊外とはなんだろうか。地方から追われ、都市に向かい、都市に住むことを拒絶された生活者たちの約束の地と化した郊外は、「ただの人間の聚落」に近い、いわば群衆の共同体のようにも思える。そしてこの群衆の共同体は同時に、ノマド的な消費者というプロレタリアートの共同体でもある。それに町や村が何百年単位の時間をかけて労働と生活の集積のうえに成立したのに比べて、郊外の出現はあまりに急激だった。郊外とはまぎれもなく「人間の作った最も親しみやすい一つの思想」ではない。郊外の誕生とは、その担い手が日本住宅公団、地方自治体、デベロッパー、住宅産業であることからわかるように、国家や資本の思想と論理によって計画されたものであるからだ。まず一九六〇年代には、団地を始まりとしてマイホームが出現する。七〇年代以後にはロードサイドビジネスがそのまわりを包囲していく。それは郊外の団地やマイホームと同様、大量生産、大量消費のシステムによって支えられた資本の論理であり、その店舗形式は背後に生活空間を抱えることのない、商品の場でしかない。住むことの思想が最初から捨象されているのである。[20]
>
> （傍点は引用者）

だが、郊外は土地の生活の記憶をもたない地域であるという言説[21]は、どこまでその生活空間の実相を捉えているだろうか。

先にも述べたように、若林幹夫は、郊外住宅地の開発が「暴力的」にその土地の記憶を剝ぎ取り、過去の忘却を強いていることを指摘し、「郊外における地域性の希薄さ」や「歴史や伝統との切断と遊離[22]」を強調している。

確かに、「ニュータウン開発」と「地域の記憶」とは「きわめて折り合いの悪い、むしろ相互に背反しあうような位置価をこの社会の中で持っている(23)」のである。しかし、その一方で彼は、「その薄っぺらな風景のなかにも、現在に向けて積み重ねられ、生きられた厚みがある(24)」という。郊外での生活の積み重ねもまた、一定の歴史性をすでに獲得していて、伝統的村落社会とも都市社会とも異なる形式で共同的な関係を作り、「地域の記憶の構成要素となりうる出来事を作り出して(25)」きた。例えば、空間の均質化を推し進める宅地開発やニュータウン開発の途中で、過去の居住地の跡や埋蔵された文化財が「見つかってしまう」ことがしばしばある。それらの財は郷土資料館や地域の博物館などに展示されることによって可視化され、共有可能なものになっていく。こうした記憶の資源を生かすような活動を継続すれば、「地域の記憶の新たな共有の場やネットワークが形成されてゆくこともある(26)」。

そこに構成される郊外的な時間性や歴史性は、共同的な生活の持続を通じて継承される伝統や記憶のあり方とは異質な様相を示している。しかし、郊外には郊外の「固有の歴史的な厚みのようなもの(27)」が生み出されている。

丘陵の藪や林を剝ぎ取り、そもそもその土地にあったものとは切り離された形の建物や街並みに、さまざまな場所からやってきた人びとが集まって住み始めたとしても、人がそこに住み続けることによって、そこには土地や街の佇《たたず》まいが生み出され、なんらかの社会や文化が、そして広い意味で「思想」と呼んでよいものの厚みが形成されていく。それは当たり前のことだ。もちろんそこにある社会や文化は、いわゆる「歴史と風土に根ざした伝統的な街や地域社会」のそれとは違う。人びとのライフスタイル、価値観、土地との関わりや愛着などが、ニュータウンや郊外という場に特有のものである以上、そこに生み出されるのは、〝ニュータウンの文化〟や〝郊外の社会〟なのであって、それ以前のさまざまなタイプの地域社会や文化とは異なっているからだ(28)。

では、郊外という地域で、その土地の記憶を想起する、あるいはその記憶を継承する、もしくは端的に「郊外の記憶を生きる」とはどういうことなのだろうか。

5　記憶喪失に抗する身体／都市空間に露出する痕跡

都市や郊外の空間が、記憶の厚みを払拭したのっぺりとした表面として現れるとき、これに抗い、その土地が累積してきた記憶を再生することはもはや不可能なのだろうか。必ずしもそうとはいえないはずである。まず何より、記憶は空間にだけ媒介されるものではない。一方で、その空間に足を踏み入れていく人々の身体が、記憶の媒体として機能し続けている。

作家・黒井千次は、かつて暮らした町や旅した場所を再訪してつづったエッセー集『漂う 古い土地 新しい場所』の「プロローグ」で次のように記している。

> 遥《はる》かな記憶を辿《たど》るようにして訪れた土地が、自分の内に在るものとは全く別種の空間となって眼前に現れるのに衝撃を受けることもある。ウソだ！と叫びたくなったり、ここはどこだ？と呟《つぶや》きながらただ周辺を歩き廻るしかない場合にも出会う。
>
> 記憶の内に生きる光景と目の前の眺めとがあまりにかけ離れてしまった時、人はどちらを信じようとするだろう。自らの中に眠っているのがその土地の本来の姿なのであり、目に映っているのは仮の姿、偽りの面影、素顔を隠すための紗《しゃ》の膜に被《おお》われた像に過ぎない、と考えたがるのではあるまいか[29]。

自らの身体のうちに蓄えられた記憶と、目の前に現れる光景とのずれ。そのとき、この身に宿るものの真正性を頼みに、現在の空間の現れを虚像と見なそうとすることがある。

他方、どれほどきれいに過去の形跡を払拭したつもりでも、生活の空間には、必ずといっていいほど、その「跡」が露出するものである。

記憶の社会学の創始者モーリス・アルヴァックスはこう言っていた。


少なくとも、われわれが現在入りこんでいるもっと最近の集団の中に何らかの痕跡を残さないような社会は、存在しない。こうした痕跡の存続は、この昔の社会に特有な時間の恒久性と連続性を十分説明してくれるし、われわれはこの昔の社会にいつでも頭の中で入ってみることができるのである。(30)


実際、都市の中心部でも郊外でも、すべての過去の形跡を完全に塗りつぶしてしまうことはできない。取り残された建物や、取り払われなかった礎石や石垣、古くからの地形に沿って存続している道沿いに、それぞれの地域のかつての暮らしの形態が物質的な姿で露呈している。その空間に参入することは、アルヴァックスによれば、過去の思考の枠組みに再び身を置く手段なのである。

おそらくはこうした文脈で、近年、都市空間の随所に露出する過去の痕跡を頼りに、記憶喪失症にかかった東京という街のなかに「思い出」を呼び戻そうとする試みが、ある種の熱を帯びてなされている。「まえがき」でもみたように、それは、さまざまな形態での「町歩き」として提唱されている。

6　土地の記憶を掘り起こす営みとしての「町歩き」——赤瀬川原平からタモリを経て中沢新一まで

都市を歩くという営みは、一方で、常に新奇なものへと更新されていく感覚体験を発見するためのものである。

しかし、それは同時に、都市空間に露出する過去の痕跡と出合うための、記憶探索の作業でもある。「古い地図を持って街を歩く」ためのガイドブック、「土地の凹凸をたどって、過去の地形を探す」といった類いの書籍[31]は枚挙にいとまがないほどの数が出版されていて、都市の記憶を掘り起こすための「町歩き」が息の長い流行として定着していることがうかがえる。そのすべてをここで点検することはできないが、いくつか気になるところをピックアップしてみよう。

「考現学」の流れを意識しながら「路上観察学」を掲げた赤瀬川原平たちの試み[32]にも、都市空間に露出する記憶の痕跡を発見する営みという一面があった。例えば、赤瀬川が「超芸術トマソン[33]」と名づけた、都市空間のあちらこちらに現れる「無用」の物体とは何であったか。それは、かつては何らかの役割を果たしていたにちがいないのだが、都市空間の改変の繰り返しのなかで、たまたま一掃されずに残ってしまった、没機能的な存在のことだ。目をよく凝らして街を観察してみると、そのようにして過去の生活空間の痕跡が「何のためにあるのか分からない何か」（トマソン）として見えてくるのである。

もっと身近なところでは、タモリによる「坂道美学」の実践（さらには、NHKの番組『ブラタモリ』〔二〇〇八年―〕）を挙げることができるだろう。『タモリのTOKYO坂道美学入門[34]』は、東京の坂道百景とでもいうべき町歩きのガイドブックである。タモリによれば、坂道の観賞のポイントは、①勾配の具合、②湾曲の仕方、③周りに江戸の風情を醸し出すものがある、④名前に由来・由緒がある、の四点にある。「坂道美学」は、「地形」を楽しむものであると同時に、都市の空間に残存する「歴史」または「記憶」を呼び起こすための実践である。しかし、ではなぜその記憶のトポスが「坂道」なのか。「まえがき」で次のように記している。

江戸の町は非常に計画的に造られている。大きく分けて現在の京浜東北線の東側は下町で、碁盤の目のように東西、南北の道が直交しており、主に町人の町だ。これに対して西側は山の手で、台地と谷の地形から成っており、尾根筋に東西の道その両側に大名屋敷そして谷にわずかに町人が住むという配置だ。大変に美しい町だったようで、当時ヨーロッパから来た外国人が、ベニスよりきれいな街だと感嘆している。下町の道は現在でもほとんどが江戸時代からの道だが、山の手は明治以降の開発で、江戸時代の道はなかなかわかりにくい。しかし、坂道だけはそのまま残っており、まわりが変わっているだけだ(35)。

この一節には、なぜ坂道なのかを考えるためのヒントが、少なくとも二つ見いだせる。一つは、江戸時代に、低地＝平坦地は町人の居住区で、高台＝山の手に大名屋敷をはじめとする上層階級の居宅が並んでいたこと。そこには江戸時代の支配階級の文化遺産があり、坂道は、空間の階層的区分をつなぐ／分ける境界をなしていたのである。そしてもう一つは、明治時代以降の都市の開発のなかでかつての景観が失われてしまったが、坂道はその地理的な特徴によって、古い道筋を変えずに残しているということ。つまり坂道には、かつて武士や町人たちが往来したそのままの空間が保存されやすいのである(36)。

都市空間を歩くことによって場所に残る過去の痕跡を探っていくという技法は、「江戸」の名残を探るにとどまらず、はるかに長い時間を一挙に超えていくこともある。空間に露出する記憶の射程を縄文時代にまでさかのぼろうとする試みは、例えば、中沢新一の『アースダイバー』にみられる。

中沢は、いま東京と呼ばれている場所が縄文時代にどのような地形であり、貝塚や土器が発見されている場所がどのように点在しているのかを示す特製の地図を携えて、現在の都市空間を歩いて（または自転車に乗って）回る。するとそこには、縄文時代から層をなして積み重なってきた空間の記憶（記憶のトポグラフィー）が浮かび上がる。例えば、都市に点在する神社や寺院は、開発や進歩といった時間の侵食を受けにくい「無の場所」にとどまっている。それらは、「猛烈なスピードで変化していく経済の動きに決定づけられている都市空間の中に、時間の作用を受けない小さなスポット」として「飛び地」のように散在しながら「東京という都市の時間進行に影響を及ぼし続けている(37)」。そして、中沢によれば、こうした「無の場所」は決まって縄文地図の海に突き出た岬ないしは半島の突端にあたっている。

縄文時代の人たちは、岬のような地形に、強い霊性を感じていた。そのためにそこに墓地をつくったり、石棒などを立てて神様を祀《まつ》る聖地を設けた。

そういう記憶が失われた後の時代になっても、まったく同じ場所に、神社や寺がつくられたから、埋め立てが進んで、海が深く入り込んでいた入り江がそこにあったことが見えなくなってしまっても、ほぼ縄文地図に記載されている聖地の場所にそって、「無の場所」が並んでいくことになる。つまり、現代の東京は地形の変化の中に霊的な力の働きを敏感に感知していた縄文人の思考から、いまだに直接的な影響を受け続けているのである。(38)

したがって、この都市を行き交う人々は、現在時に見える表層の現実だけを生きているのではなく、無自覚のうちに「さまざまな時間を同時に生きている」。その時間の重層的な厚みは、都市の「無意識」とでもいうべきものとして残存し、私たちの意識に侵入する機会をうかがっている。中沢は、記憶の地層深くにダイブして潜り込んでいくようなこの「散歩」のスタイルを「アースダイバー式」と名づけ、そのまなざしに映る東京の相貌を描き出していく。

東京という都市は、「無意識」をこねあげてつくったこの社会にふさわしいなりたちをしている。目覚めている意識に「無意識」が侵入してくると、人は夢を見る。アースダイバー型の社会では、夢と現実が自由に行き来できるような回路が、いたるところにつくってあった。時間の系列を無視して、遠い過去と現代が同じ空間にいっしょに放置されている。スマートさの極限をいくような場所のすぐ裏手に、とてつもなく古い時代に心の底から引き上げられた泥の体積が残してある。この不徹底でぶかっこうなところが、私たちの暮らすこの社会の魅力なのだ。(39)

町を歩いて都市の記憶を見いだすということは、この「過去」と「現在」が「同じ空間に放置されている」さまに目を向けるということである。それは、線的に進行し、過去を手放して失っていく「時間」に抵抗して、層として積み重なる過去に出合おうとする営みである。「トマソン」の発見も「坂道」の観賞も、その意味で「空間の中にひらけてしまった時間の亀裂」を注視する作業なのである。

この「町歩き」という技法は、「郊外」の空間でも可能である。例えば金子淳は、昭和初期に聖蹟桜ヶ丘から高幡不動を経て平山城址公園まで、七尾丘陵の尾根沿いに開かれてハイキングコースとして親しまれた道筋（ロマンスコース）をたどりながら、そこに開かれている風景のうちに、郊外住宅地の開発の痕跡を読み解いている。[40]この「道」は住宅地のすぐ裏手に、現在も「散策路」として残っているが、それは京王電鉄が「聖蹟」（かつて天皇家が狩りの場としていた）を拠点として開いた観光開発のルートだったという。高幡不動の裏山から住宅地を抜けて、多摩動物公園の裏手を抜け、つぶれてしまった多摩テックの跡地をかすめて、平山城址公園へとつながる尾根道を歩きながら、私たちは、一九七〇年から八〇年のあいだの東京西郊の開発の歴史をなぞることができる。そのようなまなざしを備えることで、裏山の散策は、同時に記憶を掘り起こすためのささやかな実践に変わっていく。

このとき、歩くことが一つの重要な条件になる。もちろんただ歩けばいいのではなく、そこに過去についての知識や情報、あるいは物語を重ね合わせてみることが必要である。しかし、そのようにして歩くことで、通常は単なる「通行の場」[41]（粉川哲夫）でしかない空間が、歴史性を帯びた場所へと変質する。歩行という技による記憶の再発見は、都市空間と身体の接続の様式を転換することだといっていいだろう。

先にも触れたように、都市や郊外の空間（その物質的な状態）が一方的に記憶のありようを規定するのではない。空間と身体との相互作用のなかで、その土地に宿る過去は現出したりしなかったりする。視点を変えれば、私たちを記憶喪失へと追い込んでいるのは、都市空間とそこに参入する人間の身体との接続の様式なのである。

ここで私たちは、地域とは常に私たちの身体的な活動を通じて「生きられる空間」であることを再確認しておいていいだろう。したがって、都市の外観が変貌し、人々が場所の記憶を失っていくことも、一方的に空間的条件の変化にだけ帰責することはできない。人類学者・小田亮は、現代の都市空間では街並みを記憶することができなくなるという現象に触れながらも、「記憶できない、のっぺらぼうな町が生まれつつある」のは、「街の景観がそのように変わったというよりも、街や路地での日常的な過ごし方、歩き方、もっとおおげさに言えば、都市を生きるというときの、生き方そのものが変わったせいではないか[42]」と問いかける。例えば、「ランドマークになる建物や行きつけの店」の一つひとつは思い出せても、それらをつないで空間の地図を思い描くことができなくなっていることがある。それは、「それらの隣接する点と点を換喩的に繋いで、空間を自分なりに作っていくという日常的な歩き方が失われたからではないだろうか。つまり、頭の中で街を歩くことができなくなったのは、日常的実践においても都市という空間をもはや私たちは「歩くこと」ができなくなったからだと言えるのではないか[43]」。

この小田の指摘が的を射ているとすれば、逆に、「歩く」という技を取り戻すことによって、私たちは都市空間との関係を、ひいては記憶との関係を再編成することができるかもしれない。東京の街を地下鉄に乗って移動し、そのポイントごと日常へと浮上し、用がすめばまた地下に潜って移動していくという生活をしていると、地下鉄の路線図のうえにしか都市の図は成立しなくなる。地上を歩いて移動してみると、点と点でしかなかった場所が、連続的な景観のなかでつながっていく。それぞれの場所は、それらを相互につないでいる道との関係で位置取りを回復し、都市区間のうちに固有の場所を占める。その道を歩くという行為を通じて、都市は記憶を回復していくのかもしれない[44]。

7 土地の記憶を創出する装置としての「聖地巡礼」

空間のなかに埋め込まれている記憶を掘り起こす作業とは対照的に、地域空間の外部で創造された形象を呼び込みながら、場所の記憶を創出する営みもまたありうる。

例えば、アニメ作品の舞台になった土地を、そのファンが訪ね歩く「聖地巡礼」という行為。『らき☆すた』（京都アニメーション、二〇〇七年）の舞台になった埼玉県久喜市鷲宮や、『けいおん！』（京都アニメーション、二〇〇九―一〇年）の舞台である滋賀県犬上郡豊郷町の豊郷小学校などが、聖地として名高い（最近では、映画『天気の子』〔監督：新海誠、二〇一九年〕の舞台になった東京のJR田端駅前の風景や、『鬼滅の刃』〔ufotable、二〇一九年―〕の聖地・福岡県太宰府市の宝満宮竈門神社などを挙げることができる）。アニメファンによる「聖地巡礼」は、二〇一〇年前後から「コンテンツツーリズム」という呼び名のもとに地域振興の枠組みにも入れられ、村おこし・町おこしの切り札としても論じられているが[45]、土地の記憶の創造という観点からも評価することができるだろう。

アニメの聖地の巡礼とは、現実の（三次元の）生活空間に、フィクションの（二次元の）物語体験を重ね合わせる行為であり、次元が異なるリアリティーの衝突を通じて、特定の場所に聖性を付与しようとする（疑似）宗教的な振る舞いである。アニメのキャラクターたちは、いわば「神」であり、通常は「現実世界」から切り離された空間（天上＝二次元空間）に住まうのだが、巡礼という信徒たちの集合行動によって「降臨」し、その場所を祝祭の空間に変える（鷲宮町の地元の祭りである土師祭に「らき☆すた神輿」が登場したのは二〇〇八年からである。それは、アニメファンによるロケ地訪問という現象が本来的に宗教性を有することを示唆している）。その体験は、それぞれの場所に集合的記憶を醸成し、その（疑似）宗教的共同体の絆のよりどころになる。巡礼者にとっても地元の人々にとっても、アニメの登場人物やそのなかでの出来事は、もはや現実の外部にある異次元の虚構空間のなかの存在ではない。それはその土地にあった「神話的な出来事」として語られうるだろう。

この「聖地巡礼」という現象はアニメという「異界」からの侵入だったために、過度に特異な出来事として注目されているようにみえる。しかし、集合的記憶の醸成プロセスとしてみれば、必ずしも新奇なものではない。例えば、筆者が属する世代のなかで、東京タワーは「モスラが羽化した場所」として記憶されてはいないだろうか。とりわけ想起の場面のなかで、(少なくとも私には)東京タワーは神話性を帯びた場所であり、その聖性のいくぶんかを、鉄塔に糸を絡めてのけぞるような姿勢で羽化を待っていたあの巨大な蛾の幼虫のイメージが醸し出している。

8　郊外のクロノトポスへ

文学作品は、それぞれの土地の記憶と交渉し、これを呼び起こしたり、引用したり、編集したりすることによって、空間と時間の統合的形象化を図る。私たちはそのテクストを読みほぐすことによって、それぞれの空間がどのような時間性をもって構成されているのかを考えることができる。

そして、クロノトポスの形象として、私たちの前に差し出されたテクストを携えて、現実の町を歩くことができる。小説的想像力の媒介によって、「記憶なき郊外」との関係をどのように結び直すことができるのか。平板な時間性に回収された(かに見える)この奥行きがない空間を、どのような歴史性と物語性のもとに再発見できるのか。これが、以下の一連の考察の最後に立ち戻らなければならない問いである。

しかしまずは、いくつかのテクストを選び、その作品に内在する「時空間」の認識を抽出してみなければならない。

注

（1）三浦しをん『まほろ駅前狂騒曲』（文春文庫）、文藝春秋、二〇一七年、六八ページ

（2）M. M. Бахтин, Формы времени и хронотопа в романе, 1975.（ミハイル・バフチン「小説における時間と時空間の諸形式」北岡誠司訳、『小説における時間と時空間の諸形式 他――一九三〇年代以降の小説ジャンル論』伊東一郎／北岡誠司／佐々木寛／杉里直人／塚本善也訳［「ミハイル・バフチン著作集」第五巻］、水声社、二〇〇一年、一四三ページ）

（3）同書一四四ページ。ルビを付記した。

（4）前田愛『都市空間のなかの文学』筑摩書房、一九八二年。ちくま学芸文庫版は一九九二年に刊行。

（5）鈴木智之『眼の奥に突き立てられた言葉の銛――目取真俊の〈文学〉と沖縄戦の記憶』晶文社、二〇一三年

（6）私自身の身近なところでいえば、再開発が進む東京・渋谷の街。その手始めに、東急東横線が地下鉄に乗り入れるのに伴って、渋谷駅が地下に移されてしまった。私にとって渋谷駅は、ドーム状の屋根に覆われた、ターミナルスタイルの半ば野外的な空間であり、現在の地下駅に下りても「渋谷に来た」という気が全然しない。私の母（彼女は長く東横線沿線に暮らしてきた人だ）などは、ほとんど憎悪といっていいほどの感情をこの新渋谷駅に向けていて、渋谷駅の利用を回避するために、わざわざ遠回りして、恵比寿経由で山手線に乗り換えたりしていた。渋谷での乗り換えが「遠くて不便」だからだと言っているが、そこに込められた嫌悪の根っこには、自分自身のなじみの場所を奪われてしまったことへの恨みがある、と私はにらんでいる。さてしかし、それは街の表層的なデザインが一新されてしまう場合だけに生じる出来事ではない。例えば、JR東京駅の駅舎の再構築のように、歴史的な建造物を保存しながら再開発が進められる場合でも、同様の感覚の断絶は起こるように思われる。

（7）加藤周一が東京という都市の特徴として挙げたのは、①人口の稠密さ、②空間的な広さ、③全体的な都市計画の不在、④安全と清潔、⑤景観の醜悪さ、そして⑥変化の速度である（加藤周一／NHK取材班『東京・変わりゆく都市』［「NHK特別シリーズ 日本その心とかたち」第九巻］、平凡社、一九八八年）。

（8）同書二八―二九ページ

（9）同書二九ページ
（10）枝川公一『東京はいつまで東京でいつづけるか』講談社、一九九三年、八―九ページ
（11）粉川哲夫『都市の記憶』創林社、一九八四年、一〇ページ
（12）同書九―一〇ページ
（13）同書四七ページ
（14）同書一二ページ
（15）同書一三一ページ
（16）若林幹夫「郊外、ニュータウンと地域の記憶――集合的記憶の都市社会学試論」「日本都市社会学会年報」第二十七号、日本都市社会学会、二〇〇九年、一一ページ
（17）同論文一一ページ
（18）若林幹夫『郊外の社会学――現代を生きる形』（ちくま新書）、筑摩書房、二〇〇七年、二九―三〇ページ
（19）三浦展『ファスト風土化する日本――郊外化とその病理』（新書ｙ）、洋泉社、二〇〇四年、一八一ページ
（20）小田光雄『〈郊外〉の誕生と死』青弓社、一九九七年、二三八―二三九ページ
（21）それは郊外の住人によっても発せられる言説である。金子淳「多摩ニュータウンにおける「伝統」と記憶の断層」、前掲「日本都市社会学会年報」第二十七号
（22）前掲「郊外、ニュータウンと地域の記憶」一二ページ
（23）同論文二ページ
（24）前掲『郊外の社会学』一七ページ
（25）前掲「郊外、ニュータウンと地域の記憶」一三―一四ページ
（26）同論文一五ページ。前掲「多摩ニュータウンにおける「伝統」と記憶の断層」参照。杉本星子も人類学的な視点から京都府向島ニュータウンでフィールドワークを展開し、郊外住宅地のトポグラフィーが「土地の記憶」をどう組み入れながら構成されてきたのかを考察している（杉本星子「ニュータウンのトポグラフィー――向島ニュータウンと巨椋池の記憶をめぐる考察」、京都文教大学人間学研究所編「人間学研究――京都文教大学人間学研究所紀要」第七

号、京都文教大学人間学研究所、二〇〇六年）。
(27) 前掲『郊外の社会学』三六ページ
(28) 同書三六ページ
(29) 黒井千次『漂う 古い土地 新しい場所』毎日新聞社、二〇一三年、八ページ
(30) Maurice Halbwachs, *La Mémoire collective*, Les Presses Universitaires de France, 1950.（M・アルヴァックス『集合的記憶』小関藤一郎訳、行路社、一九八九年、一五七―一五八ページ）
(31) 例えば、竹内正浩『カラー版 地図と愉しむ東京歴史散歩』（〔中公新書〕、中央公論新社、二〇一一年）、皆川典久『凹凸を楽しむ東京「スリバチ」地形散歩』（洋泉社、二〇一二年）、本田創編著『失われた川を歩く 東京「暗渠」散歩 改訂版』（実業之日本社、二〇二一年）など。
(32) 赤瀬川原平／藤森照信／南伸坊編『路上観察学入門』（ちくま文庫）、筑摩書房、一九九三年
(33) 赤瀬川原平『超芸術トマソン』（ちくま文庫）、筑摩書房、一九八七年
(34) タモリ『新訂版 タモリのＴＯＫＹＯ坂道美学入門』講談社、二〇一一年
(35) 同書五ページ
(36) 江戸・東京が台地と谷が織りなす凹凸の町だったことが、町歩きの、そして記憶の掘り起こしの手がかりになるという事情は、前掲『凹凸を楽しむ東京「スリバチ」地形散歩』にも通じる。
(37) 中沢新一『アースダイバー』講談社、二〇〇五年、一四ページ
(38) 同書一五ページ
(39) 同書一二―一三ページ
(40) 金子淳「変容する徒歩空間――「ロマンスコース」の光と影」、吉見俊哉／若林幹夫編著『東京スタディーズ』所収、紀伊國屋書店、二〇〇五年
(41) 前掲『都市の記憶』一〇ページ
(42) 小田亮「都市と記憶（喪失）について」、関根康正編『〈都市的なるもの〉の現在――文化人類学的考察』所収、東京大学出版会、二〇〇四年、四二三ページ

(43) 同論文四二三ページ

(44) 町を歩くということは、空間と自己とのつながりをその身体性のなかで回復・修復する振る舞いだが、それは同時に、身体的な体験を通じてその都市空間に固有のイメージを与える（想像する）作業でもある。中沢による「アースダイバー式」の町歩きがあからさまに「想像力」の行使だったことからもわかるように、場所のうちに記憶を読み込み、そこに時間的次元を導出するということは、その空間のイメージ上の再編（再編集）という性格を帯びる。その意味で、町歩きを通じて「想像上の都市」が構築されるということができる。この一面を一種の遊びとして展開している事例として、今和泉隆行の『みんなの空想地図』（白水社、二〇一三年）がある。町を歩く、あるいはバストリップを繰り返していた少年は、やがてその「体験」から生まれた空間イメージを想像上の地図に投影し、バーチャルな〈町〉を描き出していく。その地図上の地域は一種のフィクションだが、現実の空間を独自の方法で変換させたものだといえる。その意味で、きわめてリアルな「架空地図」が描き出されていくし、その地図上の道筋を「仮想的に歩く」ことで、町並みを思い描くことができる。このような「変換」の想像力もまた、作家が〈町〉を造形する際に駆使する力に比肩しうるものではないだろうか。

(45) 増淵敏之『物語を旅するひとびと――コンテンツ・ツーリズムとは何か』彩流社、二〇一〇年、岡本健『アニメ聖地巡礼の観光社会学――コンテンツツーリズムのメディア・コミュニケーション分析』法律文化社、二〇一八年

第1章　記憶の説話的媒介
——多和田葉子『犬婿入り』と三浦しをん『むかしのはなし』を読む

世界とは、さまざまな時間の多層的な流れ、時間どうしの戦いだ。
どの時間を逃れ、どの時間にすべりこむか。
その渡りだけがきみの旅を定義すると、ぼくはしだいにおもうようになった。

菅啓次郎『狼が連れだって走る月』(1)

1　土地の記憶を呼び起こす営みとしての物語

土地の記憶は、その空間的外観の刷新に抗するさまざまな物語的営みによって呼び起こされ、あるいは創出される。そうした多様な記憶実践の網の目のなかに、「文学」と呼ばれている言葉の営みもまた位置づけることができる。

こうした視点に立って、本章では多和田葉子『犬婿入り』と三浦しをん『むかしのはなし』(この二作品の書誌は章末の注を参照)という二つの作品をピックアップし、これを「郊外の記憶」という観点から読み直してみることにしよう。二作品はいずれも、「説話」や「昔話」という媒体を現代小説のなかに呼び込み、これを通じて、表層的には見えにくくなった過去の想起を可能にしようとしている。そこに、郊外のクロノトポスを描き出す文学のはたらきをみることができるだろう。

2　多和田葉子『犬婿入り』

多和田葉子は、東京の西郊の町に育ち、立川の高校に通って十代の日々を過ごした。長じてドイツへと移り住んだのち、越境の作家、つまり「境」を越えて移動する人間を描く書き手になっていく。だが、それだけに彼女は、土地や場所の力にきわめて鋭敏な感性を示す作家でもある。『犬婿入り』は、東京の郊外の「町」に舞台をとって展開する奇譚である。

物語

物語の舞台は、多摩川に近い「町」である。駅を境に北区と南区に分かれている。北区は鉄道沿いに発達した新興の住宅街で、公団住宅が建築された三十年ほど前から人が住み始めた地域。南区は川沿いの古くから栄えてきた地域で、竪穴式住居の跡もあれば、稲作の伝統も古い、江戸時代から宿場町として栄えた歴史をもっている（八九ページ）。

南区に、取り壊される予定の一軒家を借りて、北村みつこという女が学習塾を開く。「キタムラ塾」は人気になり、普段は南区に足を踏み入れることがない団地の子どもたちが「塾の日」になると多摩川のほうに向かって「せかせかと」移動していくようになる。塾を開いたみつこは、三十九歳という年齢のほかはその経歴もよくわからず、子どもたちに向かって〈エッチなこと〉か〈汚いこと〉かわからないような話をしたり、肩こりの薬として「ニワトリの糞を煮て作った膏薬」を塗ったりするような、異風なところがある人物だ。そのみつこが子どもたちに〈犬婿入り〉の話をしたことが、母親たちの耳に伝わってくる。それは、昔ある王宮に仕える女が、お姫様のお尻を拭いてあげるのが面倒くさくなり、王宮で飼っていた黒い犬に「お姫様のお尻をきれいになめておあげ。そうすればいつかお姫様と結婚できるよ」と言っていたところ、お姫様もすっかりその気になってしまったという異種婚姻譚だったが、その後の話の展開については子どもの記憶がばらばらで、何通りものストーリー（異聞）が伝わることになる。

そのキタムラ塾に、扶希子という小学校三年生の女の子が入ってくる。扶希子は男の子たちからいじめられ、女の子たちからは無視されている様子で、変わり者として扱われていた。みつこは扶希子に対して特別な気持ちを抱くようになり、やがて扶希子は毎日学校が終わるとみつこの家にやってきて、夕食を食べて帰るようになる。みつこにかわいがられるようになって、扶希子は表立っていじめられることがなくなったが、陰では意地が悪い噂がささやかれるようになり、特にその父親がゲームセンターで〈腰を振っている〉（どうやら「ゲイバー」で「腰を振っている」という語りを子どもたちが間違って広めているらしい）と言われている。

ある日、みつこの家に、二十七、八歳の男がやってくる。男は「太郎」と名乗って、「電報、届きましたか」と尋ね、覚えがないみつこが戸惑っていると、いきなりみつこの服を脱がせ、彼女の尻を持ち上げて肛門をペロンペロンと舐め始める。その男・太郎はみつこの家に住み着き、「先生の家に若い男性が住んでいる」ことが、子どもたちと母親たちのあいだでうわさになる。太郎は、みつこの体のにおいを嗅ぐことだけに関心があるようで、料理や掃除や洗濯などをしている以外には、ほかに何もしようとしない。

そんななか、塾に通う子どもの母親の一人である「折田さん」から電話があり、みつこの家にいる太郎は自分の夫のもとの部下である「飯沼」だと思うと告げられる。飯沼は、大学を卒業後に折田の夫の会社に入り、同じ課にいた良子という女性と結婚したのだが、一年ほどすると突然姿を消してしまったのだという。折田の紹介で、良子がみつこの家にやってくる。良子は太郎を見て、間違いなく夫だった男だと認めるが、自分はもう太郎を取り戻すつもりはない、夫は以前野犬に噛まれたことがあり、それ以来まったく別の人格になってしまったのだ、と言う。

翌月、折田夫妻が上野の駅で、太郎が扶希子の父親・松原利夫と二人で旅行に出ようとしているのを目撃し、それをみつこに伝えようとするのだが、電話がつながらない。みつこの家まで行ってみても応答はなく、〈キタムラ塾は閉鎖されました〉という告知だけが残されている。翌日、折田夫妻のもとに、みつこから「フキコヲツレテヨニゲシマスオゲンキデ」という電報が届く。間もなく、キタムラ塾があった家は取り壊され、アパートが建つことになり、子どもたちは新しい塾を見つけ、南区に足を踏み入れることもなくなってしまう。

「けがれ」のトポグラフィー

この奇妙な物語は、舞台になっている「町」そのものを主題化する空間の表象として読むことができる。より正確にいえば、この郊外の空間に生じている時間のねじれと、その亀裂に浮上する固有の（奇妙な）現実感を頼りに語り出される物語として『犬婿入り』はある。

まずは、物語の舞台になる「町」が、どのような空間的構造を有しているのかをテクストに沿って確認しておこう。

そもそもこの町には北区と南区のふたつの地区があって、北区は駅を中心に鉄道沿いに発達した新興住宅地、南区は多摩川沿いの古くから栄えていた地域で、今では同じ多摩に住んでいても南区の存在すら知らない人が多いけれども、北区に人が住み始めたのはせいぜい公団住宅ができてからのこと、つまりほんの三十年ばかり前のことで、それに比べて多摩川沿いには、古いことを言えば、竪穴式住居の跡もあり、つまりそのような想像も及ばない大昔から人が暮らしていたわけで、稲作の伝統も古く、カドミウム米の出た六〇年代までは堂々と米を作っていたし、また〈日本橋から八里〉と刻まれた道標の立っているあたりは、小さな宿場町として栄えたこともある。空襲を免れた古い家も多く、そんな南区に団地の子供たちが出かけて行くのは、以前は写生大会とカエルの観察の時くらいだったのが、キタムラ塾ができてからは、子供たちは塾へ行く日が来ると、まるで団地の群れから逃れようとでもするように、せかせかと多摩川の方向へ向かい、広い自動車道路を渡って、神社の境内の隣を通って、梅園をこっそりくぐりぬけて近道し、北村みつこの家の垣根の壊れたところをくぐりぬけて、庭に跳び込んで行くわけだったけれども、一番最初の子供たちが跳び込んで来ても、北村みつこは机に向かって待ちかまえているわけではなく、大抵はボタンをつけていたり、本を読んでいたり、足の爪を切っていたりしていた。

（八九―九〇ページ）

駅、あるいは鉄道の線路を境界として明確に南北に分断された「町」は、歴史性（時間的な厚み）を異にする二つの空間からなる。北区は、三十年ほど前から始まる郊外型の住宅開発（公団による団地建設）ののちに人が住むようになった新開地であり、そこには典型的といってもいいような「記憶なき郊外」が広がっている。他方、南区は、近世以前からの歴史を有する村落地帯であり、そこには伝統的な生活の慣習も、その痕跡としての景観や建物も残っている。ただし、農家が廃業して、その家屋の取り壊し・立て直しが進んでいるように、郊外化の波のなかでかつての生活基盤と、それに付随する空間的な個性は失われつつある。

この「北」と「南」は、鉄道によって物理的にも象徴的にも分断されていて、特別な理由がなければ「北」の子どもは「南」に足を踏み入れない。この作品は、郊外の新住民と旧住民との生活圏の切断を、空間上に戯画化して形象化している。そして、「南」の地区は「川」（多摩川である）に近い。土地の高低差に関する記述は作品中に見いだせないが、南区が「低湿」な場所（「湿った」場所）であるのに対し、新しく団地が建てられた北区は、高台の「乾いた」場所という対照性をもっているとみて間違いない。(2)

北区と南区の対照的な関係は、次ページの図1のようにみることができる。

北区の住民たち（団地に入居した新住民）にとって、南区は不可視の世界である。彼ら／彼女らは、その存在を見ないことにしながら生活を送っている。それは、この土地に埋め込まれた記憶を、自分たちの生活圏から排除することによって、居住地域の秩序を保っているということでもある。

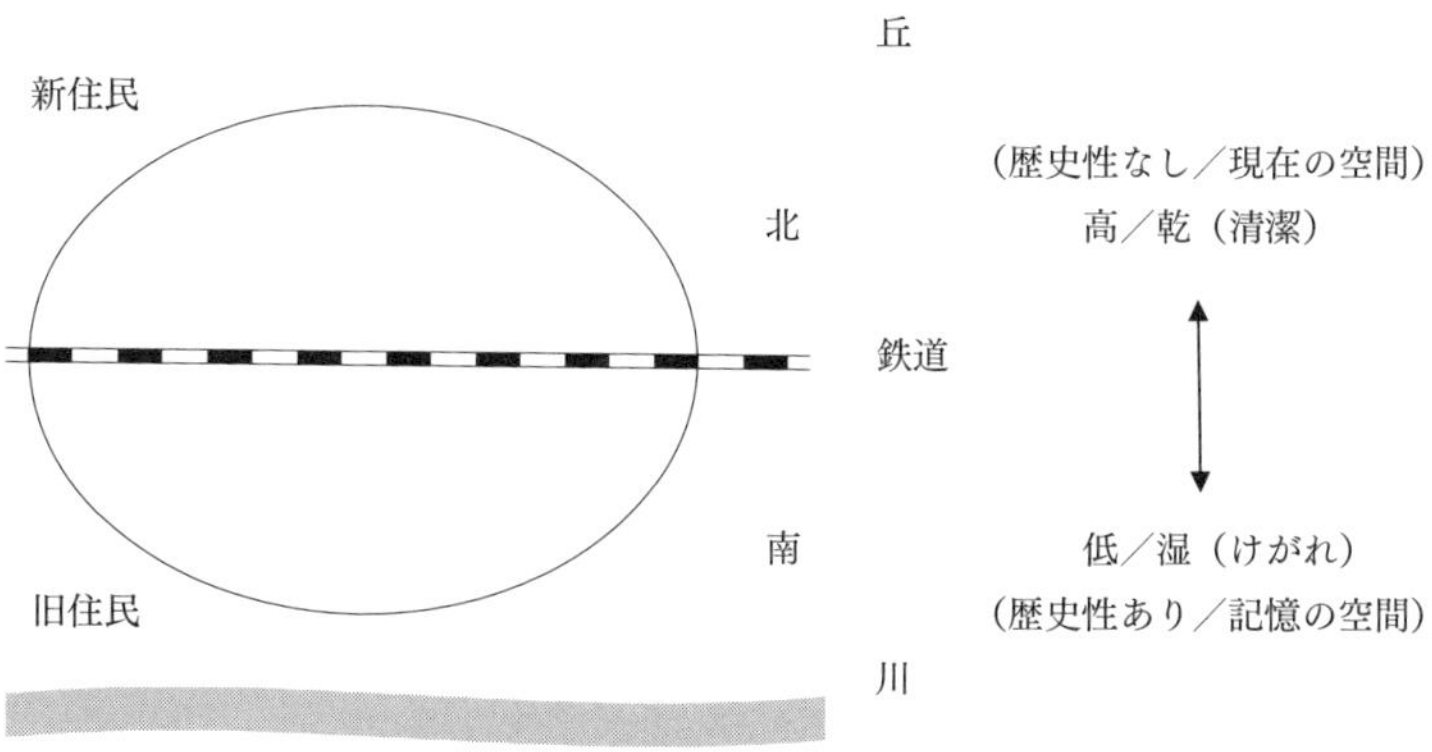

図1　『犬婿入り』の「町」（筆者作成）

歴然として存在しながら、その生活空間の外部に破棄されなければならないものは（象徴的な次元で）けがれ（汚れ／穢れ）のしるしを帯びる。「北」の居住区は「清潔」と「衛生」の空間であり、「南」に存在するものは、この清潔な空間を脅かす「汚《よご》れたもの」「汚《きたな》いもの」という位置価を与えられている。物語は、一つの象徴的コードとして、「清潔／けがれ」という対立項を軸に進行する。それは、南区にできた「キタムラ塾」の貼り紙が、「北」の居住地域ではどのように表れているかを示す作品冒頭の記述のなかですでに鮮明である。

〈キタムラ塾〉と北村みつこがピンク色のマジックペンで書いた文字が雨ににじんで、電話番号などは紙が破れて半分しか読めず、しかも鳩のフンがこびりついて黄色く変色しているので地図もよく見えなくなっていたけれども、この団地で小中学生の子供がいる母親ならば誰でも塾の場所くらいは知っていたので、地図が見えなくなっていても困る人などいなくて、この貼り紙は剝がしてしまってもいいのに、あまり汚いので触るのが嫌なのか、わざわざ剝がそうとする人もなく、なにしろこの団地では団地文化が始まって三十年の間に、自分の家の中は毎日きちんと片付けても外の通りに捨てられていた気味の悪い物には触わらない伝統が定着し、道の真ん中に車にひかれた鳩がつぶれていても、酔っぱらいのウンチが落ちていても、それを片付けるのは市役所の仕事と決めつけていて、この貼り紙にしても、そのうちボロキレのようになって空中分解してしまうまで触ってみようという人はいないだろうというほどの無関心ぶり。
（八〇ページ）

「キタムラ塾」の貼り紙は、鳩の死骸や酔っぱらいのウンチ並みの扱いを受けている。北村みつこが開いたこの学習塾は北区の住民たちからは「キタナラ塾」と呼ばれている。そして、その塾を運営する女は、衛生の規範に縛られた団地の住人たち（塾生の母親たち）の感覚にはなじまない汚れの感覚を体現している。二度使った鼻紙を「お尻を拭く時に使う」と「気持ちがいい」という話をしたり、鳥の糞で作った臭い軟膏を肩に塗っていたり。そこには、郊外の団地住民の文化にはなじまない「におい」が立ち上っている。

だが、「北」の「子供たち」を引き付けているのは、北村みつこのこの汚さである。ドロドロやベタベタを愛する子どもたちは、清潔に整った空間を汚すものに引き付けられる。彼らは「けがれ」を求めて、南の塾へと通っていく。

こうした作品世界の象徴的構造に沿ってみると、『犬婿入り』は、衛生をめぐる攻防戦として読むこともできる。

そして、この「清潔さ」と「汚さ」の闘いは、過去をもたない空間としての郊外に、土地の記憶が侵入していく物語という時間軸上の意味秩序に沿うものでもある。

説話的媒介——伝奇的物語を呼び戻す場所

過去は、空間全体のなかでも、低い、湿った場所に宿っている。水は、その記憶のたまりを示す象徴的な意味作用を帯びる。町の南端に流れる「川」は、北側の住宅地の秩序には包摂されず、時を超えて同一の景観を体現する「記憶の場」でもある（その意味で、都市の「坂」と同じ位置価を有している）。そこには、郊外の清潔な空間とは本質的に異質なものが宿る。川本三郎の言葉を借りれば、「都市の隅の水辺にはまだかすかに異界が残っている」[3]のである。

したがって、川辺は、郊外の新住民たちにとってはどこか危険な場所でもあり、子どもたちをうかつに近づけてしまってはならない（潜在的な）悪所である。その危険な周辺地帯／境界地帯に流れ込んできた謎の存在として、みつこは登場する。『犬婿入り』は一種の「流離譚」である。そこでは、どこか外の場所からやってきた、素性が知れない者を、共同体がどのように迎え入れるのかが問われる。「北」の住人たちは流れ者であり変わり者でもある北村みつこをどのように扱っていいのかわからない。彼女たちは、この塾教師が放つけがれの感覚を危ぶみながらも、どこか貴種として、あるいは聖性を帯びたものとしてみつこを遇しているようにもみえる。いずれにしても、みつこは郊外住宅地に対する異物であり、よそ者である。町の秩序を攪乱し、揺さぶる危険な存在として、彼女は「南」の一画に居を構え、そこに子どもたちを呼び寄せている。

そのみつこを媒介として、「北」の住民たちが目を背けようとしているもの、見ないふりをしようとしているものが立ち現れ、浸透していく。その侵入を可能にしているのは、みつこが語る、そして自ら体現する古い物語である。〈犬婿入り〉は初め、昔話として、みつこの口から子どもたちに語られていく。子どもたちは、それを母親たちに語り継ぐ（かなりでたらめな記憶によって。したがってまた、そのつど新しい物語の版を立ち上げながら）。しかし、それが塾で先生が生徒に語った物語（昔話）であるあいだは、まだこの「町」にとって危険なものではない。ところが、「犬」に噛まれたことで人格の変容をきたしてしまった男・太郎が北村みつこの前に現れ、その尻を舐め始めるにいたって、物語空間は一挙に説話的な空間へと接続あるいは変容していく。

太郎は、その象徴的な位置でみれば、すでに獣（動物）である。太郎はもともと「町」の住人だったのだが、その外部へと離脱してしまった「異界の存在」である。この「動物」との性的交わりを受け入れてしまった時点で、みつこもまた、現実の秩序を脅かす両価性を身に付けてしまったといえるだろう。太郎の妻だった良子は、かつて自分の夫だった存在が、もはや自分が暮らす空間の住人ではないことを見抜いている。だから彼女は、もはや夫を取り戻そうとはしない。その後、太郎は、やはり町の住人である（ただしこれもまた、町の秩序に適応していなかった）男を連れて、「外」へと旅立つ。みつこは、この男の娘だった子どもを連れて、やはりいずことも知れぬ場所へ消えていく。

最終的に、「キタムラ塾」それ自体の存在が幻だったかのように、その痕跡がかき消され、おそらく「町」の住人たちはそれを忘却していく。郊外の空間に侵入した「犬」は姿を消して、その痕跡を残さない。

この一瞬の幻影のような、北村みつこと飯沼太郎の物語とはいったい何だろうか。それは、もはや異界のものとしてしか認識されない、土地の記憶の一瞬の想起のようなものではなかったか。それは「記憶」であるのだが、もはや寓話的《アレゴリカル》な歪曲を経ることなしには、現在の空間に呼び戻せない。いわば、それをごく当たり前の伝承として語る言葉を欠いた、いびつな形の記憶である。だからこそそれは、この郊外空間を脅かす異物として立ち現れ、住民たちは正しくその正体を見極めることができない。

文庫版の解説で与那覇恵子が記すところによれば、「団地や旧市街の住人たちの日常からは逸脱しているように見えるみつこや太郎らの言動は、様々な噂を紡ぎ出す。だがその噂も、本質を見まいとする母親たちの視線によって回収される。説話の世界では異質な存在は、共同体に組み込まれている無意識の「制度」を浮かび上がらせ破壊する脅威を与えるものであった。だが現在、普通の〈人間〉とは異なる位相に在るみつこたち〈異類〉は、かつてのように共同体に強い衝撃を与えない。電信柱に張りついている「キタムラ塾」の貼り紙のように剝がれずにしぶとくしがみついているシミのような存在でしかない(4)」。

ここで、〈異類〉の存在が、町の秩序を脅かしきれていないのは確かである。だが、本当に「母親たち」のまなざしはこの異物を「回収」しえているのだろうか。むしろ、最後の最後まで把捉しきれないものとして、立ち現れていないながら見えないものにとどまっているのではないだろうか。そのすれ違いも含めて、『犬婿入り』は郊外空間のアレゴリーである。その作品世界には、マジョリティーの言語によっては正しく指示されることがない、過去の痕跡が宿っているというべきだろうか。

3　三浦しをん「懐かしき川べりの町の物語せよ」

三浦しをんもまた、土地の記憶のうごめきに鋭敏な作家である。彼女の作品では、かなりの割合で物語の舞台になる土地が特定されている。そこでは、虚構の名を冠しているにせよ、実在の空間を借り受けているにせよ、その場所に生きてきた人々の過去が現時点の物語空間に侵入し、これを下支えしたり動揺させたりしている。

一連の作品を読み進めたときに非常に巧みだと感じられるのは、その舞台になる場所の土地柄（地域特性）によって、その空間に現れる記憶の形や様態が異なっていて、その差異が作品空間全体の雰囲気の違い（さらには、文体の違い）に結び付いていることである。例えば、『神去なあなあ日常』[5]『神去なあなあ夜話』[6]のような、伝統の継承が途絶えていない「山村」を舞台にしているときには、その地域に宿る記憶が物語空間全体を支えて、読者は安定的な意味世界に身をゆだねることができる（「神去」シリーズは、都市からその村に移動した若者が、その空間に蓄積している人々の知恵を発見し、学び取り、成長していく物語である）。あるいは、『白いへび眠る島』[7]のように、伝奇的な物語が人々のコスモロジーのなかに息づいている場所に舞台をとり、ただし、その伝統的世界の動揺を主題化している場合もある。これに対して、『政と源』[8]のように、東京の下町に舞台をとった作品では、その地に生まれ育ち、ずっとそこで生活をしてきた二人の老人を主人公に置いて、随所に回想的な語りを挟むことで、（都市空間の）表面には見えにくくなった歴史を呼び込んでくる。そして、『まほろ駅前多田便利軒』[9]に代表される、郊外空間に舞台を置いた作品では、中途半端に損なわれ、しかしきれいに塗り込められているのでもない場所の記憶が、過去と現在が混然となった空間のなかに配置され、それが登場人物たちの個人的な過去の記憶と呼応しながら、物語を生成させていく。

ここでは、『むかしのはなし』に収録されている「懐かしき川べりの町の物語せよ」を取り上げて、文学作品がどのように郊外の記憶を語ろうとしているのかをみていくことにしよう。

物語

舞台は、やはり多摩川沿いに位置する「町」である。語り手は、この「町」に暮らし、高校に通っていた「僕」。物語の中心に置かれるのは、「僕」の高校二年生のときのクラスメートである神保百助、通称「モモちゃん」である。モモちゃんは、かつてやくざの情婦で「なんかの見せしめのために樹海の奥の大木に吊されて死んだ」と語られる母親の子どもで、補導歴二十四回、鑑別所送り三回とうわさされる伝説の高校生である。手ぶらで登校し、教室のいちばん後ろの席で居眠りをしているかフルーツサンドを食べるかして、毎日を送っている。みんな恐れて近づこうとしないが、ひそかな尊敬を集めている。そのモモちゃんにタメ口をきくことができる二人の高校生がいる。一人は、同じマンションで育った幼なじみの有馬真白《ましろ》。もう一人は、モモちゃんの彼女で、やくざを父親にもつ宇田鳥子である（宇田鳥子の父親である城之崎組の組長・田山は、実はモモちゃんの父親でもあるらしい）。

語り手である「僕」は、ある日、多摩川の河原でホームレスの家を破壊しようとしていた中学生たちに絡まれているところを、たまたま通りかかったモモちゃんと宇田さんに助けられ、その後モモちゃんのマンションに遊びにいく間柄になる。特に何をするでもなくだらだらと過ごす時間が流れていくのだが、あるとき宇田さんが、自分の母親はダイヤモンドを飲み込んで自殺した、その腹から回収されたダイヤモンドを父親は愛人に贈ったのだと語る。それを聞いてモモちゃんは「僕」を連れて、そのダイヤモンドを盗みにいくことにする。愛人・来島さくらのマンションに押し入ったモモちゃんは、さくらの運転手を殴り倒し、その運転手とさくらを縛りつけ、ダイヤモンドを奪ってくる。

その頃（これは、語りが進んでいくなかで次第に明らかになっていくのだが）、地球には隕石が接近していて、三カ月後には衝突して人類が滅びようとしている。地球を脱出するためのロケットが準備され、そのチケットが抽選で当たることになっている。

学校に田山が現れる。田山は「僕」に脱出ロケットのチケットを一枚渡し、これを百助に渡せ、でも自分のものにしてしまってもかまわない、と告げる。「僕」は、そのチケットを自分のものにして生き延びる。しかしモモちゃんはそれを知っているらしく、もしチケットが手に入っても「欲しいんなら、おまえにやる」と告げる。「おまえは一人で長生きする。俺は鳥子と一緒に地球に残る」

物語は、ロケットに乗って脱出した「僕」が、後年になって回想した語りである。

郊外、中産階級的秩序と暴力

「懐かしき川べりの町の物語せよ」もまた、郊外の「町」に共在する二つの異質な集団（文化あるいは階層）が接触する場面を描き出している。

一方の集団は、語り手である「僕」によって代表される。「僕」は「山を崩してつくった住宅街」のなかの一戸建てに住み、地元の高校に通う高校生である。両親と弟と四人暮らし。「父とは顔を合わせてもとりたてて会話もなかった」（二八六ページ）という記述からは、サラリーマン家庭で父親不在の状況がうかがえる。母親は子どもを塾に通わせることにばかり熱心で、しかし「僕」が実際にどういう日々を過ごしているのかもわかっていない。部活にも入らず、成績も悪い。ただ単調で退屈な日々を過ごす「僕」は、典型的な郊外的中産階級の子どもという位置を与えられている。

僕の世界は、とても単調なものだった。

山を崩してつくった住宅街の一戸建てを、毎朝七時五十五分に出る。八時過ぎのバスに乗って、駅前の商店街のはずれにある高校に着くのが八時二十分。教室で友だちとしゃべりながら、始業までの十分を過ごす。あとは一日、決められたとおりに椅子に座ったり校庭で体を動かしたりし、クラブには入っていなかったから、放課後は暇をもてあまして、教室でいつまでも友だちとふざけたり、駅前で寄り道したりする。
帰宅が夜の八時よりも遅くなることは、めったになかった。
（一八五―一八六ページ）

もう一方の集団は、モモちゃんと宇田さんが体現している。二人は、ともに「ヤクザ」を親にもつ「裏社会の子どもたち」であり、郊外のマンションに生活の拠点を置いて高校に通ってきているが、根本的にサラリーマン家庭の子どもたちとは相いれない存在である。というより、郊外の中産階級的な常識のうえに成り立つ秩序を完全に超越した世界に生きている（例えば二人は、体育館のマットの上でセックスに及び、人に見られても何ら悪びれるところがない）。その意味で、モモちゃんや宇田さんもまた、この地域コミュニティーからみれば〈異類〉である。そのために彼らは「普通の子どもたち」から恐れられ、また尊敬されている。モモちゃんは「最強の高校生」という伝説のオーラをまとっている。

その超越ぶりは、彼らの暴力性として顕在化する。モモちゃんは町中で大勢に囲まれても、それらを張り倒して、かすり傷で学校に通ってくる。自分に噛みついた犬を、逆に殴り殺してしまう。宇田さんもまた、中学生の頭を平気で角材で殴りつけたりする。力と力のぶつかり合う場面で、瞬発的に相手を上回る動きをみせることができる。

表1　「懐かしき川べりの町の物語せよ」と「桃太郎」の項目相関図（筆者作成）

小説：説話	
モモちゃん：桃太郎	
宇田さん：雉	
有馬：猿	
僕：犬	
フルーツサンド：きびだんご	
やくざ：鬼	（来島さくら⇔鬼が島、城之崎組⇔鬼之崎組）
ダイヤモンド：財宝	

そこに、二人の卓越性を見いだすことができる。

しかしそれは、普通の高校生が没暴力的で、モモちゃんたちが暴力的という単純な二項対立のなかにあることを意味するわけではない。

郊外の中産階級的秩序もまた、ある種の暴力によって、その外部に位置するものや外部との境界にあるものを排除することで成立している。その一面を端的に示しているのが、川辺にあるホームレスの住居に対する襲撃である。「町」にとって川辺が異界としての象徴的価値を有することは前節でも述べたとおりである。この作品では、その川辺に居どころを見いだしている人々の住まい（段ボールとブルーシートで作った家）を、中学生たちが（何の脈絡も示されないまま）破壊している場面を描いている。その破壊行為を、「清潔」な居住間に対する異物が醸し出す「けがれ」への排除衝動に基づくものとみることにさほどの無理はない。中学生たちは、自分たちの都市の「衛生」を脅かす存在に恐れを感じ、それを殲滅しようとするのである。

この中産階級的秩序維持の暴力に対してモモちゃんが立ちはだかるという構図には、したがって必然がある。そして、偶然その場に居合わせた「僕」が、その事件を契機にモモちゃんたちのグループに接触し、そこに入り込んでいくのである。

ただし、モモちゃんの暴力は、決して正義のための力の行使ではない。彼にとってみれば、自分に嚙みついてくる犬を殴り殺すことと、中学生を叩きのめすことにさほどの違いはない。ただ、そこに殴り倒すべき者がいるから殴り倒す。ただそれだけの、シンプルな行為。そこにモモちゃん的な生の形がある。モモちゃんが郊外空間の秩序を超越するのは、このシンプルさ（真っすぐさ）ゆえである。そして、その身もふたもなさにおいて、モモちゃんは説話的世界に接続する。

説話的媒介——身もふたもないものとしての「生」

『むかしのはなし』は短篇連作集であり、個々の作品はそれぞれに昔話を下敷きにして、これを現代の空間に移し替えた物語として語られていく。各作品の冒頭には、ベースに敷いた物語（「かぐや姫」「花咲か爺」「天女の羽衣」「浦島太郎」「鉢かづき」「猿婿入り」「桃太郎」）の粗筋を故意にそっけなく要約し、提示している。

昔話には、近代的な読者の期待を裏切るような、身もふたもない物語が語られている。そこには、教訓も道徳的な含意もない。ただこのようにあったとしか言いようがない生の形がさらけ出されている。「懐かしき川べりの町の物語せよ」のもとになる「桃太郎」の粗筋は、次のように語られる。

桃太郎

おばあさんが川で洗濯をしていたら、大きな桃が流れてきた。家へ持って帰り、おじいさんと一緒に食べようとすると、桃が割れてなかから男の子が生まれた。おじいさんとおばあさんは、その子を桃太郎と名づけて大切に育てた。

成長した桃太郎は、おばあさんが作ったきびだんごを腰に下げ、鬼が島へ鬼退治に向かった。桃太郎は、途中で出会った犬と雉と猿にきびだんごを与え、自分の供として彼らをつれていった。

鬼が島に着いた桃太郎は、犬、雉、猿と協力して、鬼を退治した。鬼の大将は、「命だけは助けてくれ」と言い、宝を桃太郎に差しだした。桃太郎は宝を車に積み、犬、雉、猿に引かせて、おじいさんとおばあさんのもとへ帰った。

（一七六ページ）

「桃太郎」と「モモちゃん」の話。二つの物語を構成するアイテムの対応関係は明確である。「懐かしき川べりの町の物語せよ」は、現代版の「桃太郎」として語られている。この語り直しを考えるうえで大事なポイントの一つは、「桃太郎」には何の正義もないということにある。彼は、何のいわれもなく「鬼」たちの島を襲い、そこに蓄えられていた「財」を奪って逃げる。それは善でも悪でもない。その行為を正当化するものがあるとすれば、それは強奪の相手を「鬼」と名指す共同体の側のまなざしだけである。「鬼」とは、共同体の外部にあって、村の秩序を脅かすなにものかに付された徴《ラベル》でしかない。しかし、その「鬼」を「退治」にいく桃太郎も、川を流れてやってきた（共同体の外部から到来した）〈異類〉の子である。その象徴的な位置で、桃太郎は「鬼の子」であるといってもいい。

同様に、「懐かしき川べりの町の物語せよ」では、強奪の相手が「やくざ」という徴《ラベル》によって差別化されている。しかし、何の罪もない女と運転手を縛り上げて、ダイヤモンドを盗み出すというモモちゃんたちの行為に何の理《ことわり》（正義）もないことは明らかである。そして、モモちゃんもまた「鬼（やくざ）の子」であり、共同体の外部に生まれ、この「町」に流れ着いてしまった〈異類〉にほかならない。

こうして、桃太郎という傍若無人な主人公の位置にモモちゃんという破格の高校生を置くことによって、作品は郊外の生活空間に説話的な物語を呼び入れる。それは、近代社会が忘却しようとしてきた生の形、身もふたもないものとして営まれていく生活の記憶を招来する装置である。

郊外の町を回想する

しかし、この作品が何より巧みなのは、昔話を呼び込みながら現代を語るという意匠をまとって、その現在を回想の対象に据えているところにある。

『むかしのはなし』という作品集は、読み進めていくにしたがって、この星に間もなく隕石が衝突し、いわれもなく滅亡する運命にあることがわかっていく、という構成になっている。そして、作品集の最後に置かれた「懐かしき川べりの町の物語せよ」では、語り手（「僕」）が、ロケットに乗って地球を脱出したあと、この「町」の思い出を回想するという形式をとっている。モモちゃんたちは、すでに死んでしまった（にちがいない）存在であり、彼らのひと夏の思い出は、完全に失われてしまった過去として想起されている。

屋上からは、銀色に光る駅舎の屋根や、長くのびていく線路、その行く手に横たわる多摩川の流れや、遠くにかすむ緑の丸っこい山並みを、すべて見渡すことができた。僕はその景色を眺めるのがとても好きだったんだ。

僕の暮らしていた町の風景。もうずいぶん昔に見たきりだけど、いまでも目を閉じると浮かんでくる。

これから人類がどれだけほかの惑星を開拓したとしても、あれと同じ風景を手に入れることは、絶対にできない。

（一九一ページ）

どこにもたどり着くべき目標点がないぐだぐだの日々を思い起こすという物語行為が、地球滅亡後という破天荒な設定のもとになされている。終わりなき日常の突然の終わり。その終焉後に回想される日常の風景。親父の愛人からダイヤモンドをかっぱらいにいくという冒険譚。それは滅亡を前にした「町」の暮らしの一コマである。

無駄なことをしたものだ、と思うひともいるかもしれません。三カ月後には隕石が地球にぶつかる運命だったのに、わざわざダイヤモンド一個を盗みに入るなんて、と。

でも僕はそうは思わない。

八月の残りの半分を、僕たちはモモちゃんの部屋で、それまでと変わらず過ごしました。隕石についての話題は、ほとんど出なかったような気がする。

有馬の日焼けした皮膚を、みんなでそろそろと剝《む》いて楽しみました。宇田さんの鎖骨には、いつも大切そうに提《さ》げられたダイヤが光っていました。モモちゃんは相変わらず、我慢できなくなると自分でフルーツサンドを作って食べていました。そして僕は、それらの光景をかけがえのないものと感じ、夏が終わらなければいいのにと思っていました。

（二五八―二五九ページ）

「無駄なこと」しか起こらない日常を「かけがえのないもの」として語るための装置として、それを滅んでしまった星の記憶に据えるという設定を選択している。郊外的な平板な生活の空間はいとおしい思い出の場として語られる。（隕石の衝突によって）文字どおり「難民」と化した「僕」にとって、この「町」こそが懐かしむべき「故郷」になっている。「記憶なき」郊外の町が、「記憶のなかにしかない」思い出の地になっているのである。

三浦しをんの諸作品にはしばしば、べつに特別なこともない日常を懐かしむ視線、いま現在の生活への郷愁とでもいうべき感覚がはたらいている。私たちは、記憶されるべき日々をいま生きている。郊外の「町」は、やがて思い出になるべき「ふるさと」なのである。

4　説話的記憶と郊外の町の物語

多摩川の辺《ほとり》に位置する「町」を舞台にとった二編の物語作品を取り上げてみてきた。二作品に共通しているのは、郊外の住宅地として開発されている空間をその典型性において描出しながら、そのなかに、この「町」の秩序に対する異物として立ち現れるような存在を住まわせていることである（『犬婿入り』の北村みつこ、「懐かしき川べりの町の物語せよ」のモモちゃん）。

そして、この「町」に闖入してしまった〈異類〉はいずれも、説話的な世界をこの郊外的空間に呼び込む回路として機能している（『犬婿入り』の説話と、昔話としての「桃太郎」）。

説話は、それ自体が記憶の伝承の形式である。そこには、かつて人々が経験した出来事の記憶が変形し、凝縮して具現化している。しかし、そこに内包される物語的な知は、その形式性においてすでに過去のもの（前近代的なる認識）として受け止められる。したがって、説話的なるものの導入は、二重の意味で記憶の呼び込みという性格をもつ。それをここでは、記憶の「説話的媒介」と呼んでおこう。現代の都市・郊外を舞台にして構成される小説は、説話を媒介にして、自らの物語空間に記憶を呼び寄せている。

こうした説話的媒介の技法は、過去を表象する特異な形式になる。それは、生活のなかに埋め込まれた伝統や慣習としての記憶とも、正統な保存場所（ピエール・ノラがいう「記憶の場所」[10]）に収められて展示された「集合的記憶」とも、「歴史」として言語的に構成された過去の事実とも異なるものとして、いま現在の生活空間のう

（過去）　　　　（現在）　　　　（未来）

町

昔話＝過去　（侵入）→←（想起）

（説話的媒介）

〈犬婿入り〉　　　『犬婿入り』　　　→（忘却）・・・・・・・

〈桃太郎〉　　　「懐かしき川べりの町の物語せよ」

（想起されるべき昔話としての現在）←（想起）

図2 『犬婿入り』と「懐かしき川べりの町の物語せよ」の複層的時間編成（筆者作成）

ちに忍び込む。それは、必ずしもその土地に宿る記憶として認知されるとはかぎらない。むしろそれは、異形のものとして現れ、どのように対処してよいのかもわからないものとして、回収も排除もできないままに、この空間のなかを循環する浮遊項になる。

　言い換えれば、説話的な媒介による過去の闖入は、この空間のなかに流れる時間を切断し、亀裂を生み、多層化していくはたらきをもつ。説話的な時間とは、都市空間のゆがみを突いて現れる異種の時間である。それは、理解されきらず、その意味で「町」の生活の秩序には回収されないまま「現在の時間」に侵入し、そこを通過して去っていくような「異様な時の流れ」を生む。二つの小説テクストは、そのようにしてその土地に宿る複数の時間を並列させているのである。

　他方で、二つの作品は、それぞれに異なる形で未来の時間との関わりを描いている。そこに語られた物語を現在の位置に置くとき、『犬婿入り』のなかの北村みつこの逸話は、彼女が「町」を去り、「キタムラ塾」が取り壊されてしまったことによって、「北」の住人たちの記憶からは瞬く間に消え去ってしまう。その物語が語られている時間のなかだけに存在し、そのあとには痕跡も残さない、一瞬の幻想のようなものとして立ち消える（『犬婿入り』で語られるのは、農家が転業して廃屋になった家がアパートに建て替えられるまでの「隙間」の時間に起こった出来事である。農村的な風景が郊外住宅地の景観に塗り替えられる合間に浮上した、消え去るべき過去の形象の浮上）。

　これに対して、「懐かしき川べりの町の物語せよ」では、モモちゃんと過ごしたひと夏の逸話が、この星＝町の滅亡後の時点から想起され、「むかしばなし」として語られるという形で記憶化されている。僕たちがいま「桃太郎」の話を何らかの記憶の器として受け継いでいるように、「僕」たちはモモちゃんの話を継続する。前述のように、現在が想起の対象に置かれ、「懐かしき」ものとして語られる。そのようにして、記憶は生成し続けるのである。

では、この作品（テクスト）を媒介にして、私たちはどのように郊外空間に関わることができるのだろうか。物語テクストを媒介項としたときに、私たちが現実の都市・郊外空間との関係をどのように結び直すことができるのか。またそのとき「時間と空間の交わり」（クロノトポス）がどのように経験されるのか。それを問うために、私たちはテクストをもって町に出ることにする。次章では、『犬婿入り』の舞台になる空間を訪ね、歩いてみよう。

＊引用作品
多和田葉子『犬婿入り』（講談社文庫）、講談社、一九九八年
三浦しをん「懐かしき川べりの町の物語せよ」『むかしのはなし』（幻冬舎文庫）、幻冬舎、二〇〇八年

注
（1）管啓次郎『狼が連れだって走る月』筑摩書房、一九九四年、八六ページ
（2）「湿った場所」と「乾いた場所」の象徴的対照性については、前掲『アースダイバー』を参照。
（3）川本三郎『郊外の文学誌』（岩波現代文庫）、岩波書店、二〇一二年、三四五ページ
（4）与那覇恵子「解説　〈間〉をめぐるアレゴリー」、多和田葉子『犬婿入り』（講談社文庫）所収、講談社、一九九八年、一四六ページ

（5）三浦しをん『神去なあなあ日常』徳間書店、二〇〇九年
（6）三浦しをん『神去なあなあ夜話』徳間書店、二〇一二年
（7）三浦しをん『白いへび眠る島』（角川文庫）、角川書店、二〇〇五年
（8）三浦しをん『政と源』集英社、二〇一三年
（9）『まほろ駅前多田便利軒』（文春文庫）、文藝春秋、二〇〇九年（初出：二〇〇六年）
（10）Pierre Nora, *Les Lieux de mémoire*, Gallimard, 1984-1992.（ピエール・ノラ編『記憶の場――フランス国民意識の文化＝社会史』第一巻―第三巻、谷川稔監訳、岩波書店、二〇〇二―〇三年）

第2章　越境の場所
——『犬婿入り』の「町」を歩く

私は、場所は「ほぼ完全に」消えたと言う。つまり場所は決して完全に消えたわけではなかった。ハイデガーが言いそうなことだが、それがまさに隠されているということの一部は、少なくとも部分的には隠されていないということを含むのである。

エドワード・ケーシー『場所の運命(1)』

1　現実空間の「写像」としての物語空間

小説のテクストを携えて、物語の舞台になった郊外の空間を歩いてみること。これが、以下に継続される課題である。

しかし、私たち読者が小説のテクストの外部に出るということは、作品世界の経験としてはどのような意味をもつのだろうか。物語、とりわけ虚構《フィクション》として差し出された物語は、実生活上の現実に対して自立的な小宇宙を形成する。物語世界は読書という行為を通じてはじめて立ち現れるものであり、その意味は基本的にテクスト内在的に読み解くしかない。それを外的現実に結び付けることによって、私たちはどんな認識を得ることができるのか。

この問いは、文学や物語という対象の固有性を考えるうえで否定しがたい重要性をもっている。確かに私たちは、文学テクストが構成する意味世界を、その外部の現実に還元してしまうことはできない。しかしながら他方で、物語空間がしばしば外的空間との対応関係を有していることもまた否定しがたい。そして、テクストだけを読んでいるときには十分に把握できない二空間の関係をたどっていくことが、ときに作品の成り立ち方を知る有力な方法になりうる。それを実に見事に示したのは、前田愛『都市空間のなかの文学』だった。

前田は、文学作品を読むという経験は夢のなかの空間に入り込むことに似ていると語る。「理想的」な読書では、「作品の世界に没入している間、読者が周囲の現実と交信する意識のスイッチは切られている」のであり、そのとき作品空間は、「日常的な意識の輪郭がとけ出して行くあわいにすべりこんでくる夢の世界」[2]と相同的なものである。読者は、日常的な経験の世界から隔たっている特異な空間、テクストの「内空間」を生き始めるのだ。

ただし、テクスト空間は、その外部に広がっていると想定される空間、例えば都市空間の「写像」として成立している。それは、外部空間の現実を変換する独自の「関数式」に従って構成される。そのことが最も明瞭にみえるのは、実在の地名を挿入している都市小説においてである。

私たちがまだ訪れたことがない都市であっても、小説のなかで出会う街の名前には、空想をそそりたててやまないふしぎな色彩や響きがこもっているが、その一方で、作中人物の動きにそって紹介される街の名や通りの名や橋の名の連なりは、都市の解読についやされた作者の精神の歩行を解きほぐす糸口になる。[3]

文学テクストのなかに呼びあつめられた地名は、現実の都市空間と虚の言語空間とが相互に浸透しあう界面

であり、その集合は言語の次元に変換された都市、いわば「言語の街々」（篠田一士）を支える底辺をかたちづくっている。(4)

「文学作品が提供する特定の場所をめぐる情報や風景のイメージは、テクストの「内空間」を構成する素材ではあるものの、「内空間」そのものではない」(5)。しかし、都市空間を語るテクストは、それ自体、作者がその空間を読み解いていく営みの所産であり、「書く」という行為を通じて現出する、外部空間の「変換系」である。その変換のプロセスを「解きほぐす」読み方があってもいい。実際に『都市空間のなかの文学』は、作品に描かれる街を歩きながら、テクスト空間の重層的な構造を浮かび上がらせる卓越的な読みを提示している。私たちもまずは、前田に倣って、現実空間の変換式の読解を通して、作品の成立過程を明らかにすることに務めよう。

2　物語空間の「原因」としての現実空間

しかし、物語空間が現実空間の「変換」によって成立しているというとき、前者を後者の「写像」として位置づけるだけでは十分ではない。それは同時に、現実の空間のなかから物語が生起するということであり、さらに強い言い方をすれば、場所が物語を生み出している、とみることもできるからである。私たちはここで、外的空間がある特異な形態で虚構の物語の「原因」になる、という視点を得ることができる。

物語の書き手（作家）は、自らがそこに投げ込まれ、それを生きている空間を読み解き、これをテクスト空間上に再編成しながら作品を構成していく。このとき、二つの空間の結び付きが強い意味を獲得するとすれば、それは、空間的現実が物語の発生を促す要因として書き手にはたらきかけるからである。このような場合、作家は物語の原因（創造主体）ではなく、むしろ空間（現実）と空間（作品）をつなぐ媒介者の位置に立っている。書き手を媒体にして、土地あるいは場所が物語の産出主体となるのである。

そのためには、おそらく、現実の空間が物語的な意味を伴っているだけでは十分ではない。人々は確かに、環境世界を物理空間としてだけではなく、生活文脈に即して意味がある場所として経験している。このとき、生活自体が出来事の継起のなかで形作られていく意味の織物であるので、現実空間は何らかの物語性を帯びたものとして組織される。空間は、人々が生きている物語のひとコマに関わることによって「場所性」を獲得する。しかし、現実の世界に物語的意味が充塡され、それが人々の生活を十分に包摂するものであるならば、そこに新たな物語を、リアリティー構成の次元を変えて生起させる理由は乏しいように思える。

では、すでに物語の舞台として生きられている空間が、異なる次元でさらに物語を生み出すとすれば、それはどのような事情によるのだろうか。やや図式的に単純化すれば、それは日常的生活世界を語る私たちの言葉——通常の語彙や文法——には収まりきらない何かを経験したり、慣習的行為の文法では対処しきれない問題に出合ったりして、その経験が日々の現実を構成する語りとは異なる、別様の物語を要求するからではないだろうか。「現実」の内部では十分に処理しきれない何らかの緊張が生じるとき、これを起点として「虚構」の物語が立ち上がる。[6] このような視点に立てば、物語空間の外部にこそ、その物語の生起を促した「原因」が存在することになる。私たちが虚構の世界の外に出かけていくのは、このような意味で「物語を生み出す場所」を探しにいくためでもある。

その場所がどこに、どのような相貌で私たちの前に現れるのかは、事前にはわからない。ただし、その手がかりはやはりテクストのなかにある。物語の起動を促した緊張や葛藤は、その痕跡を何らかの形で物語世界のうちに残しているからである。例えば、物語世界に現れる亀裂や空白、物語の意味が過剰に集中する場所——〈クロノトポス〉。こうした（物語空間内の）手がかりに対応する形で発見される（現実空間上の）場所に、私たちはその物語を生み落とした「原因」を見いだすことができるはずである。そこには、物語の生起を促すような緊張、あるいは何か「穏やかならぬもの」が潜んでいるにちがいない。「現実」の意味空間にうがたれているその危険な隙間、しばしば目にとまりにくい小さな闇。そういった場所を探して、私たちは現実の空間を歩くことになる。

そして、その作業を通じて私たちは、作品世界だけではなく現実空間をもまた、それまでとは別様に捉えることが可能になるだろう。ある場所を「物語」を生み落としたものとして再発見するとき、そこは日常生活のなかでは十分に意味づけられない特異な体験の場として立ち現れてくるかもしれない。そのようにして、郊外の空間との関わりを刷新すること。ここに、探索のもう一つの目的がある。(7)

以下、そんな危うい期待を抱きながら、多和田葉子の小説『犬婿入り』の舞台になった「町」に足を踏み入れることにしよう。(8)

3　「町」を探す――立川・柴崎から矢川・谷保あたりへ

「町」の原型になる地域

小説のテクストが、どこかに実在する空間をそっくりそのまま、物語の舞台として再現していると考えなければならない理由はない。『犬婿入り』の「町」についても同様である。むしろ「町」は、そのきわめて図式的な造形からもうかがえるように、ある意味で「郊外」なるものの縮図であり、戯画である。しかし、その一方でテクストは、この「町」を任意の、匿名の場所として設定しているわけではない。前章の四五―四六ページに引いた「町」の様子を示す一節（『犬婿入り』八九―九〇ページ）を読み返してみよう。私たちはここに挙がっているいくつかの固有名詞（多摩地区、多摩川など）や具体性を帯びた手がかり（〈日本橋から八里〉と刻んである道標、竪穴式住居の跡、稲作の伝統、宿場町としての繁栄など）から、ある程度まで物語の舞台を絞り込むことができる。

このとき、私たちが「町」を探して訪ねるべき場所は、東京・ＪＲ立川駅周辺とその南側の柴崎付近、そしてそこから東に移動して、ＪＲ南武線の矢川駅から谷保駅の南北にまたがるエリアである。

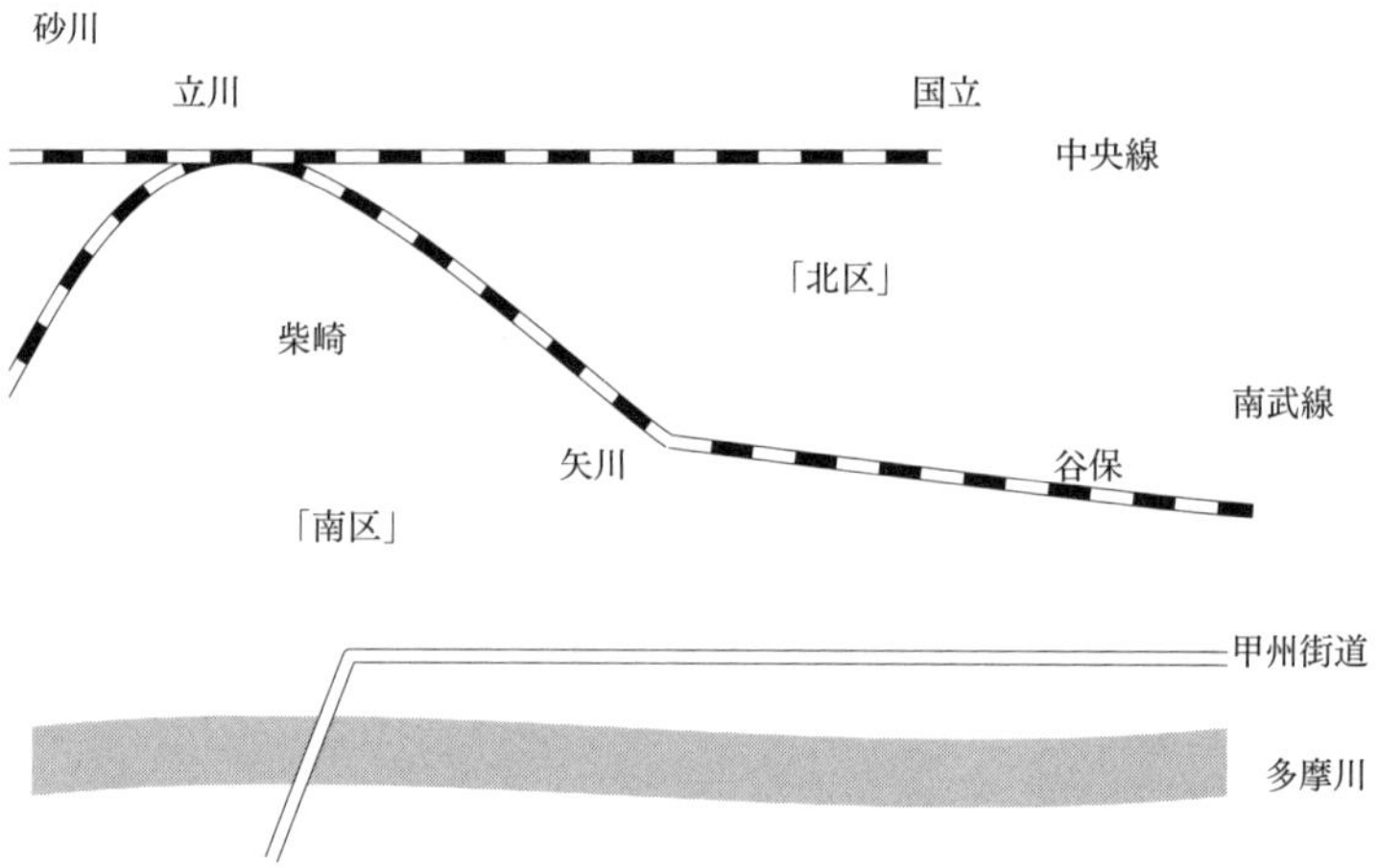

図3　「町」の舞台になる空間（筆者作成）

もちろん、物語の舞台は現実の地理的空間の忠実な反映ではない。前述のように、それは実在する都市空間（場所）を変換して構成した「写像」であるからだ。

実際に歩き回って探査してみると、『犬婿入り』については、作品中の「町」と現実の町との対応関係をある程度具体的に絞り込むことができる。以下に少しずつ確認するように、北区のモデルになるのは南武線の北側に点在する「矢川北アパート」や「富士見台（第一から第三）団地」であり、南区は、南武線の西南に広がる「国立市谷保」「矢川」「青柳」から「立川市羽衣町」「錦町」「柴崎町」までのかなり広い範囲をトレースしている。作品中の「町」には、小学生が歩いて塾に通うことができるような、限られた空間的広がりが与えられている。しかし、実際にはもう少し広い範囲に散在する風景や事物を、「町」のなかに移し替えているようである。それを踏まえてみると、「町」は、広域の対応関係としては、JR中央線と南武線の立川駅から矢川駅・谷保駅にいたる幅のなかで、その北と南に広がる光景を取り込んで、凝縮的に造形化したものといえる。

そして、そこからさらに限定して「町」の所在を特定しようとすることもできる。このとき、候補になる場所が二カ所ある。

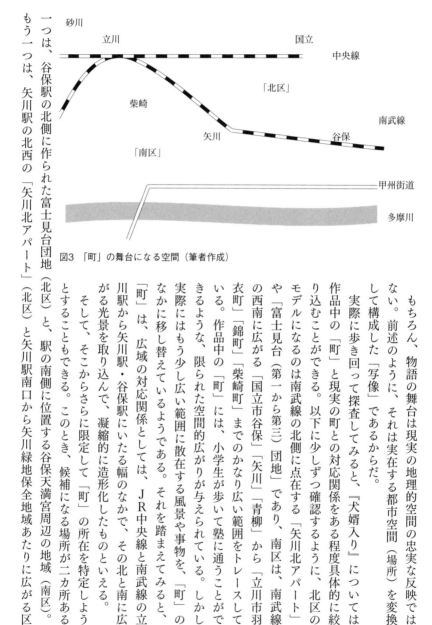

一つは、谷保駅の北側に作られた富士見台団地（北区）と、駅の南側に位置する谷保天満宮周辺の地域（南区）。

もう一つは、矢川駅の北西の「矢川北アパート」（北区）と矢川駅南口から矢川緑地保全地域あたりに広がる区域（南区）である。『国立市史』によれば、富士見台団地への入居が一九六五年。[9] 国立市議・石井伸之のウェブサイト[10]によれば、都営矢川北アパートの建設は、六八年から七〇年。いずれも、作品中に示された「三十年前から人が住み始めた」団地という記述に適合する。

作品中の「町」に書き込んである「鉄道」という境界線の意味も、実際にその土地に足を踏み入れ、歩行者の視点から眺めてみると、ひときわ鮮明なものになる。

写真1　富士見台団地（東京都国立市富士見台）

写真2　矢川北アパート（東京都国立市富士見台）

写真3　谷保天満宮（東京都国立市谷保）

　例えば、ＪＲ南武線谷保駅から、北口の階段を下りてみる。小さなロータリーから真っすぐにイチョウ並木が延びて、二、三分も歩けば富士見台第一団地である。団地に付設されたマーケットには、理髪店、美容室、文具店、電気店、喫茶室が並ぶ（「昭和」のにおいがする空間である）。団地のなかに足を踏み入れると、方形の広場に面して郵便局と集会所。直線的なデザインに貫かれた典型的な五階建ての団地の風景が広がる。そして、広場にはゴミ一つ落ちていない。清潔に、丁寧に管理されていることが、その景観からもうかがえる。

　そこから南へ引き返して、駅のホームの西側に位置する踏切を渡ってみる。雰囲気が一変する、とまではいえないとしても、地域性（土地柄）の落差は確かにある。景観を構成する要素として明らかに違うのは、以前には農家だったと思われる、あるいはいまも農業を営む家が何軒も並んでいることである。平屋の瓦屋根の屋敷、低い石垣に支えられた広い前庭。そこに根を下ろした梅や木蓮や椿の木々、納屋や蔵、屋敷を囲む竹林。そして、それらの家々のなかには廃屋になっている建物も見受けられる。住民と土地との時間的な結び付きの違いが、その家屋の形態や築材に歴然と表れている。そして、線路の手前からすでに谷保天満宮の大きな鳥居と、それを囲むさらに背が高い木々が見える。鳥居をくぐったところから、急な傾斜で土地が下がっていることがうかがえる（木立と土地の起伏に守られて、この平面からは見えない空間、その意味での「闇」が広がっている）。

　矢川駅の周辺にも、同じような対照性が感じられる。やはり、駅舎の北側に小さなロータリーがあり、そこから桜並木が北側に延びている（矢川通り）。二、三分も歩けば、スーパーマーケットとハンバーガーショップが入った商業施設にぶつかる。その隣に見晴らしがいい児童公園が広がる。矢川通り沿いには、外食のチェーン店、ドラッグストア、古本チェーン店など、郊外のロードサイド型の店舗が多い。その意味で格別の卓越感はないが、比較的新しく商業化されたエリアであることがうかがえる。これに対して、駅前のロータリーを左手（西側）に向かうと、「矢川メルカード」と名づけられた少し古風な商店街に入る。和菓子屋、花屋、電気店、居酒屋、洋品店、酒屋、パン屋、米屋が軒を連ねる。その先がすぐに矢川北アパートで、これに隣接して八百屋、肉屋、魚屋、床屋が並んでいる。やはり「昭和」の気配が漂うエリアである。

矢川北アパートは、南武線に沿って東西に広がっているが、駅前の踏切を逃すと、団地の西の端まで線路を渡るルートが一つも設置されていない。導線設定の段階で、団地の住人が鉄道の南に向かうことをまったく想定していないようにみえる。団地西端の踏切（青柳踏切）を渡り、坂を下るとすぐ右側（西側）に矢川緑地の入り口がある。ここもまた子どもたちの遊び場だが、北の児童公園との対照で、鬱蒼とした木立が囲み、視界を遮っている様子が印象的である（緑地は郊外の住宅地のなかに小さな「闇」を温存している）。

写真4　矢川緑地保全地帯（東京都立川市羽衣町）

この踏切の南北で、町並みの外観は一変する。車でのすれ違いに苦労するほど道幅が狭くなり、蛇行し、入り組んでいる。古い農地と水道（矢川）に沿って作られた道筋がそのまま生きていて、その両側にばらばらと（無計画に）個人住宅やア

写真5　境界線としての鉄道（東京都国立市谷保）

パートを建造してきたことがうかがえる。

両地点を通じて、南北の顕著な違いは、農地の残り方だろうか。南武線の北側にも畑は点在するが、その比率は線路を渡ると目に見えて大きくなる。いまもなお農地をつぶして宅地化が進行中であることが実感できる。そして、北側の団地は、かつての地形や土地利用の痕跡をまったくとどめずに整地したうえに建設されているのに対し、南側では、近世以来の農村の地形を塗りつぶすことなく、これに沿って宅地の造設が進められてきたことがわかる。

写真5は、鉄道の南の国立市谷保六五〇〇番地付近から北側を撮影したものである。南武線の列車が通りかかり、その手前には農地が広がり、その向こう側に見上げるようにして矢川北アパートの上層部が見える。鉄道は、地域間の明確な境界線の役割を果たしている。

作品を構成するアイテム

作品中に登場するさらに具体的なアイテムについても、これに対応する場所や物をこのエリアのなかに、またはその周辺に発見することができる。

①〈日本橋から八里〉

甲州街道は、右に示した広域のエリアの南端を、多摩川沿いに走っている。かつてそれは、現在の柴崎体育館の裏手あたりで「日野の渡し」にいたり、船で多摩川を越えて対岸へと続いていた。厳密にいえば、過去にさかのぼってもこのエリア内に「宿場」は存在していない。宿場町だったのは対岸の「日野宿」であり、江戸方面に一つ戻れば「府中宿」になる。しかしそれでも、街道を往来する人々、渡し場で船を待つ人、乗り降りする人の姿は確かにあったはずである。距離としてみれば、日本橋から柴崎の渡し場あたりまでの距離は約三十七キロ。「八里」よりはわずかに長い。

旧・甲州街道の「日野の渡し」の近く、現在の柴崎体育館の裏手には「道標」が存在していた。現在それは、立川市歴史民俗資料館の裏庭に移設されている。三角形の石造りの道標で、「左 甲州街道」「右 はいしま 五日市 みち」と刻まれている。また、作品中で言及されているような〈日本橋から八里〉の道標もまた、実際に立川付近に存在する。ただしこれは、かなり思いがけない地点にあり、立川駅の北側、立川街道沿いのかなり大きな屋敷の庭先に立っていて、右に示した南区の対応エリアからは外れている。

ある個人のウェブサイト[11]によれば、この木造りの道標は、かつて実際に使われたものではなく、この屋敷の主《あるじ》が個人的な趣味で立てたものであるらしい。

写真6　「江戸日本橋より八里」（東京都立川市栄町）

このように、正確にいえば、作品中に盛り込まれたアイテムのすべてが該当エリアのなかに存在するわけではない。それは、周辺（多摩川の対岸や駅の北側）の地域から持ち込まれて、「町」のかつての姿を彷彿とさせる要素として利用されたものとみることができる。

②稲作の伝統

現在、東京都は米の生産量も作付面積も全国の都道府県の最下位に位置し、立川から国立にかけても水田はご

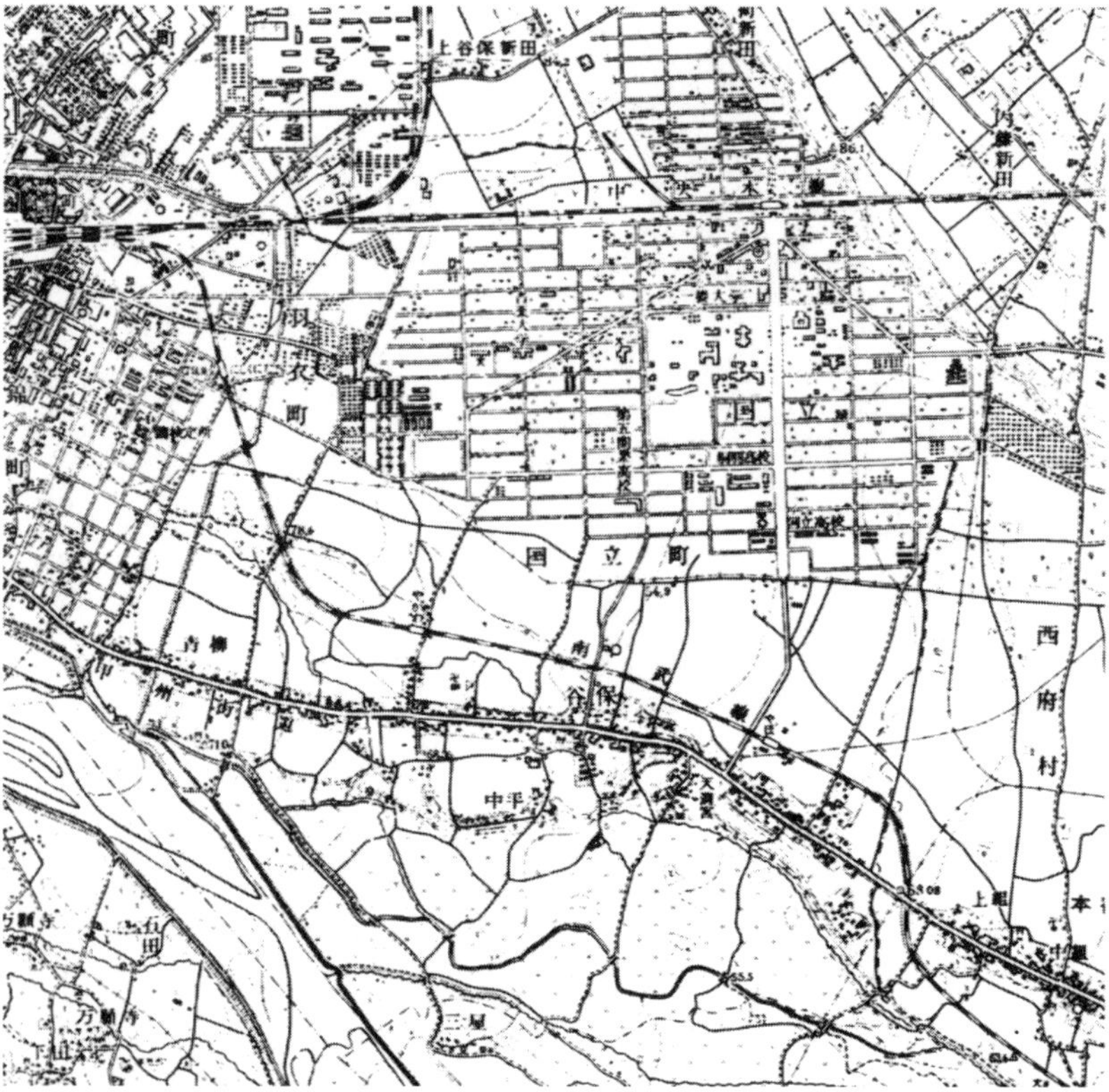

図4　1952年の地図
昭和27年地理調査所発行の2万5,000分の1の地図を部分縮小
（出典：国立市民具調査団編『国立の生活誌——古老の語る谷保の暮らし』〔「国立市文化財調査報告」第14集〕、国立市教育委員会、1983年、目次ページ）

く一部に点在するにとどまる。しかし、歴史的にみれば、このエリアでは相応の規模で稲作がおこなわれてきた。

徳川家康は江戸に幕府を開くとすぐに、江戸近郊の農村の整備に乗り出している。立川駅の北側、かつては砂川村と呼ばれた地域では一六〇〇年代から新田開発が始まった。ここに水を供給したのが、多摩川の源流の一つである残堀川と、五〇年代に作られた玉川上水だった。玉川上水は、四代将軍・家綱の時代に、玉川庄右衛門と静右衛門の兄弟を中心に開発された、多摩川上流の羽村から四谷までの水路である。江戸に水を供給するための水道路は、沿路の農村開発にも大きく貢献した。[12] 同じ時代に、水路は現在の駅の南側にあたる柴崎村にも引かれている。だが、稲作の始まりは柴崎のほうが早いといわれる。残堀川という自然の水源がそこにあったからである。[13]

同様に、国立市の南部にあたる谷保周辺も、水利的条件に恵まれ、稲作がおこなわれた地域だった。一九五二年の地図を見ると、甲州街道以南の低い農地（多摩川の氾濫原にあたる）には水田であることを示す記号が付されている。

ただし、地味が痩せているため、それほど豊かな収穫があったわけではないと『国立市史』は記している。一九一三年の谷保村の「地目別構成」によれば、田の面積は村全体の一七パーセントで、これは大正時代を通じて大きく変化していない。[14] 戦後の農地改革のなかでも稲作は続けられていくが、都市化と宅地化の進行によって農業人口は次第に減少していく。[15] そして、『犬婿入り』に記されているとおり、この地域の稲作に決定的な打撃を与えたのがカドミウム汚染だった。周知のように、「イタイイタイ病」が公害病として社会問題化したのは五〇年代後半のことだったが、国立市内の水田で工場廃液による汚染が顕在化したのは六七年、そして七〇年には谷保地区の田んぼからカドミウムが検出されるにいたる。稲作農家は東京都知事に対策を訴えて陳情するが、「汚染田での稲作はやめて」「花や植木の栽培をするか、農耕をやめて転業してもらうかする」という冷たい対応が返ってくるばかりだったという。これに重ねて七〇年からは減反政策が始まり、農家の稲作離れが進行していくのである。[16]

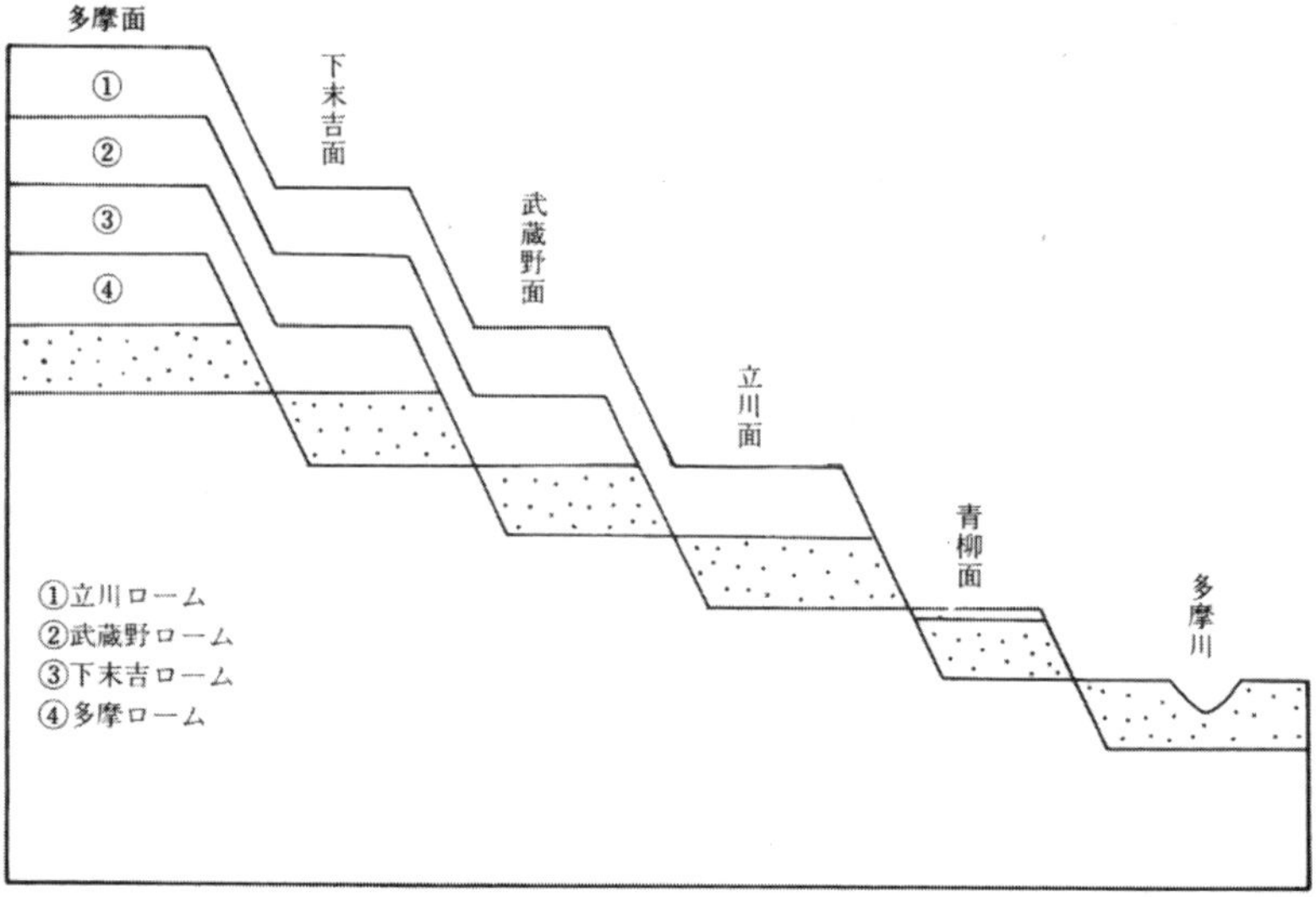

図5　関東ローム層の断面模式図
(出典：立川市大和田遺跡調査会『東京都立川市大和田遺跡』立川市教育委員会、1983年、5ページ)

ともあれ、一九六〇年代後半からの十年間は、稲作にかぎらず、都市近郊の農業を取り巻く環境が決定的に損なわれ、農地が手放されていく時期にあたっていた。高度経済成長期の「公害」の問題化と、東京西郊での大規模団地の建設、そして農地・水田の縮小。それは、多和田葉子が子ども時代を過ごした六〇年代から七〇年代初頭にかけてのこの地域の風景の変容を代表する出来事だった。

③竪穴式住居跡

この地域の南のエリア、特に多摩川の河原から段丘を上がった場所には、縄文時代から旧石器時代にさかのぼるいくつかの住居跡が見つかっている。地誌学的にみれば、この地域一帯が位置している武蔵野台地は、「関東ローム層の研究などから、下末吉面、武蔵野面、立川面それに、青柳段丘をはじめとする沖積面の、四群の段丘面より形成され[17]」ている。武蔵野面は、「古多摩川が形成した扇状地面」で、ここから国分寺崖線と呼ばれる段丘崖に隔てられ、その下に立川面が広がる。この立川面の下位には、多摩川の左岸に沿って数段の段丘面が発達していて、そのうちの一つが青柳段丘である。青柳面は、六メートルから二・五メートルの懸崖（府中崖線）で立川面と隔てられ、さらにその下部に多摩川の氾濫原が広がっている(18)。府中崖線、および青柳段丘と氾濫原の境界面には多数の湧水がみられ、この水を利用して、縄文時代から人々が居住地を形成していたと考えられる(19)。

その住居跡の一つが、立川市柴崎町四丁目に広がる大和田遺跡である。前述の地誌学的な区分では、青柳段丘上に位置する。一九八一年から八二年にかけて発掘調査がおこなわれ、縄文時代から奈良・平安時代までの遺構が発見されている。出土品の収集と遺跡の記述ののち、現在は通常の土地利用がなされていて、訪ねてみると、遺跡の所在地であることを示す説明ボードが駐車場の片隅に立っている。

また、立川市錦町四丁目には向郷遺跡がある。こちらは、立川面の縁、府中崖線上に立地し、南には矢川が東流し、やはり水に恵まれた立地であることがわかる。戦後の宅地造成によって一部の遺構が破壊されてしまったが、市営錦町住宅の建て替えが計画されたことに伴って、一九八五年から発掘踏査がおこなわれている。現在は、その遺跡の上に、箱形の集合住宅が建造され、やはり敷地内の駐車場の隅に、遺跡所在地であることを示す説明ボードが置いてある。発見された遺構の多くは縄文時代中期の建築様式に該当するが、旧石器時代のナイフ形石器や尖頭器なども出土している。人々は、縄文人の住居跡にそのまま集合住宅を建設し、暮らしていることになる。

写真7　向郷遺跡の上に立つ集合住宅（東京都立川市錦町）

住宅地のなかに点在する縄文時代の住居跡。その存在に目をとめるという行為は、この場所との関わり合いに小さな二つの変化をもたらす。一つは、土地の形状とその自然史的な成り立ちに対する意識を呼び覚ますことである。上り下りしている坂道が、多摩川からせり上がる崖の道であるということ。そこには古くから日当たりがよい、水に恵まれた丘が広がっていたということ。現在の道筋は、その古代からの生活空間の配置と無関係に成立しているのではなく、部分的にはそれをなぞりながら微妙な曲線を描いているのだということ。

そして、これに結び付いてこの土地に流れている（または蓄積している）時間が、日常的な意識のスケールから大きく拡張して、かつ線型的な連続とは別のものとしてイメージされる。いま、集合住宅を建てて人々が暮らしている場所から、縄文時代中期の住居跡が発見されるということ。それは、約五千年前に、まったく同じ場所に人々が家を作って暮らしていたということである。その痕跡の上に、いまの自分たちの暮らしがある。そのあいだの時を超えた、過去と現在の接合。居住空間を構成する時間は、歴史的・物語的なつながりのなかで連綿と続いていくとはかぎらない。地層のように積もる時間のイメージがここに形成される。

4 「町」の歴史的な成り立ち——その古い地層の露出

物語空間と現実空間の対応関係は、こうした個別の物にだけ見いだせるわけではない。空間全体が醸し出す「におい」のレベルで、そこには「町」の気配が漂っている。とりわけ南武線の西南地域を歩いていて「南区」の雰囲気を感じるのは、あちこちに「都市の歴史の古い地層」とでも呼ぶべきものが露出しているからである。

ここで、立川という町、そして国立という町がどのように発展してきたのかをみておく。

立川の成り立ち

先にみた遺跡の存在からもわかるように、現在の立川市域には旧石器時代・縄文時代から人が住んでいたことが知られている。古代には特記されるような歴史的事実の痕跡はないが、柴崎町の諏訪神社は八二二年に建立されたと伝わっていて、この付近に村落が形成されていたと推察できる。(20) 平安時代の後期から、関東には武士と呼ばれる人々が勢力を張るようになる。そのなかで、「立河氏」または「立川氏」と名乗る一家が勢力を伸ばし、鎌倉武士として力を振るうようになる。この「立川」という家の居住地が、現在の普済寺あたりだった(立川市柴崎町四丁目)。この寺に行くと、屋敷を囲んでいた城壁の基礎を見ることができる。しかし、立川氏は豊臣秀吉によって滅ぼされ、その後、江戸時代には徳川幕府の天領として農村開発が進んだ。近世には、比較的豊かな農村地帯だったといわれる。

立川の近代

近代化の過程で、立川近辺が変貌を遂げていく契機になった出来事がいくつかある。ここでは、三点に目を向けておこう。

①養蚕と製糸産業

一つは、江戸時代の後期から始まる絹糸作りである。『立川市史』によれば、「養蚕業が農家の副業として全国各地に行われるようになったのは江戸時代中期以後」であり、「武蔵野地域で養蚕業の地位が確立したのは十九世紀になってから」のことであった。「砂川村」でも、「安政年間」(一八五〇年代)からすでに養蚕業が地域に根を下ろしていたことが知られている。明治以降、品種の改良に成功したこともあり、砂川産の桑苗の需要が高まって、ほかの畑作作物から桑苗生産に転換する農家が増え、次第に「村の特産品」になっていった。(21) 養蚕業とともに製糸業も勃興し、幕末期には「砂川太織」と呼ばれる藍染の太織が生産され、繁栄を示すようになった。(22) 明治期には、家内工業としての製糸業のほかに機械製糸工場も設けられ、生糸の産出がなされていた。

②鉄道の敷設——中央線

第二の大きな転機は鉄道の敷設によってもたらされるが、鉄道に先立って、一八六九年には玉川上水に船を浮かべ、糸や織物を運んでいた。しかし、水を汚すということですぐに中止になる。[23] 八三年頃、玉川上水の堤を利用して新宿—羽村間に馬車鉄道を敷設しようという案もあったが、東京府の許可を得ることができなかった。[24] これにかわって、新宿から五日市街道沿いに羽村を経て、将来的には八王子、青梅、甲府まで馬車鉄道を通すことを見通して、甲武馬車鉄道の設立が図られる。この計画に免許が下りるのが八六年。現在の中央線の前身にあたる甲武鉄道が新宿—立川間に営業を開始したのが八九年のことである。甲武鉄道は多摩川の砂利の輸送に関わる貨物事業に支えられ、順調に収益を上げていった。

③飛行場の建設と空都としての発展

東京の西郊、多摩地区の歴史的発展を考えるうえで見落とすことができないのは、飛行場が数多く造られ、空軍の拠点として利用されてきたということである。なかでも立川は、「空の都」「空都」としての発展を遂げてきた町である。「空都」とは「空軍力のある航空部隊が常駐する飛行場を基本として、航空工廠、航空研究所、乗員や機体整備員の養成を目的とする航空学校、整備学校など、防空軍事施設の集積と、航空機会社工場の労働者など人口の増大が見られる、防空軍事都市をさす」。[25] 周知のように、国際的な武力闘争の場で航空機が重要な兵器になるのは第一次世界大戦（一九一四—一八年）からのことだったが、日本軍も第一次世界大戦後、急速に空軍の整備に力を入れていくことになる。国内最初の「空都」は埼玉県・所沢に構築され、東京の西郊ではその次が立川だった。

一九二一年　立川飛行場の建設（陸軍航空第五部隊の常駐）
一九二八年　陸軍航空本部技術部の設置

一九三〇年　石川島飛行機製作所が航空機生産を開始

日中開戦後、多摩には〈空都〉立川を中核に、陸軍の防空軍事施設、民間航空機会社の生産工場がまたたくまに集積され、労働人口などが爆発的に膨張して都市化が加速、全体的に、多摩の防空軍事都市化が進行し、昭和十五年ごろには、〈空都〉の内実を整えるようになる。(26)

「基地の町」

立川周辺は戦前から軍事基地化が進み、軍需産業での労働力需要の高まりに応じて、人口の増加をみる。しかし、またそのために、戦時中は空襲のターゲットになった。敗戦後は、アメリカ軍が立川基地を接収し、進駐軍による多摩川の砂利の採取などもおこなわれるようになる。他方、陸軍航空隊の解体と飛行場の接収、飛行機工場の解体がおこなわれ、雇用が激減して人口の減少をみる。失業者が増加し、復員兵がこれに加わる状況のなかで、軍需物資を商う「闇市」が立川駅周辺に形成された。その様子を『立川市史』は次のように記している。

こうした闇市は早くも昭和二十年十月頃から、戦時中に強制疎開をしていた立川駅北口前の疎開跡の広場に露店や、テント張りの立売店が立ちはじめていた。現在の立川駅前交番附近から、中武ビルの附近一帯に露店が高松町通りに向って一列に並びその背後にもう一列並んでいて、それぞれ二列の店と店との間に細い道が通っていた。そこではおでん・食料品・衣料等が売られていた。物々交換をしている店などもあって、米、粉などがその当時の最良の交換品であった。(27)

一方、南口側にも北口と同じような露店が出現し、「まんじゅう等の食料品、衣料品、野球で使うグローブ、ミット、卓球用具等が並べられ、主として物々交換によって売買されていた」。しかし、その周囲は主に桑畑で、現在の市役所の隣には「桐の木が茂っていた[28]」という。

このような状況下において、立川市は戦後しばらくの間は、好むと好まざるとを問わず、時流にしたがって、所謂「基地の町」化の途をたどらざるを得なかった。米軍立川基地の周辺には米兵を相手に取引を営む特殊女性の姿が激増し、昼夜をわかたず米兵と市中を徘徊し、酒と女とジャズとに明け暮れていた[29]。

これが、戦後の原風景だった。

その後に展開された、基地返還運動（砂川闘争、一九五五年―）が立川の戦後を考えるうえで大きな意味をもっていることは言うまでもない。しかし、『犬婿入り』の「町」の成り立ちを考えるうえでは、その詳細に立ち入る必要はないだろう。結果として、一九六八年にアメリカ軍は計画していた滑走路の延長を取りやめ、六九年に横田飛行場への移転を決定。立川基地の跡地が日本側に返還されたのは七七年のことだった。

その跡地を中心とした再開発が進んだ現在の立川の町で、「基地の町」の痕跡を見いだすのは必ずしも容易ではない。意識的にその雰囲気を残している（再現している）のは、北口の一画に設けられた「屋台村」ぐらいではないだろうか。しかし、目を凝らして町を歩けば、ミリタリーファッションを多く扱う古着屋や、由緒ありげなジャズクラブなどが古風な看板を掲げて点在していることに気づく。住宅やレストランのあいだに申し訳なさそうに立っている古くさいラブホテルもその名残といえるだろうか。だが、いずれにしても立川の町はいま、その「戦後」の記憶を払拭しつつあるようにみえる。

しかし、一連の土地利用の歴史は、いまも地図の上にはっきりとその痕跡を残している。戦前から戦後にかけて、軍事的に利用され、返還後に開発されたエリアは、あらかじめ農村的な土地利用の論理から切り離された「平坦地」の計画的整備が進んできた場所である。現在は、碁盤目状に広がる道路の脇に、新しい住居、集合住宅、ビルが建設されている（立川駅の南北にわたって広がる）。その周辺（北と南）には、軍に利用されなかった土地＝「農村」の風景があった。地図上には両者を分かつ明確な境界線が見える。北側（砂川地区）には、方形（短冊状）に並列する田んぼの形状をはっきりと読み取ることができる。南側（柴崎地区）では、畑のなかを迂曲している道筋が数多く残存していて、「近世的な農村風景」の名残がいまもあり、以前は農家だったことがうかがえる「古い構え」の家が、現代的な郊外住宅地のあちらこちらに見受けられる。

国立とその三つのゾーン

現在の国立市域は、地域の歴史的な形成過程を異にする三つのゾーンに区分することができる。

立川市同様、多摩川沿いの段丘に沿って分布する遺跡群が縄文時代からの生活の痕跡を示している（緑川東遺跡〔青柳三丁目〕、谷保東遺跡〔谷保〕からは縄文中期から後期、約四千年前の居住地が見つかっている）。近世に集落が形成されていたのも、市の南部にあたる谷保を中心とするゾーンである。

①谷保村

江戸時代からすでに、甲州街道に沿って農家や商家が点在していた谷保村は、田畑と雑木林が広がる農村であり、米、麦、粟、蕎麦や野菜の生産がおこなわれていた。さらに、明治初期には桑を栽培し繭を採る養蚕農家が全体の五〇パーセントを超えていたといわれる。また、多摩川・甲州街道筋の村であることを反映して、渡船業や陸上運送業に従事する人が多かったようである。[30]

明治期に入っても、その生活ぶりは大きく変わることはなかったようにみえる。『国立の生活誌』は、谷保村で子ども時代を過ごした明治・大正生まれの古老たちの語りを多数収めているが、彼らの回想からは、（大正期から昭和初期までの）村の暮らしを支えているのは主として、養蚕を含む農業だったことがわかる。一九一七年に石田（谷保駅と矢川駅の中間に位置する集落）の農家に生まれた男性は、養蚕が主で、蚕が不作になると現金収入がなくなり困ったけれど、「農家は、自分でとれた物を食べれりゃいいだと」教えられ、日常的には必ずしも貨幣経済に依存していなかったこと、荒物や肥料の購入なども「通帳《かよいちょう》」をつけて、いわば「つけ」で購入していたというエピソードを紹介している。[31]〇三年に下谷保に生まれた男性は、二四年に結婚した当時のことをこう振り返っている。

私の連れ合いの家も農家。私の親戚は皆農家、どこも専門の農家ばっかりだ。連れ合いは機もよく織った。織ったものは別によそには出さないのよ。蚕やっていて、嫁に来る時も自分で作った着物持って来たんでしょう。私の方もおふくろが糸を取って自分で織ってくれたんだから。そのかし不器用な品物よ、昔のもんだから。

私も若い時から畑が本当に大好きだった。百姓仕事で苦しいなんて思ったことは一度もない。朝はお天とう様と一緒に起きお天とう様と一緒にひまかく〔時間をとって仕事をする〕だ。蚕もやっていて、六十貫(二百二十五kg)は取ったかなあ。糸にして出すと倍になるって、ばあさんと連れ合いが二人でやってんで、一人でさつま芋二十一俵(一俵四十五kg)三日でこしらえたこともあった。[32]

市場に農産物を出荷して現金収入を得る一方で、相互扶助的な交換形態や、生活に必要なものは自分で作るという暮らしぶり(自給的な経済)が残っている様子が見て取れる。昭和初期までの谷保村は、近代化の波をかぶりながらも、その基本的な構えとしては近世から続く農村の暮らしを維持していた。

この谷保村の生活に大きな影響を与えた一つの要素は、やはり鉄道の敷設だった。前述のように、甲武馬車鉄道(現在の中央線)は、一八八九年に新宿—立川間の開業が始まっている。これが谷保村を通過する最初の鉄道であった。多摩川の砂利を川崎の臨海工業地帯に運ぶ目的で計画された多摩川砂利鉄道が、南部鉄道と改名して川崎—登戸間の操業を始めたのが一九二七年、分倍河原から立川までの路線が開通し、谷保村に二本目の鉄道が通るようになったのは、二九年のことである。これが四四年に買収されて国鉄南武線になる。電車はすぐに村民たちの日常の交通手段になったわけではなかったが、その主要な用途が砂利をはじめとする貨物の輸送だったことが示すように、鉄道の敷設は、近世的な農村だった谷保を、東京・川崎を中心とする産業都市の周縁に組み込んでいくことになった。

②大学町

この谷保村の北に広がる一面の雑木林（村人が落葉や薪などの森林資源を採取する場所で、「ヤマ」と呼ばれていた）に「大学町」を建設するという計画が浮上するのは、大正時代の末期、関東大震災（一九二三年）後のことである。株式会社だった箱根土地の社長・堤康次郎と専務・中島陟が主導するこの計画は、谷保村北部約百万坪（約三・三平方キロ）を会社がまとめて買収・整備し、立川と国分寺のあいだに新駅を設け、東京商科大学（現・一橋大学）を招致して、理想的な学園都市を建設するというものだった。駅前のロータリーから放射線状に延びる主要道路、そのあいだをつなぐ碁盤目の街路、大学や学校のキャンパスを中核とした文化的な町並み、街路樹を植え込んだ公園道。これは、ヨーロッパの大学町を参照しながら、満州での新都市建設プランと連動させて「帝都復興事業」として構想されたものである。(33) 中央線の新駅は一九二六年四月一日に開業し、「国立《くにたち》」と名づけられる。同年、国立学園小学校、東京高等音楽院（現・国立音楽大学）開校、二七年から東京商科大学の移転開始、二八年に滝乃川学園移転。こうして現在の文教都市・国立の基礎になる町並みが、昭和初期に形成されていった。

このように、国立は、まったく成立過程が異なる、その生活空間としての性格を異にする二つのエリア（谷保と国立）で構成することになった。そして、戦後になって、両者の中間に団地が建設される。

③団地

周知のように、急増する都市人口の居住地確保が政策課題になるなかで、日本住宅公団が発足したのは一九五五年だった。そして、その翌五六年には、国立に団地建設の計画が浮上し、国立町の田島守保町長はこれを積極的に誘致していく。町長は、「勤労階級住宅」の建設を進めることによって、南部（谷保地域）と北部（大学町）を「つなぎ合わせてまとまりをつけ」ることを狙っていたという。用地の確定と買収に難航したものの、六三年にいたってようやく事業認可が下り、六五年から富士見台団地への最初の入居が始まる。近世来の農村地帯だった谷保と、関東大震災後の「帝都復興事業」として構想された「大学町」のあいだに、都市型の集合住宅（団地）を核とした新しい町が形成される。それは、住人の階層性も、居住の基本的な様式も、谷保地域に対して、また大学町に対しても異質な居住空間を形成した。

先にみたように、南武線の谷保駅から北に向かうと、すぐに富士見台団地にいたるが、これを抜けるとその先は、国立駅まで真っすぐに続く、見通しがいい「大学通り」である。両側に快適な歩道を伴った、イチョウと桜の広い並木道。この道の両側に、国立高校、桐朋学園、一橋大学といった学園が点在し、その周辺は「瀟洒」というにふさわしい落ち着いた住宅地が広がっている。富士見台団地やその周辺のいささかレトロな（かつ庶民的な）雰囲気とは明らかに異なる、「クラス」を感じさせる町並みが続いている。

一九九六年に刊行された『国立市景観形成基本計画』の冒頭、市長・佐伯有行（当時）は「国立市には、多摩川の崖線の緑と湧水、一橋大学や大学通りを中心とした整然としたまちなみ、甲州街道沿いの旧家のおもかげや歴史的遺産も残っております[34]」と記している。ここでは、大学通りを「中心とした整然としたまちなみ」と、甲州街道沿いの古い景観の「おもかげ」、さらには多摩川沿いの「崖線の緑と湧水」がそれぞれ異質な景観資源であることがはっきりと意識されている。そして、この「景観」の区分は、やはり地図上にはっきりと現れる。八八ページに見るのは、同じ『国立市景観形成基本計画』に載った「国立の景観の主な構成要素」を示す図である。

国立駅と一橋大学を中心に構成する「文教地区」、南部の「旧谷保村」地区、そしてその中間に帯状に広がる「団地」を中心とした地区という三つのゾーンで市域を構成している。そのゾーン間の境界が（地図上にも、実際に町を歩いてみても）きわめて明確に見えるのが国立の特徴である。町の歴史的形成過程の違いが、家並みの外観上の差異として現れていて、通りを一つ渡るとがらりと雰囲気が違う街区になる。本章の文脈では、「富士見台団地以北」のゾーンと、「以南」のゾーンとの落差が最も重要な意味をもつことになるが、図6からも、この二つのゾーンを分けているのが「崖線」と「南武線」、そして「甲州街道」という三本の「境界線」だということがわかる。

浄／不浄の境

本章の主題との関連で、地域の形成過程に即してもう一点注記しておくべきことがある。それは、戦後の国立市での「浄化運動」の歴史についてである。

この「浄化運動」が生まれるのは、南北の住人による（旧・谷保村地域と国立駅を中心とする新開地との）論争の末に、「国立町」という新しい町名が定められた一九五一年直後のことである。その前年（一九五〇年）には朝鮮戦争が勃発し、その影響がこの地域にも波及してきた。立川町には多数のアメリカ兵が駐留し、飲食店やホテル、キャバレーなどが立ち並ぶようになり、アメリカ兵相手に体を売る女性たちの姿も増えることになる。その結果、「国立駅周辺」にも「アメリカ兵相手の簡易旅館や飲食店が出現し、いかがわしい商売を始めだした[35]」という。

ホテルのなかには「ここはモンキー・ハウス〔売春宿〕です」などと書いた看板をかかげるものまであった。（略）下宿屋がそれまでいた学生を追い出して、ホテルにくら替えするところもあった。そのうち、子供が銭湯《せんとう》で性病に感染したとか、ホテルの前でゴム製品で遊んでいるなどといった噂が町内に流れてきた。さらに米兵相手の私娼（オンリーさん）が一軒家に住みつくようになると、井戸水が汚染されはじめた。彼女らは日本式の便所を水洗トイレに改造して、汚水をどんどんたれ流しはじめたからである。[36]

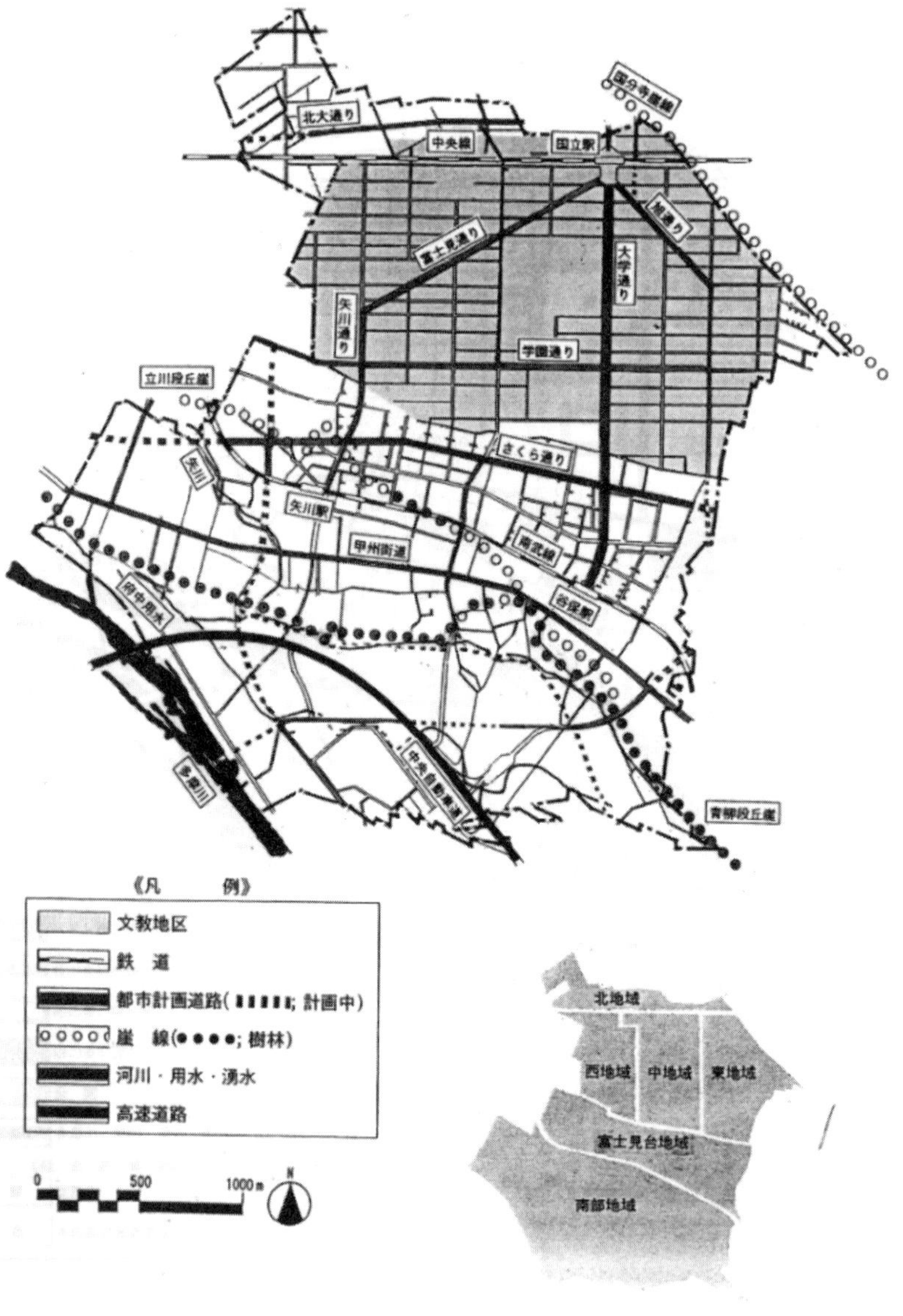

図6　国立の景観の主な構成要素
（出典：国立市『国立市都市景観形成基本計画』国立市、1996年、5ページ）

これに対して、国立市内の知識人や主婦が中心になって対策を話し合い、「掃除をするという意味を込めて」自分たちの活動を「浄化運動」と呼ぶようになった。これが一九五一年のことである。国立町浄化運動期成同志会には学生部と婦人部も設けて、住民の署名集め、国立駅前でのビラ配りなどの活動を展開した。同志会の会長・松岡義雄は「毎日新聞」の取材に応えて、次のように運動の動機を語っている。

国立町は純粋な学園都市で、父兄も国立町の環境がよいので入学させているのに最近いかがわしい商売が急速に増加し、文教地区の環境が破壊された。駅付近に稲荷神社を作って門前町に特殊飲食街を建設しようとする計画もあり、青少年の教育上重大な問題になってきたので、一斉に立ち上がったわけである。国立町を文教地区にするのが根本問題だ。[37]

町議会はこの運動を受け、風俗営業の締め出しに「積極的に動く」方針を決め、これに続いて、東京都文教地区建築条例に基づく「文教地区指定」の獲得に動く。賛成・反対派双方の激しい論戦の末、翌一九五二年には正式の指定を得るにいたった。国立駅を中心とする広域のエリアは、「待合、料亭、カフェー、料理店、キャバレー、舞踊場、舞踊教習所」「ホテル、旅館」「劇場、映画館、演芸場、観覧場」などの建設に制限がかかる地域になったのである。

この運動の経緯は、国立町民の市民意識の高さを物語ると同時に、大学町（学園都市）としての地域意識が住民の自己評価に大きな意味をもっていたことを示している。「理想の学園都市」「健全な教育環境」を守るために、市民が立ち上がって「風俗営業」や「特殊飲食店」を排除する町。それが「国立」である。

私たちはここで、市民がその活動に「浄化」という言葉を用いていることに留意しておかなければならない。それは、自分たちの町の外から侵入してくる「いかがわしいもの」「けがれたもの」をシャットアウトし、地域

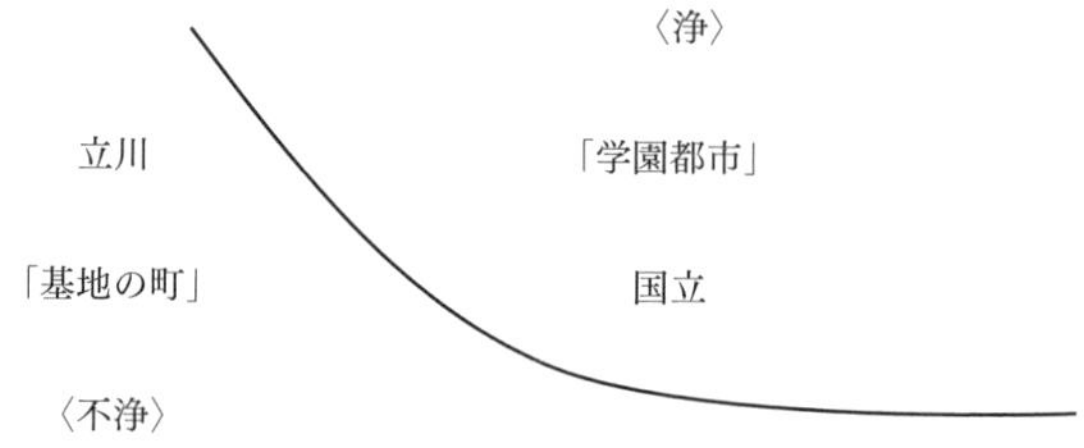

図7　国立町浄化運動の象徴的空間図式（筆者作成）

をクリーンな状態に保ちたいという意識の表れである。そして、この文脈では、外部にある（「いかがわしい」者たちの）テリトリーが隣町・立川に代表されていた。したがって、浄化運動に関わる国立町民が持ち込んだ象徴コードをそのまま図に示してみるならば、「学園都市・国立」と「基地の町・立川」のあいだに、上のような「浄／不浄」の対立関係が設定されることになる。

　この図式がどこまで国立町・市民の意識を反映していたのかについては、実証的に検証のしようがない。しかし、運動そのものがこうした対照構造を前提にして展開されたことは否定できないだろう。この枠組みに従うかぎりで、国立から立川へと移動することは、「衛生的」で「文化的」な自分たちの居住区から「あやしげ」な「けがれ」に満ちている遊興地区へと越境していく、という意味をもつことになる。

5　「町」を歩く

　このように、私たちが物語の舞台として想定した地域の地理的・歴史的な成り立ちをたどっていくと、その空間のなかにいくつもの境界線が走っていることに気づく。それは、国立と立川の行政区分上の境界であり、同時に「学園都市・文教地区」と「基地の町・遊興地区」の境界であり、近代的な都市計画に基づく居住区と近世以前からの村の生活に根ざした地域の境であり、さらには、軍事基地として利用されたエリアと農村地帯との接触面でもあった。そしてそこには、多摩川の流れが形成した「崖線」という自然地理学上の境界が密接に絡み合っていて、この幾重もの「境」を象徴的に集約するかのように、「鉄道」と「街道」が東西に走っている。

この多層的な「境」を越えて往還するという行為が、この地域、あるいは空間との関わりのなかでどのような経験を可能にするのか。これが『犬婿入り』という作品の成立を読み解くうえで鍵になる問いである。このとき、とりわけ「北」から「南」へ移動する子どもたちの目線を獲得することが、この「町」を歩くために必要な作業だということになるだろう。

「キタムラ塾」を探して——南区の時空間

一般に、子どもたちが自分が生まれ育った地域について構成していく身体化された空間図式には、しばしばテリトリーの感覚が伴う。自分たちの縄張りとして自在に動き回ることができるエリア。それは、学区域のような制度的に設定された空間に折り重なりながら、自宅や遊び場と、よく訪れる店や塾などを結び合わせるようにして、共同主観的に形作られる。団地のような比較的規模が大きな集合住宅であれば、その敷地がそのままテリトリーになることもある。そして、子どもたちにとっては、このエリアを越えて外に出ていくということが、それだけですでに冒険である。同じ空間図式を共有していない大人たちの目には見えていないとしても、境界線がそこかしこに張り巡らされていて、その向こうに足を延ばすときには少なからず緊張感が生じる。

『犬婿入り』の「町」に暮らす子どもたち——さしあたり、富士見台団地や矢川北アパートに暮らしていた子どもたちを想定しておこう——にとって、どこまでが自分たちの陣地だったかは確かめるすべがない。しかし、団地を出て南に向かい、踏切と街道を越えて多摩川に向かって下りていくという行程に越境的冒険の感覚が付随していたことは想像にかたくない。その子どもたちの目線を想像しながら、私たちもまた南区に足を踏み入れていくことができる。

テクストには、「子供たちは塾へ行く日が来ると、まるで団地の群れから逃れようとでもするように、せかせかと多摩川の方向へ向かい、広い自動車道路を渡って、神社の境内の隣を通って、梅園をこっそりくぐりぬけて近道し、北村みつこの家の垣根の壊れたところをくぐりぬけて、庭に跳び込んで行く」（九〇ページ）と記してある。実際に、試しに富士見台第一団地に起点を置いて、谷保駅の東側の踏切を越えるルートをとり、甲州街道を越えて右に折れ、少し歩くと谷保天満宮の東の端にたどり着く。その脇の坂道を下っていくと確かに「梅園」があり、これを抜けると境内の最下部に通じている。「団地」から「塾」までのルートの記述で、テクストは現実の場所をかなり正確になぞっている。

ただしそれは、谷保天満宮の境内に隣接する家がただちに「キタムラ塾」のモデルであることを意味するわけではない。もとより、作品のなかでは「塾」として使われた家は取り壊されてしまっていて、それがそのままの姿で現存するはずもないのである。むしろ、「キタムラ塾」は南区に相当するエリアのあちこちに点在する何軒もの民家のイメージを重ね合わせて造形されたものだとみるほうがしっくりくる。例えば、『犬婿入り』を映画化するつもりにでもなって、ロケ地を探し回る目線で歩いてみると、「塾」にふさわしく思える構えの家を、とりわけ崖線の下から多摩川までのゾーンにいくつも見いだすことができる。それはたいていの場合、かつては農家だったと思われるが、さほど大きな構えの屋敷ではなく、低い石壁か生垣に囲われた小ぶりの木造の民家で、それでも前庭があり、人の出入りを強く拒絶することがない開放性を保っている。その縁側か玄関先に座って本を読んでいる、あるいは爪を切っている北村みつこのイメージを重ね合わせてみても、まったく違和感がない家があちこちにある。私たちにとって重要なのは、この家こそが「キタムラ塾」だと特定することではなく、「北」の「団地」から、「キタムラ塾的家屋」が点在するエリアに足を踏み入れることで子どもたちが何を感受するのか、を想像することにある。

このとき、彼ら／彼女らがその身体的な感覚で感じ取るのは、おそらく、エリアによって空間と時間の結び付き（クロノトポス）がまったく別様のものになる、ということである。それは、空間的実在の相貌に表れる記憶の厚み、あるいはその手触りがまったく違うということでもある。子どもたちが暮らしている場所にも、団地の開発が始まるまでは雑木林が広がり、それは谷保村の人々にとっては「ヤマ」として認知される生活空間の一部だった。しかし、団地に入居した住人たちがその痕跡に触れる機会はごくまれではないかと思われる。そこは、過去の生活の記憶をきれいに払拭し、歴史性ゼロの状態から構築された場所、その意味でモダンな時間が流れる空間である。もちろん、団地に生まれ育った子どもたちは、その現実をごく当たり前のものとして受け止めていくだろう。つまり、彼ら／彼女らが時間を経験する様式は「団地」という空間の形式によって規定される。ここに、身体化された時空間の認知図式（団地の子のハビトゥス）が構成されていく。

これに対して「南」エリアでは、人々が住まう空間そのもののうちに過去が現前する。曲がりくねって錯綜する狭い道筋も、その両側に続く生垣や石垣、あるいは水路なども、その形態学的構造や物質的質感のなかにかつての生活ぶりがうかがえる。景観は記憶を宿し、その過去の重みを引きずっていささか鈍重な（可塑的な造形に応じない）ものになっている。その意味で「南」エリアは、フランスの歴史学者ピエール・ノラがいう意味での「記憶の環境（milieu de mémoire）」[38]を構成している。それは、生活空間そのもののなかに過去の記憶が息づいているような状況を指す概念である。

「記憶なき郊外」としての団地から、「記憶が息づく環境」への参入。その経験は、自分たちが生まれ育った場所、生活を取り巻く空間が、時空間の結び付きに関するさまざまな可能性のなかの一つの現働態でしかないということに気づかせてくれる。当たり前だと思っていた「時空間の経験」の形式が、ほかの可能性の排除のうえに成り立っていること、言い換えれば、その形式を身体化していることがすでに一つの枷であり、罠であると気づく。「越境」は、そのような意味で、慣れ親しんだすみかを「よそよそしい」相貌を備えた場所として意識させる効果をもつ。

さらに言い換えればそれは、境界を挟んでこちらと向こうとでは、異なる歴史性のうえに、異質な生活世界が広がっているということである。アルフレッド・シュッツが論じたように、それぞれの生活世界には、慣習的実践の積み重ねのなかで蓄えた手持ちの知識に基づいて、お互いの行為を解釈していく固有の様式が存在する。[39]こちら側では「当たり前」のものとして理解される行動が、あちら側では「不可解」な振る舞いになりかねない。生活世界の境界は、そのような意味で、相互理解の共約可能性に断裂を生じさせる。

作品のなかで、団地に暮らす母親たちが、「塾」での北村みつこの振る舞いをうまく理解しきれず、的外れな解釈を繰り返していたことを想起しよう。例えば、「塾」から帰ってきた子どもたちが、「北村先生がね、一度使った鼻紙でもう一度鼻を拭くとやわらかくて暖かくてシットリして気持ちがいいですよ、そうやって二度使った鼻紙を、三度目には、お手洗いでお尻を拭く時に使うと、もっと気持ちがいいですよって言っていたよ」(八一ページ)と報告する。すると母親は「顔を赤らめ、何をどう叱っていいのかが分からないままに息を切らして」「〈鼻紙〉なんて言葉おかしいわよ。〈ティッシュ〉と言いなさい」という変な注意をしてしまったり、「北村みつこが汚いことをわざと言ったりするのは、教育上の理由があってのことではないか」(八二ページ)と考えてしまったりする。あるいは、子どもたちが〈犬婿入り〉の話を聞いて帰ってくると、「教科書にさえ出てこないような話を子供にうまく話すことができる先生はユニークだ」(八六ページ)などという場違いな評価を交わしたりする。このとき少なくとも、みつこの行動が母親たちがそこに無理やり読み取ろうとしているような教育的な意図に基づくものではないことは明らかである。彼女は、「鼻紙」の使い方にせよ、物語にせよ、経験のなかで身に付けてきた知恵を、彼女なりのやり方で伝えているだけだと読むのが自然である。ところが、母親たちはそれをそのままのものとして受け止めることができない。そこに、「団地」の母親たちの世界と、「キタムラ塾」的世界のあいだの(生活世界としての)断層が表れている。もちろん子どもたちもまた、その「団地的」な感受性を身体化しているのだが、彼ら/彼女らは、その落差に戸惑いと少しの興奮を覚えながら、異世界=異界へと嬉々として飛び込んでいくのである。

「水域=聖域」としての南区

北区から南区へ境を越えていくということは、「崖」を下るということである。武蔵野台地を削りながら水流を南に移していった多摩川がその北岸に残した段丘(青柳段丘)が、「町」の北と南に高低のコントラストを与えている。したがって、団地の子どもたちにとって、塾通いの道筋は向こう側の世界に「下りていく」感じのものだったはずである。

そして、その崖の下には必ずといっていいほど水が湧き出し、あるいは流れている。実際に「南」のエリアに足を踏み入れていくとき、最も強く印象づけられるのは、その水の豊かさである。段丘の崖からは、関東ローム層の下に伏流化していた水が地表に染み出していて、そこから幾筋もの水流が、木立や草むらの陰に隠れながら民家の裏や畑の脇を走る。川のほとりは現在はしばしば遊歩道として整備され、心地いい空間を形成している（例えば、国立市矢川の「ママ下湧水」）。そして、いくつかの地点で、その水が湧き出す場所、水のたまりが聖域になり、鳥居が立ち、神社として継承されている（立川市羽衣町の矢川弁財天。国立市谷保の天満宮裏にも「聖水」が湧き出している）。

作品中には、いたるところに見られるはずの小さな水流や水源への言及はなく、ただ「多摩川」が「町」の南端に位置づけられているだけである（強いて探せば、「南区に団地の子供たちが出かけて行くのは、以前は（略）カエルの観察の時くらいだった」〔九〇ページ〕という記述に水辺の存在が示唆されているといえるかもしれない）。しかし、実際にその場所を訪ねてみると、いくつもの湧水や、残堀川、根川、矢川といった多摩川の支流（残り川）や、ほとんど暗渠になってしまった玉川上水からの分水（柴崎分水）が作り出す水辺の風景が、物語の舞台にふさわしいものとして現れてくる。

水のたまりは、その象徴的意味作用で記憶の憑代でもある。地下に伏流し、人々の目に触れずにいた水が、再び表層に浮かび上がる場所。地上の景観が人間の手によって次々と作り変えられていっても、泉や井戸はいつも同じ場所にとどまり、そこに水をたたえ続ける。そこには、地表で営まれていく人々の生活の時間とは、明らかに異なるリズムとスケールで流れる（あるいは滞る）古い時間が宿る。したがってそれは、空間の裂け目であると同時に、時間の断層が露出するところでもある。そしてこの断層が、「北」と「南」との最後の境界を形成する。「水」は、人々の生活空間を分かつ一線でもあるのだ。

この多層的な境界性ゆえに、水域は聖域化する。聖域とは、地上の世界と異界との接触面でもある。したがっ

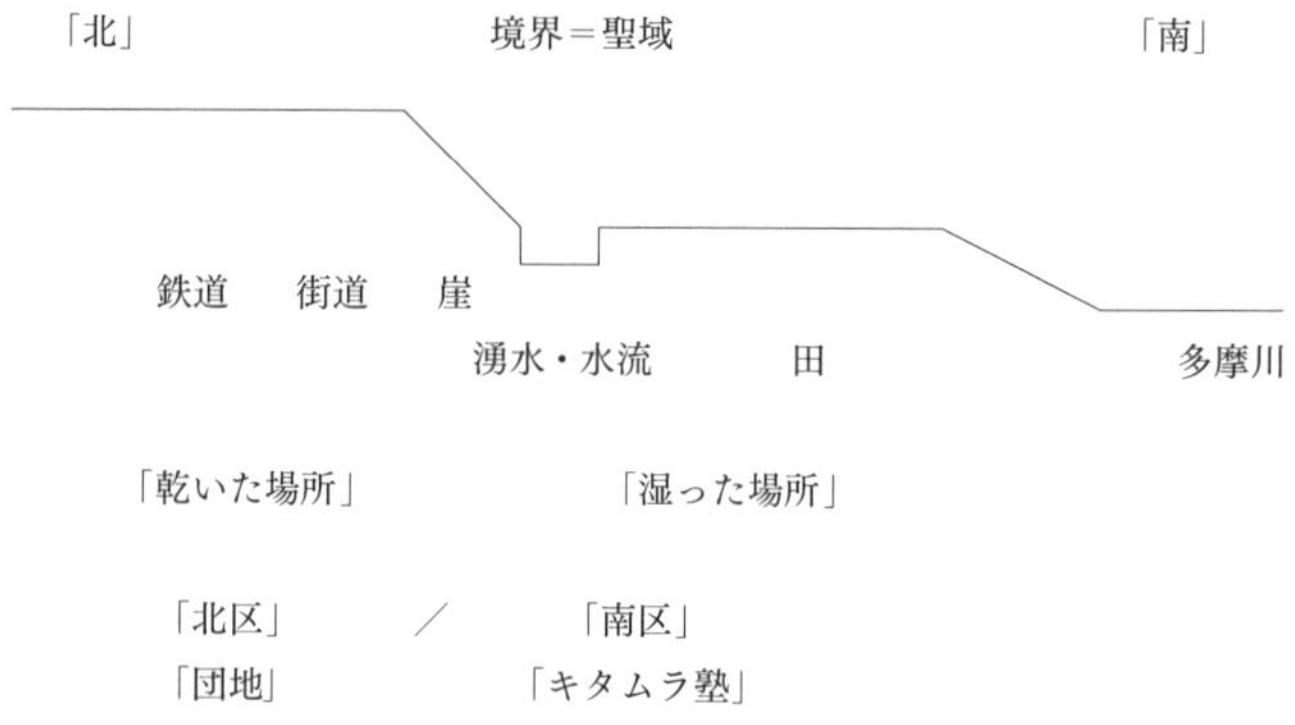

図8　「町」の南北断面図（筆者作成）

て、この世のものならざるもの（〈異類〉）が出入りする場所になる。あるいは、地上の世界に生きていたものが、異界のものに変身することができる空間が、そこに現出する。「キタムラ塾」の所在地を谷保天満宮の裏手と想定するにせよ、矢川緑地の近くに位置づけるにせよ、そこは湧水のほとり、小さな水の流れに近接する場所だったことになる。物語空間を説話的空間に変容させるべく登場した「犬」は、この「水域＝聖域」にこそふさわしいものである。

物語空間のトポグラフィー

ここで、想定されるエリアの現実の空間構成を取り込みながら、「町」の南北の断面図をモデル化して描いてみよう。

段丘が形作る「崖」を境界として、「町」は「高いところ／低いところ」に区分され、同時にそれは、「（現実的にも、象徴的にも）乾いた場所／湿った場所」に対応している。そして、その崖の上の高台には、「北」と「南」を分かつ人為的な境界線として、「街道」と「鉄道」という二筋の「道」が走っている。人はこれを渡り、またぐようにして「北」から「南」へと移動する。崖を下りて南側には、狭く蛇行した農道と、河原に作られた獣道がうねうねと走っている。対照的に「道」の北側には、直線的な道路の両側に団地が立っている。小説『犬婿入り』のテクストは、この現実の地理的・象徴的な対照性をさらに誇張し、戯画化して、南の水辺に闖入する異物＝〈異類〉が、「町」に「古いものの記憶」をまき散らし、そして去っていく物語を語っているのである。

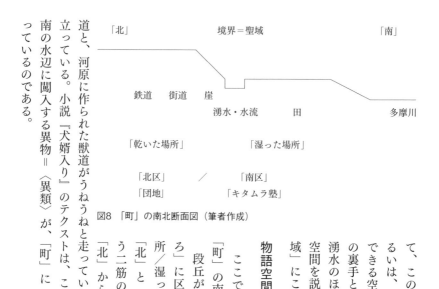

6 「境」——物語を生み出す場所

だが、それにしても、この「境」を越えていくという振る舞いを契機として、なぜ（「犬」たちの、〈異類〉たちの）物語が生起するのだろうか。前節で私は、聖域は異界のものたちが出入りする場所だと、いささか簡単に記してしまった。しかし、そこにはもう一歩踏み込んで問うべきことがある。「境」の場所はなぜ、地上の物語には包摂できないものたちを呼び寄せるのだろうか。

それは、越境のたびごとに私たちが「否定的なもの」の触発に出合うからだ。これが一つのありうる答えである。ここまでの考察を延長していえば、越境とは「生活世界A」から「生活世界B」へと移動することであるのだが、それぞれの世界は、それぞれの言葉でその空間のなかに存在しうるものたち（現実のものたち）を名指し、それら「実在者」たちによって構成される。だが、そのようにして「語りうるもの」として作られた世界は、彼らの言葉では語りえないものたちの排除、あるいは不可視化のうえに成立している。だから、越境してみたところで、向こう側の世界に入ってしまえば「見えないもの」はやはり見えないままであり、それが見えてしまうわけではない。私たちは「A」から「B」に移行することはできても、その「間《あいだ》」に立ち続けることはできないのである。それでも、越境の事実を通じて私たちは、「間」に立つときにだけ「見える」ものが存在することを感受する。越境者にできること（同時に、課せられること）は、そのなにものかの気配を語ることに尽きている。飯沼が「犬」に生まれ変わる瞬間、北村みつこがその「犬」の侵入を許してしまう瞬間。そこに越境の事実が告げられている。その瞬間にだけ垣間見える、あるいはほのめかされる存在の記憶を言葉にしようとすれば、私たちはそれを（次元が異なる）物語に託すしかない。私たちに物語を促すのは、この、生活世界の裏側にひそかに取り憑いているものたちだ、と言い換えてもいいだろう。

ここで、「場所」という言葉の二重の意味を確認しておく必要がある。先に、生活空間に物語的意味が充塡されたとき、それは「場所性」を帯びると論じた（物理的空間に対する、生きられた意味空間としての「場所」）。しかしそれは、物語との関係で「場所」が振るう力を考えると、まだその一面しか捉えていないように思われる。人々は、意味に満ちたその物語世界（現実空間）の外に、その語りには包摂されなかったものが生きていることを知っている。そのものたちの気配を語るためには（つまり、そのものたちが排除されている事実を語るためには）、もうひとつの（もしくは、いくつもの）物語を必要とする。越境が物語の原因になるのは、そのつど、危うい存在の影を感受させるからにほかならない。物語を生み出す場所は、充実した意味世界（としての生活世界）の亀裂にこそ見いだせる。

郊外と呼ばれる空間は、構造的に「境」の場所を産出する。古い様式に根ざした生活空間のうえに、別様の様式性をもって構築される新しい居住地を作り出していくことが、郊外化のプロセスにほかならないからである。その「境」がどれだけ、またどのように可視化しているのかについては、地域ごとに大きな差異があるだろう。しかし、よく目を凝らして歩いていけば、街区の周辺には必ず境界が現れる。その一線を越える瞬間にだけ見えるものを呼び込むことができる者は、物語の語り手になっていく。そして、その物語は、現実の世界にほんの一瞬立ち込めたかすかな災厄の気配を記憶し、形象化していく。

国立に育った多和田葉子が、これまでにみてきたような「町」の断層を何度も踏み越えながら子ども時代を過ごしたことは、おそらく間違いない。そして、彼女はやがて立川の高校に通うことになる。日々の通学は、どこをどう通っていくにしても、ここで私たちが跡づけてきた「境」を越える道筋になる。この経験に、のちの「越境の作家」としての原型があったとみるのはいささか安直かもしれない。しかし、立川から国立にかけての町の歴史的な成り立ち——存立構造——が『犬婿入り』という物語の起源になっていたこと。ひとまずそこまでは確認できたのではないだろうか。『犬婿入り』は場所をめぐる物語であると同時に、場所が生み出した物語でもある。

＊引用作品
多和田葉子『犬婿入り』（講談社文庫）、講談社、一九九八年

注

（１）Edward S. Casey, *The Fate of Place: A Philosophical History*, University of California Press, 1997.（エドワード・ケーシー『場所の運命――哲学における隠された歴史』江川隆男／堂囿俊彦／大崎晴美／宮川弘美／井原健一郎訳、新曜社、二〇〇八年、一一ページ）
（２）前田愛『都市空間のなかの文学』（ちくま学芸文庫）、筑摩書房、一九九二年、一一ページ
（３）同書二四ページ
（４）同書二四ページ
（５）同書二五ページ
（６）ただしそれは、虚構の物語が現実の意味世界の破綻や欠損を補完したり、現実の矛盾を埋め合わせたりするということを必ずしも意味しない。むしろ現実空間で経験する緊張は、新たな物語を呼び起こすきっかけや要因、フレッド・ドレツキの言葉を借りれば「起動原因」になるものであり、そこからどのような物語が立ち上がっていくのかに関しては、そのつどの成り行きのなかでたどってみるしかないだろう（Fred Dretske, *Explaining Behavior: Reasons in a World of Causes*, The MIT Press, 1988.〔フレッド・ドレツキ『行動を説明する――因果の世界における理由』水本正晴訳、勁草書房、二〇〇五年〕）。
（７）作品を媒介にする「町歩き」が、「現実」の認識と「物語世界」についての経験の双方を更新するという点は、渡辺裕『まちあるき文化考――交叉する〈都市〉と〈物語〉』（春秋社、二〇一九年）でも指摘している。渡辺は、コンテンツツーリズムや文学散歩といった文脈で、場所の探訪が「作品体験」を「生きたもの」にすると同時に、「作品

中の出来事」が「その場所のイメージを形作る」（一〇ページ）要素になるという。

（8）本章の記述のもとになる探索は、二〇一三年から一四年にかけておこなったものである。二一年までに、家屋の建て替え、店舗の固有名などの変化は生じているかもしれない。

（9）国立市史編さん委員会『国立市史』下、国立市、一九九〇年、三九九ページ

（10）「石井伸之の国立市議会議員日記 自由民主党会派所属」（http://blog.goo.ne.jp/ishiinobuyuki）二〇一二年六月二十一日の日記［二〇二一年七月十四日アクセス］

（11）「田中君的日常」（http://blog.goo.ne.jp/opn2goo/e/e753d59a004463819 3ff5e73b4c24186c）［二〇二一年七月七日アクセス］

（12）砂川地区は地図を見ると、道路がかつての水田の形を残して走っていることがわかる。この一帯は風が強く砂塵の被害が大きかったために屋敷の周りに防砂林を植え、家の裏手に短冊形をした細長い田畑を作ってきた。その名残がいまも地形のなかに鮮明に刻印されているのである（立川市史編纂委員会編『立川市史』下、立川市、一九六九年）。

（13）立川市教員委員会『立川市のあゆみ』立川市教育委員会、一九七七年

（14）前掲『国立市史』下、四八―四九ページ

（15）国立市の産業別人口の推移をみると、一九五〇年には、農業人口が二一・三パーセントだったが、六五年には三・四パーセントに縮小している（同書三五四ページ）。

（16）同書七三七―七四四ページ

（17）立川市大和田遺跡調査会『東京都立川市大和田遺跡』立川市教育委員会、一九八三年、五ページ

（18）同書参照

（19）立川市向郷遺跡調査会『東京都立川市向郷遺跡』立川市教育委員会、一九九二年、三ページ

（20）前掲『立川市のあゆみ』二一―二二ページ

（21）前掲『立川市史』下、一一一四―一一一五ページ

（22）同書一一一七ページ

（23）前掲『立川市のあゆみ』八四―八六ページ

(24) 前掲『立川市史』下、九一一ページ
(25) 鈴木芳行『首都防空網と〈空都〉多摩』（歴史文化ライブラリー）、吉川弘文館、二〇一二年、九ページ
(26) 同書五〇ページ
(27) 前掲『立川市史』下、一一六二ページ
(28) 同書一一六三ページ
(29) 同書一一六四ページ
(30) 前掲『国立市史』下、四―五ページ
(31) 国立市民具調査団編『国立の生活誌――古老の語る谷保の暮らし』（「国立市文化財調査報告」第十四集）、国立市教育委員会、一九八三年、八―九ページ
(32) 同書六二ページ
(33) 木方十根は建築史の視点から、国立大学町の設計では、「キャンパス用地の形状および寸法が優先的に確定され、街区の寸法は従属的に決定されていた」こと、すなわち、「国立大学町とは、あくまで「大学移転」を主とし、「住宅地開発」を従とした事業である」（木方十根『「大学町」出現――近代都市計画の錬金術』〔河出ブックス〕、河出書房新社、二〇一〇年、五三―五四ページ）ことを明らかにしたうえで、国立の町作りの基本的な構想は、「東京商科大学という都市施設の建設」を通した「帝都復興事業」（同書五八ページ）だったと推論している。他方、長内敏之は、国立の大学町の建設は結果として「満州国」の建国に先んじることになったが、「整然たる放射線道路の構想」は、「満州国・新京」の都市計画を参考にしたものだという説に支持を示している（長内敏之『「くにたち大学町」の誕生――後藤新平・佐野善作・堤康次郎との関わりから』けやき出版、二〇一三年）。後先はどうあれ、その設計思想で、中央線国立駅を中心とする街区の設計と、南満州鉄道長春駅を中心とするそれとが類似の思想に基づいていることは明らかであるように思われる。
(34) 国立市『国立市都市景観形成基本計画』国立市、一九九六年
(35) 前掲『国立市史』下、二二六ページ
(36) 同書二二六―二二七ページ

（37）「毎日新聞」一九五一年五月十五日付、前掲『国立市史』下、所収、二三〇―二三一ページ

（38）Pierre Nora, *Les Lieux de mémoire*, Gallimard, 1984-1992.（前掲『記憶の場』）

（39）Alfred Schutz, *On Phenomenology and Social Relations*, University of Chicago Press, 1970.（アルフレッド・シュッツ『現象学的社会学』森川眞規雄／浜日出夫訳〔文化人類学叢書〕、紀伊國屋書店、一九八〇年）

［付記］文中に挿入した写真はすべて筆者撮影（二〇一三年十一月）。

第3章　「町田」と「まほろ」のあいだ
――三浦しをん「まほろ駅前」シリーズの「町」を歩く

基本的に探偵（および小説家）と読者との共謀関係は、他人の生活に対する無遠慮なまなざし、隣人のなすことに向けられた不純な好奇心の上に成立している。

ジャック・デュボア『探偵小説あるいはモデルニテ』[1]

1　「まほろ」――町田の表象としての

本章では、三浦しをん『まほろ駅前多田便利軒』『まほろ駅前番外地』『まほろ駅前狂騒曲』（あわせて「まほろ駅前」シリーズと呼ぶ。この三作品の書誌は章末の注を参照）をテクストとして、「小説」または「物語」と郊外空間との結び付きを読み解いていこう。

物語は、「まほろ」と名づけられた郊外の町を舞台として、ここで便利屋を営む若者たちを中心に展開する。「まほろ」は、かなり明示的に東京の町田をモデルにしていて、地域としての基本的な性格から細部の描写にいたるまで、現実の町田市域をトレースして造形している。そして、この舞台設定には、物語の背景が任意の場所に置かれたということにはとどまらない、内在的な必然性が伴っているように感じられる。「まほろ駅前」シリーズは「まほろ＝町田」を描くために書かれたといって、おそらく過言ではない。少なくとも、物語テクストのなかの「まほろ」の解読を通じて、町田という都市・郊外空間に対する認識視角を得ることができるし、逆に町田から「まほろ」への変換の図式をたどることによって、虚構の物語の成立条件を考察することが可能になる。こうした見通しのうえに、以下では、小説世界の造形をその舞台として指し示された現実空間と対照させながら、文学作品の社会学的な読解を試みる。その際、ここでもまた、記憶の空間的配置が、実在の町と虚構の空間をつなぐ結節点になっていることが確認できるだろう。

2　作品の基本的な骨格

はじめに、三つの作品の基本的な骨格とその物語内容を確認しておこう。まずは、主な登場人物について一覧する。

①主な登場人物

多田啓介：まほろ駅前に事務所を構え、便利屋を営む。まほろ市内に生まれ、都立まほろ高校を卒業。大学の法学部に進学し、卒業後は自動車会社に勤務。これを機にまほろを離れる。大学の同級生と結婚。妻は司法試験に合格し、弁護士として働き始める。子どもが生まれるが、生後一カ月で死んでしまう。その後、離婚。会社を辞め、まほろに戻って、一人で「多田便利軒」を開業する。

行天春彦：多田のまほろ高校の同級生。まほろ発祥の新興宗教（「声聞き教」）の信者の家族に生まれ、子ども時代は両親から「カミサマの子」だと言われて育った。高校時代はひと言も口をきかない「変人」として知られていた。高校の工芸室で紙を裁断する機械を使っていたところ、多田を含む男子生徒が乱入し、誤って行天は右手の小指を断ち切ってしまう（医療処置によって指はもとどおりに戻る）。まほろ市内で多田と再会。「多田便利軒」に転がり込んで、共同生活が始まる。

三峯凪子：行天の元妻。ただし、二人は契約上の婚姻関係で、春彦の精子を使って人工授精し、一人娘のはるを産む。その後、離婚。

ルル：まほろ駅裏のホテル街で「立ちんぼ」をしている娼婦（「コロンビア人」と行天は呼んでいる）。

ハイシー：娼婦。ルルのルームメート。

星良一：まほろで裏稼業（金貸しと薬の密売）を営む組織の若きリーダー。まほろを仕切っている岡山組に対抗して、頭角を現しつつある。

岡老人：まほろ市山城町の住人。以前は農家だったが、いまは土地にアパートを建て、不動産経営で生活している。横浜中央バスが間引き運転をしていると信じ込んでいて、しばしば多田を雇って監視させている。

田村由良：小学生（「由良公」と行天は呼ぶ）。星が率いる市内の麻薬密売組織に使われて、バス内で薬の受け渡し係をさせられていた。

曾根田菊子（「曾根田のばあちゃん」）：まほろ駅前にあった「まほろばキネマ」の看板娘だった。当時、一匹狼のやくざ者だった「行天」という男と恋仲になる。いまは少し呆けてしまって、まほろ市民病院に入院中。多田はときどき、彼女の息子になりすまして病院に見舞いにいく仕事をしている。

柏木亜沙子：「キッチンまほろ」グループの社長。夫の遺品の整理を「多田便利軒」に依頼（『まほろ駅前狂騒曲』では、多田と付き合い始める）。

②物語

「まほろ駅前」シリーズは、各巻ごとに、年末・正月から次の正月までの一年間のエピソードを、季節を追って語っていく。したがって、三巻を合わせて三年の月日が経過していくことになる。いずれの巻も、便利屋に持ち込まれるさまざまな仕事と、それに伴うトラブルや事件の発生、その解決の反復によって構成され、テレビの刑事ドラマなどと同じように、一話完結を基本形式として進行していく。一つのストーリーが全体を構造化するわけではない。ただし、作品の進行につれて、中心人物（特に多田と行天。しかしそれだけでなく、曾根田菊子や柏木亜沙子といった脇役についてもまた）の過去が明らかになり、物語の時間的な重層性が深まっていく。このとき、緩やかに全体を流れる物語と各章ごとに展開されるエピソードとは、必ずしも強い連動関係にはない。ただし、これものちに確認するように、微妙に呼応しながら進んでいく。(2)

「多田便利軒」に持ち込まれる仕事、したがって、多田や行天たちが巻き込まれていく事件は多岐にわたる。以下、巻ごとに語られるエピソードの一覧を示す。

エピソード：「多田便利軒」に持ち込まれる仕事

『まほろ駅前多田便利軒』

・呆けてしまって病院に入っている「曾根田のばあちゃん」を、息子のふりをして見舞いにいく。
・旅行にいくあいだ飼い犬（チワワ）を預かってほしいと依頼されるが、実はその家族は借金を抱えて夜逃げしようとしている。
・団地に住む家族から子ども（由良）の塾の送り迎えを頼まれるが、偶然その子が麻薬の取り引きに利用されているのを目撃し、組織（星が率いている）と交渉して手を引かせる。
・岡老人から、横浜中央交通（ヨコチュー）がバスの間引き運転をしていないか、チェックをしろと命じられる。
・ハイシーにつきまとっていた男・山下（やくざ）を撃退して、彼女を地方に逃がす。
・星に、その恋人である女子高校生の身辺警護を依頼される。
・ある家の納屋の片づけをしていたところ、実はその家に暮らす夫婦（木村夫妻）が自分の実の（血縁上の）親なのだと訴える男（北村周一）が現れ、その家の様子を教えてほしいと頼まれる。
・ある会社員の女性（宮本由香里）に、自分の婚約指輪と同じデザインの指輪を、同僚の女から奪ってほしいと頼まれる。
・「キッチンまほろ」の経営者・柏木亜沙子から、夫の遺品の整理を依頼される。
・田岡という男から、出張のあいだ、娘の世話をしてほしいと求められる。

『まほろ駅前番外地』

・隣家の屋根の上に飛んでしまった布団を取りにいく。
・行天の「妻」だった三峯凪子から、娘（行天の娘でもある）を預かってほしいと依頼される。
・無農薬野菜を売っている団体（ＨＨＦＡ）が実は農薬を使っているらしいので、その証拠をつかんでくれと星に依頼される。
・ＨＨＦＡのメンバーの子どもである松原裕弥（由良の友達）を救出すべく、塾の講師になりすまして、子どもが仕事をさせられている畑から連れ出す。
・「横中《よこちゅう》」に抗議にいくと言ってバスを借りきった岡老人たちの一行に巻き込まれる。
・星の組織とＨＨＦＡの抗争のなかで、娘（はる）の身を守ろうとした行天が指を切り落とされてしまう。

『まほろ駅前狂騒曲』

多田と行天の物語

　このように各章ごとに一話完結の（またはそれに準じる）短い物語が反復されると同時に、その全体的なつながりのなかで、多田啓介と行天春彦の履歴が断片的に語られ、それぞれの個人史的な物語が徐々に浮かび上がってくる構図になっている。
多田と行天は、まほろ高校の同級生だった。高校時代、行天はクラスの誰とも口をきかない変人として有名だった。しかしあるとき、高校の工芸の時間中に裁断機を使っていたところ、多田を含む何人かの生徒が乱入して行天の小指が切断されてしまう。医療的な処置によって指はもとの形に戻るが、いまでもその切断の跡が残っている。二人は、多田が岡老人に依頼されて「ヨコチュー」の間引き運転を監視していた山城町のバス停で再会する(そこは、行天の実家があった場所の近くである)。
多田は、まほろ市内の住宅地に生まれ育った。大学の法学部を卒業したあと、自動車会社に就職し、大学時代の同級生で、司法試験に合格して弁護士事務所で働く女性と結婚する。しかし、妻には別に付き合っている男がいることがわかり、その直後に彼女の妊娠が判明する。それでも、「あなたの子どもだ」という妻の言葉を受け入れて、二人で子どもを産み育てていこうとするが、生後一カ月で子どもは突然死してしまう。二人は関係を維持することができず、離婚にいたる。多田は会社を辞め、東京都杉並区のマンションを引き払い、一人でまほろに戻って、「多田便利軒」を開業する。両親はすでに田舎に退き、特に干渉してくることはない。その時点での多田の心境と状況は、次のように語られる。

多田は、かつて妻と離婚する際、もう恢復《かいふく》できないのではないかと思うほどの打撃を受けた。思っただけで、いまもしぶとく生きて生活しているのだが、会社を辞めて便利屋をはじめたのは、妻とのあれこれが遠因になったと言えるかもしれない。妻と住んでいた杉並区のマンションを引き払い、まほろ市に戻ってきたばかりのころは、だれとも深く交わりたくなかった。離婚の事情を知る両親も、そんな多田の意向を汲んでくれたのだろう。長野からさりげなく心配の合図を寄越すだけで、強《し》いて干渉してこようとはしないのだった。

(『まほろ駅前狂騒曲』八—九ページ)

いまも、市内にある墓地に一人で息子の墓参りに行く。そして、やはり一人で足を運んでいるらしい別れた妻に、心のなかで語りかけている。

多田はもう、自分の本心がどこにあるのか、わからなくなっていた。

忘れよう、あれは事故だったんだ。だれかが悪いわけではなかったのだと、きみも俺も知ってるじゃないか。俺も自分を赦す。だからきみも、きみ自身を赦してくれ。

そう伝えたいのも本当だ。だが同時に、未だに毎月墓地へ足を運ぶ彼女のことを考えると、暗い喜びを覚えるのも本当だった。

自分と同じように、二度と心の底から幸せを感じることなく生きていく女がいる。

この地面の下に眠る、小さな容器に収められた白い骨。忘れるな。永遠に赦されるな。きみも、俺も。

（『まほろ駅前多田便利軒』一七〇―一七一ページ）

他方、行天は、やはりまほろ市内に生まれ育つが、両親（特に母親）が「声聞き教」と呼ばれる新興宗教の熱心な信者で、行天は小さい頃から「カミサマの子」だと言われて育てられてきた。しかし、宗教的なおきてに縛られて過剰な期待をかけられる生活を本人は苦痛としか感じておらず、やがて誰とも口をきかない、誰とも積極的に関わろうとしない青年に育っていく。

製薬会社の会社員として働いている頃、同性愛者である凪子に頼まれて精子を提供し、書類上の夫になって、その後離婚する。しかし、行天の親がその事実を聞きつけ、生まれた子ども（はる）を自分たちの手に奪い取ろうとする。それを知った行天は、両親と話をつけ、そのようなはたらきかけをやめさせようとしてまほろに戻ってくる。そのときの行天の心理は、多田の口から次のように語られる。

一昨年のことだ。行天は会社を辞め、生まれた町、まほろ市に身ひとつで戻ってきた。凪子とはるに接触した、自分の両親と話をつけるために。いや、両親を殺す覚悟でいたのではないかと、多田も凪子も思っている。そう思わせるほど、行天は両親を疎《うと》んじているようだったし、両親の影響が身辺に及ぶのをいやがった。憎み、おそれていると言ってもいいかもしれない。

(『まほろ駅前狂騒曲』一〇八―一〇九ページ)

そのとき行天は両親を殺す覚悟だった(と多田は推測している)が、結局殺人にはいたらず、まほろの町で多田に再会する。多田の事務所に転がり込み、便利屋の仕事を手伝うようになった行天は、何事にも動じず、力(腕力・暴力)では誰にも負けない男だが、こと「子ども」が絡む場面になると平静さを失い、おかしな振る舞いをみせる。

その行天について凪子は次のように語る。

「彼は子どもがこわいんです。自分が子どものときに、どれだけ痛めつけられ、傷つけられたかを、ずっと忘れられずにいるひとだから」

(『まほろ駅前多田便利軒』一八二ページ)

多田は、行天がたぶん自分と「似たような空虚を抱えている」のだと思う。「それはいつも胸のうちにあって、二度と取り返しのつかないこと、得られなかったこと、失ったことをよみがえらせては、暴力の牙を剝こうと狙っている」。そして、「あの夜、あのバス停で俺と会ったことで、行天はなにか変わったのだろうか」と彼は自問する。しかし、「そうは思えない」。「深い深い暗闇に潜ったことのある魂、潜らざるをえなかった魂が、再び救われる日が来るとは」(『まほろ駅前多田便利軒』一九六―一九七ページ)多田には思えないのである。

このように、二人の主人公は、それぞれに過去の生活のなかで、とりわけ家族との関わりのなかで痛手を負い、いまだ癒えていない傷を抱えたまま「まほろ」に舞い戻ってきた存在である。こうした設定は、ごく自然な物語上の展開として、彼らがその「傷」に向き合い、それを克服したり癒やしを得ていったりすることを期待させる。「まほろ駅前」シリーズは、三巻にわたって彼らの過去の物語の全貌を少しずつ明らかにしながら、同時にその過去に向き合い、痛みを受け入れていく物語を緩やかに語り続ける。

しかし、過去に向き合い、傷を癒やしていく過程が正面から主題化されていくわけではない。多田も行天も、積極的には自分自身が抱え込んだ問題を誰かに打ち明けて語ることをしない。それは、他者の目には触れない内面にしまい込まれ、ひそかに闘い続けるような「見えない傷」としてうずいている。彼らは折に触れてその傷の所在をほのめかし、お互いが抱えている問題についての理解を徐々に深めてはいくものの、それを共同化して、ともに乗り越えていくような熱い連帯を形成するわけではない。「傷」と「癒やし」の物語は、ある意味では最後まで私秘化された領域の出来事として進行していく。

では、その明示的には語られない物語は、どのようにして語られうるのか。

それを可能にする装置として、便利屋という仕掛けが組み込まれている、とみることができる。つまり、他人の問題に首を突っ込み、他者の生活に介入することを通じて、少しずつ、婉曲に自己の物語が再演されていく。それが、便利屋という仕事の形態なのである。

3　疑似探偵小説としての「まほろ駅前」シリーズ

三浦しをんはあるインタビューのなかで、二人の便利屋を主人公にするという設定は最初から決まっていたのかという質問に答えて、次のように語っている。

最初は東京の郊外の街、そこに住む人たちの人間模様もしくは家族の問題、郊外には家族連れが多く住んでいますよね、だからそんな街の物語を書きたいと思ったんです。仕事が便利屋だと、依頼人である住人の家庭内に入っていけるし、探偵ほど事件寄りではないでしょう。それに一人だと寂しいだろうから、楽しい相棒がいるといいかな、と考えたんですよね。(3)

男性二人組にしたことについては、さらに次のように言葉を重ねる。

せっかく家族の問題を書くのなら、結婚とか恋愛とかからはじかれた、全然違う関係性の二人を設定した方がいい。同性愛でもなくて、友達ですらないようなね。そういうマイノリティーな関係性の方が、マジョリティーの問題や、マジョリティーであるがゆえに抱いている「無神経さ」に切り込んでいけると思ったんですよね。(4)

作品の設定に関わる着想を解説したこの作者の言葉は、「まほろ駅前」シリーズの基本的な狙いを明らかにしている。そして、私たちがこれをどのようなテクストとして読めばいいのかについて、かなり大事な手がかりを与えてくれる。

まず、便利屋という設定について、作者はそれが「家族の問題」あるいは「家族の物語」に踏み込んでいくための仕掛けであることをはっきりと示している。彼らは、(可能なかぎり)何でも請け負う稼業を営んでいて、その依頼主は誰でもいい。そして、実際に彼らのもとに持ち込まれる仕事は(星からねじ込まれる案件を除けば)まほろの町に暮らす市民からのものであり、それは必然的に家族生活の内側に入り込んでいくことを意味している。郊外の町に暮らす「家族連れ」の生活の内側を覗き見ることができる特権的な主体として便利屋が選択されているのである。

この便利屋の位置取りは、ミステリー小説のなかの探偵のそれと似ている(右のインタビューからうかがえるように、三浦もそのことを意識しているようである）。探偵小説は、近代の都市的生活空間が成立するなかで、それぞれの家族の生活が「私的領域《プライバシー》」のうちに閉ざされ、外からは見えなくなった（したがって、人々の好奇のまなざしの対象になった）状況を背景に生まれる。ジャック・デュボアが指摘するように、探偵小説では、「錯綜した関係は限定された集団、多くの場合家族関係の中に位置づけられる」(5)。「公的な領域の舞台化」ではなく、「私的領域の舞台化」がなされているのである。探偵は事件の発生を口実にして、人々のまなざしからは遮られた私生活をぶしつけに覗き込むことを許される。だからこそ、探偵の捜査を媒介として秘匿された物語が暴き出され、語り出されることになる。「探偵という新たな存在が、家庭内の関係という守られた領域の覆いを取り除いていくことを許されているのである」(6)

こうした視点に立ってみれば、作品名は『まほろ駅前多田探偵事務所』でもよかったように思える。それを便利屋という仕事に置き換えたことが、この作品の基本的な性格を決定している。その意味で、「まほろ駅前」シリーズは疑似探偵小説だといえるだろう（そうであるとすれば、「まほろ駅前」シリーズを、男性二人組の探偵もののドラマ、例えば、『傷だらけの天使』〔萩原健一×水谷豊。日本テレビ系、一九七四―七五年〕、『プロハンター』〔草刈正雄×藤竜也。日本テレビ系、一九八一年〕などの系譜に位置づけ、これらの先行作品に対する落差――間テクスト性――のなかで読み取っていくことも可能になるはずである）。

では、なぜ探偵ではなく便利屋なのか。一つには、インタビューで三浦自身が語っているように、「事件」（犯罪）に引っ張られすぎないこと、言い換えれば、もっと日常的な、瑣末な「トラブル」に呼び込まれる存在であるということ。それは、郊外の町に暮らす家庭生活を描き取るという試みにとって、より適合的といえるだろう。もう一つは、「まほろ＝町田」らしさを醸すということ。探偵もののドラマもまた、それぞれの舞台になる「町」を主題化していて、その町のにおいを醸し出す存在として探偵という主体を選び取っている。事件を解決し、暴力に立ち向かう主人公の姿は、スタイリッシュでかっこいい。これに対して、便利屋にはその卓越感がない。言い換えれば、適度な「しょぼさ」がある。その落差は、舞台になる町のイメージの落差に対応している。

『傷だらけの天使』は代々木、『プロハンター』は神奈川県の横浜が舞台だった。これに対して、「まほろ＝町田」をロケーションにした物語を語ろうとするとき、探偵よりも便利屋という選択が生じてくる。そうした読み方は、この作品が描く人物や出来事の卓越性のなさ（普通さ、平凡さ、しょぼさ……）を考えてみるときに、ある程度の妥当性を感じさせるものになる。(7)

もう一つ、「多田便利軒」の物語を、探偵小説・ドラマに引き寄せてみるべき理由がある。それは、主人公の物語が、他者の依頼を待たなければ始動しないということである。これもまたデュボアに倣っていうならば、探偵とは語られるべき「ドラマ」に対して「外在的」(8)な存在である。事件は犯人と被害者のあいだに生じるものであり、解き明かされるべき物語は彼らの側にある。その物語に対して無縁の存在だった探偵は、何者かの要請を受けてはじめて行動を起こす。彼は自発的な行為の動機をもたない受け身の存在であり、「依頼」によって他者の要求の実現を「代行」する主体（agent）である。捜査の過程でのみ探偵はアクティブでいられる。しかし、真相の究明がすんで事件が終わってしまえば、また次の依頼が舞い込むまで、探偵は「無」の存在に戻る。その間、彼は何者でもなく、何もすることがない。

この「無為の主体」という性格を、多田便利軒の主人公たちも共有している。多田は家族（妻）との生活に傷つき、すべてを清算して「まほろ」に戻ってきた。彼のドラマは、すでに過去のものとしてある。一人で便利屋を営むということは、社会的にみれば何一つ生産しない、いわば「ゼロ」の存在として生きるということ、「依頼」と「代行」のなかでだけ生を維持するという姿勢の表れである。この時点での多田に、何事かを成し遂げようとする夢や目標があるわけではない。

行天もまた、過去にとらわれている。自分が生まれ育った家での外傷的経験をかろうじて生き延びた行天は、もとより自分自身のことを語ろうとしないし、自分の生を意味あるものとして充実させようとする意志さえ欠いている。彼は、他者に対する優しさにあふれ、他者の要請に応えて自分を犠牲にすることをいとわない（例えば、凪子に精子を提供し、書類上その子の父親になることを承諾する）。しかし、自分から積極的に他者と関わることは回避しているようにみえる。行天に付与された「性欲の薄さ」という性格は、彼のこの関係回避的な生き方をシンボライズしているようにも思える。

いずれにしても二人は、依頼を受けなければ何一つすることがない「無為」の徒である。仕事が舞い込んでこなければ、彼らは事務所でひたすらだらだらと過ごす。その生活の先に抜け出していく道がみえているわけでもなければ、目指しているわけでもない。彼らの生活は「終わりなき日常」[9]に埋没している。

しかし、先にもみたように、それはこの二人の生が一切の物語を欠いているということを意味しない。それぞれの過去にとらわれた二人は、それぞれの記憶との闘いのなかで、ひそかなドラマを演じている。ただしそのドラマは、彼らの生活の表層にそのままの姿で浮上するものではない。それは、他者のドラマへの参入を通じて、他者の物語に媒介されてゆっくりと浮上してくる。この点でも便利屋の物語は、探偵小説の基本文法をなぞっている。他者の救済の反復を通じて、探偵は自らの生を救済する。多田と行天もまた、他人の生活に呼び込まれ、そこに生じているトラブルの解決を目指しながら、しばしばひそかに自分自身が抱えている問題に対峙する。

一話完結的に反復されるエピソードが次第に、底流をなす多田と行天のそれぞれの物語に接続していくという構成は、後者の二人の問題が自発的な形では露出しないということを暗に示している。他者による依頼を受けて、他者の問題解決を代行する行為者（agent）としての便利屋は、（探偵がしばしばそうであるように）明晰に表出しきれない自らのドラマを、迂回的に経験する主体（subject）でもある。言い換えれば彼らは、それぞれに孤独なまま、互いに表出しきれない（共同化できない）記憶を抱えている人間である。その孤立した記憶の物語を人々の前に――「町」の空間に――露出させること。ここに語りの賭け金が置かれている。

4　裏返しの家族小説としての「まほろ駅前」シリーズ

しかし、先にみた作家の言葉が示すように、便利屋という設定が第一に目指しているのは、家族の生活を描き出すことである。そして、これもまた三浦が自ら語るように、「家族」を語るために、あえてここでは「家族的関係から切り離された人間」を主人公に選んでいる。

多田と行天は、ともに「独身者」である。二人は離婚歴がある男（バツイチ）である（行天に関しては、実質的には「夫」でさえなかった）が、いまは一切の家族的関係から距離をとり一人で生きている。この独身者のペアが同居生活を送っている。二人は、通常の意味での友人関係にあったわけではない。ましてや恋人でも夫婦でもないし、同じ家族のメンバーでもない。いわば、偶発的に出会ってしまっただけの、互いに無縁の（高校時代の因縁はあるとしても）個人である。そうした意味での独身者を中心に据えて、この作品は裏側から「家族」（家庭）を描き出そうとする（多田と行天をサポートするもう一組のペア、ルルとハイシーもまた、家族的・家庭的なものから切り離されて生きる独身者であることを確認しておこう）。

そこには、作家の意図的な選択がはたらいている。先の言葉を借りれば、家族的関係から離脱した「マイノリティー」を介することで、家庭的生活を営む「マジョリティー」の「無神経さ」を描くこと。ここに「男二人」のペアによる便利屋という設定の狙いがある。そうであるとすれば、「まほろ駅前」シリーズは裏側からかたどった家族小説として読むことができるだろう。

私たちはここで、多田便利軒に仕事を持ち込む「まほろ」の住人たちが、きわめて多様な階層に属していて、それぞれに異なる家族生活を生きていることを確認しておこう。もともとまほろの土地に長く暮らしてきた「旧住民」なのか、郊外の住宅地や団地に流入してきた「新住民」なのか、サラリーマンとして企業に勤める「新中間層」なのか、地元で商売を営む「旧中間層」なのか、はたまた、「表社会」を生きているのか、（「やくざ」「宗教団体」「風俗産業」のような）「アウトサイド」の生活者なのか。それらを基準にみていくと、作品が（おそらくは意図的に）多彩なプロフィルをもった家族を配置し、登場させていることがわかる。

多様な家族のプロフィル

旧住民

・もともと地元の農家だったが、いまは土地を不動産活用して暮らしている旧住人（岡）。

・（家に納屋があるという）木村夫妻もまた、同様の旧住民であると推察できる。

・祖父が駅前に建てた映画館で働いていた女（曾根田菊子）。その結婚相手で、駅前の材木店の息子だった男（曾根田）。

新住民

・マンションに暮らし、子どもを塾に通わせる新住民。新中間層（由良の家族）。

・長野から出てきて、郊外の住宅地に居を構え、定年退職後また郷里に帰っていったサラリーマン（多田の両親）。その息子の郊外二世（多田）。

・外食チェーン店を経営していた夫の後を継いで「社長」になった女（柏木亜沙子。彼女は、大学時代に初めてまほろに暮らしたという外からの流入者である。夫・柏木は、もともとの地元住民だったと推察される）。

アウトサイダー

・地元の「やくざ」である「岡山組」の男たち（飯島ほか）。

・「娼婦」の「ヒモ」として生きているチンピラ（シンちゃん）。

・「岡山組」に抵抗して「組織」を立ち上げ、アウトローとして生きようとしている男（星。ただし彼は、実は「いい家」のボンボンで、「ママ」には「家具の輸入会社で働いている」と嘘をついている）。
・戦後、まほろの町に流れ着いて、地元の女（曾根田菊子）と関係をもち、また去っていった男（仮に「行天」という名で語られている）。
・まほろ駅の裏で「立ちんぼ」をしている娼婦（ルルとハイシー）。
・どのような来歴であるかが詳述されていないが、おそらく、長く「まほろ」に住んできた家族。しかし、宗教団体に帰属し、地域の市民からは「孤立した」生活を送るアウトサイダー（行天の両親）。
・その息子（行天春彦）は、「郊外ネイティヴ」でありながら、地域のなかに居場所を失っている。
・宗教団体の末裔である、謎の組織（ＨＨＦＡ）に属する人々（沢村、裕弥の家族ほか）。

その他
・市内の一軒家に住んでいたが、借金を抱えて夜逃げする家族（チワワを飼っていた佐瀬）。
・女性同性愛者であり、人工授精によって子どもを産み育てている女（凪子）。
・女子高校生（星の彼女である新村清海、その友達で失踪した芦原園子）。
・女子大学生（篠原利世）。
・信用金庫に勤める会社員（宮本由香里、武内小夜）。
・塾講師（小柳）。

階層、職業、年齢、性別、家族構成（単身者も含む）、セクシュアリティー、地域との関わりなど、さまざまな社会的変数で、「まほろ駅前」シリーズは故意に多様な人間を登場させている。つまり、この雑種性《ハイブリディティー》こそ「まほろ」という町の基本的性格だと語ろうとしているのである。

そして、各家族は、それぞれの生活史上の文脈で問題を抱え、まったくばらばらな論理に従って、好き勝手に行動を起こしている。この多様な生活史の交錯の舞台として「まほろ」という町がある。その意味で、『まほろ駅前狂騒曲』のクライマックスシーン――〈クロノトポス〉としての「まほろ駅前」に、星の手下たち、岡老人とバスの一行、多田と行天、由良、裕弥、行天の娘のはるが集結し、支離滅裂な暴力劇を演じる――が象徴的である。この多様で異質な者たちが一堂に会してしまう場所、そこが「まほろ駅前」なのである。(10)

前述のように便利屋という設定は、この多様な家族生活・私生活の内側に入り込んで干渉することを可能にする。私たちは多田と行天のまなざしを介して、この混沌とした「町」の生活を形作る、ちぐはぐな糸の織り目をたどっていくことができる。便利屋は、(地域空間のなかに並走している)容易には共同化されることがない家族の物語を露出させる装置なのである。

5 「家族の箱《ブラックボックス》」の並列空間としての郊外

郊外の住宅地、特にニュータウン的な空間の観察から、そこに立ち並ぶ家々を「演技する箱」と呼んだのは若林幹夫(11)である。

一九六〇年代に進行した「第一次郊外化」の時期には、外見的な彩りに乏しい、「五階建て」の「四角い」団地型の集合住宅が主流だったのに対し、八〇年代半ばからの「第二次郊外化」の流れのなかでは、(バブル経済を背景とした)消費社会の爛熟に呼応するように、居住空間そのものがデザイン化され、過度に記号的な演出をほどこした場所に変質していく。その典型的な像として、「家の周囲」を「プランター」や「動物や小人の置きもの」「庭のテーブルやチェア」「出窓」などが飾るようになる。家々の壁を「地中海風」にパステルカラーで塗装し、クリスマスには窓に電飾を飾り、戸口にリースをかける。住宅(地)は、単に生存を支える「箱」ではなく、

「ライフスタイル」を体現する空間として商品化され、私生活そのものが「スタイリッシュ」なものとして自己演出されていくようになった。

しかし、そこで「上演」されている生活は、決して実生活ではない。外から見えるものは各家庭が地域空間に向けて「構え」続ける、一種の記号化されたイメージであり、その出窓の向こうにどんな家族の実態が隠れているのかを街路からうかがうことはできない。その意味で、「家」は記号的な透明性をまといながら、「ブラックボックス」のままであり続けている。

郊外の住宅地とは、マンションや団地のような集合住宅であれ、一戸建てが立ち並ぶ分譲住宅地であれ、（個性をうたいながらも）等質な装いに隠されて「なかが見えない箱」が並列する空間である。だからこそ、そのなかにある生活の実相を覗き見たいという欲望を産出する。

便利屋の物語はこの欲望に応えるものとして機能する。

そして、「まほろ駅前」シリーズに語られる家族の物語は、決して、豊かで穏やかな都市中産の「家族愛」のそれではなく、それぞれに抜き差しならない問題を抱えたものとして浮かび上がってくる。例えば、曾根田菊子の息子夫婦は、呆けてしまって入院している母親の見舞いを便利屋に代行させている。親に愛されていることを感じ取れない少年（由良）は、町の「組織」に利用されて麻薬の売買の片棒をかつがされている。虐待されていた女子高校生（園子）は、その親を殺して逃走している。北村周一と名乗る男は、かつて病院で取り違えが起きたらしく、育ての親を自分の親だとは信じられず、本当の親を探し回っている。外食チェーン店を経営する女社長は、自分のところから出ていったまま死んでしまった夫の本意を測りかねて苦しんでいる。由良の友達である少年（裕弥）は、ＨＨＦＡのメンバーである親の言い付けに背けず、農作業に従事させられている。

むしろ家族こそ問題の巣窟であり、ときにはひどい暴力の現場である。人々は家族の人間関係に苦しみ、その生活の場で「傷」を負いながら生きている。そして、それを地域社会に訴えて共同化することができない。家は、そのように個人の事情として抱え込まれた厄介な問題を収容する「箱」である。その箱を、外からこじ開けて、無理やり入り込むことは許されていない。「箱」のなかからSOSの信号が発せられてはじめて、私たちはそれを目の当たりにすることができるのである。

こうして便利屋の物語は、郊外の家族が抱える諸問題のカタログの様相を呈する。立ち並ぶ箱のなかではこんな凄惨な物語が演じられているということが、次々と明らかになるのである。

6 他者の救済による自己の救済という物語

しかし、便利屋の役割は、単に多様な問題を抱え込んだ私生活を、サンプルとして並べて陳列すること（「現代の郊外家族事情」を語ること）にはとどまっていない。彼らは仕事として持ち込まれた他者の問題に、自分自身の（秘めた）問題を投影し、そのためにまた過剰な介入を繰り返し、それを通じて、自分自身のトラウマに対峙する作業を継続する。つまり、作品の随所で、依頼者の物語と多田・行天の物語との緩やかな呼応関係が生まれ、それを手がかりとしてテクストは全体的なストーリーを導いていく。例えば、家を空けて地方出張に出かける親のかわりに子守りを引き受けることは、多田にとって、かつて失敗してしまった子育てのやり直しという意味を帯びている。その女の子（美蘭）のおむつを替えながら、多田は自分の子どものことを思い起こしている。

かつての手順を記憶の底から呼び起こし、多田は慎重に美蘭の尻を拭いた。女の子のおむつを取り替えるのははじめてで、少し緊張した。汚れたおむつを丸めるとき、息子が使っていたのは、もっと小さいものだったなと思った。ふいにまぶたが熱くなり、驚いた。

死なせてしまった息子のことは、ふだんはなるべく考えないようにしている。だから、もう忘れたのだろうと自分でも思っていた。

そうではなかったのだ。考えないようにしていることを忘れ、忘れていないことを忘れようとしていただけだった。息子はまだ、こんなにも俺のなかで生きている。ひさしぶりに胸のうちで名前を呼ぼうとして、多田は踏みとどまった。苦しかった。

（『まほろ駅前番外地』二八〇ページ）

あるいは、やはり過去の結婚生活の破綻に苦しんでいる柏木亜沙子と多田との関係は、それぞれの「傷」を受け止めて、将来に向けて踏み出していくための、ためらいがちな模索という形態をとる。亜沙子を好きになっている自分に気づいた多田は、少しずつ「痛み」を忘れようとしている自分自身を責め、「勝手なものだ」とつぶやいている。

たまに多田は、自分がどうして正気でいられるのかわからなくなる。同時に、痛みが、記憶が、どんどん自身のなかへ埋没していくのも感じる。時間という土をかぶせられ、かつてたしかに聞いたはずの悲鳴も泣き声も、だんだんかすかに、間遠にしか届かないようになった。

けれど、それは芽を出すことのない硬い種に似て、いまもたしかに多田のなかにひそんでいる。忘れ去られることも消え去ることもなく。

冷たく凝《こご》った種がもっともっと深く埋まるように、多田は必死に土を踏み固める。その土のうえで、過去などなかったみたいな顔をしてだれかを好きになり、これ見よがしに過去をふりかざしてだれかを従わせようとする。

（『まほろ駅前狂騒曲』二六六ページ）

他方、行天は、親の愛情を受け止めきれない少年（由良）に、自分自身の姿を重ね見る。家で『フランダースの犬』（フジテレビ系、一九七五年）のアニメビデオばかり見ている由良に、行天は「あのアニメのどこが好き?」と尋ねる。「ネロに親がいないところ」と由良は答える。行天は多田に、自分も同じアニメを見て、「親がいないってなんてすばらしいんだろうと思った」と打ち明ける（『まほろ駅前多田便利軒』一三二―一三四ページ）。また別のとき、多田は由良に、『フランダースの犬』はハッピーエンドだと思うか、と問う。由良は「思わないよ」「だって死んじゃうじゃないか」と答える。多田が「俺も思わない」「死んだら全部終わりだから」と答えると、由良は「生きてればやり直せるって言いたいの?」と問い返す。「いや。やり直せることなんかほとんどない」と多田は言う。そして「行天が後ろで冷たい部分を抱え、自分たちを眺めているのを感じ」る。さらに多田は、由良に「いくら期待しても、おまえの親が、おまえの望む形で愛してくれることはないだろう」「だけど、まだだれかを愛するチャンスはある。与えられなかったものを、今度はちゃんと望んだ形で、おまえは新しくだれかに与えることができるんだ。そのチャンスは残されてる」と教える（同書一六三ページ）。

あるいはまた、行天は、「実の親」を探して「木村夫妻」の様子をうかがっている男の依頼を（多田の反対を押し切るようにして）受けてしまう。その理由について彼は、「俺は知りたい」（同書二九六ページ）、「子どもが親を選び直すことができるのかどうか」「できるとしたら、なにを基準にするのか」（同書三一七ページ）を知りたいのだと言う。

そして、多田にとっても行天にとっても、瓜子の子ども（はる）を預かり、その面倒をみるという経験が、自分自身が抱え込んできた問題を受け止め直すための重要な試練になっている。子どもを預かってほしいという瓜子に、多田は「子育て経験がない」ので不安だと答えながら、「胸に鋭い痛み」を感じる。自分には「本当なら、いまごろははるちゃんよりも大きな子どもがいたはずだ」（『まほろ駅前狂騒曲』一〇五―一〇六ページ）と彼は思う。

生まれてすぐに死んだ息子を思い、急に恐ろしくなった。もし、預かっているあいだに、はるちゃんになにかあったら、どうしたらいいんだ。俺の落ち度で、はるちゃんが怪我をしたり病気になったりしたら。いや、落ち度の有無が問題なのではない。とにかく、幼い子が身近で苦しんだり泣いたり、ふいの事故で命を落としたりしたら。

俺は今度こそ、二度と立ち直れない。頭がどうかしてしまうだろう。（『まほろ駅前狂騒曲』一〇六ページ）

それでもはるを預かることに決めた多田は、その理由を、自分自身に向けて語っている。

俺は善意だけで、はるちゃんを預かると決めたんじゃない。本当は心のどこかで、「いいチャンスだ」と思っている。再び子どもと接することで、俺もなにかをやり直せるのではないか、胸に巣くう怖れと絶望をべつのものに転じられるのではないかと、かすかな期待を抱いている。

（同書二〇五ページ）

一方、「子どもを異様に嫌う」（『まほろ駅前狂騒曲』一〇六ページ）行天は、預かった子どもが瓜子の子ども（つまりは、自分自身の娘）であることを知ると、いったんは事務所を出ていってしまう。その行天について瓜子は、「春ちゃんは、子どものときに痛めつけられ、傷つけられたことを、忘れられずにいるひと」だ、しかし、「短いあいだでもはると暮らすことによって、もしかしたら春ちゃんは楽になるかもしれない」（同書一三五ページ）と言う。それを聞いて多田は、「自分が痛めつけられたからといって、必ずしもだれかを痛めつける存在になるとはかぎらない」と思う。「行天」も「だれかを無闇に傷つけるような人間ではない」。しかし、「行天」は「自身を信用していない。いつかひどいことをするのではないかと、自分に怯えている」（同書一三五―一三六ページ）と。

事務所に戻ってきた行天が、子ども（はる）を傷つけてしまうのではないかと恐れていることを多田は察する。しかし、その行天に、「こわがらなくていい」「愛されなかったとしても、愛することはできる」（同書二六一―二六二ページ）と語り、はるを預けて出かけていく。

そして、行天は、はるの存在を受け入れることができる。

こうして、依頼と代行の物語、すなわち（自分には関わりがない）「他者の問題」を解決するための物語は、自分自身の「痛み」に向き合って、少しずつそれを受け入れていくストーリーに連動していく。

それは、過去の傷をすっかり癒やし、完全に克服していく物語とはなりえない。そのことを、二人の主人公は（あるいは物語の語り手は）十分に承知しているようにみえる。決してもとどおりに治ることはない、しかしそれでも生きていくことはできる。物語が発するこのメッセージは、「行天の小指」に象徴化される。

作品の随所で、一度切断されてしまったけれど、またくっついた指の話題が反復される。そのたびに、指はもとどおりにはならない、その傷跡が消えることはないことが強調され、それでもいまはこんなふうに動いている、と語られている。

『まほろ駅前多田便利軒』のなかに、多田が由良に対して、行天の指の話をするなと怒る場面がある。これに対して、行天は「ガキ相手に本気で怒るなよ」「この指は、もう元通りに動くんだし」と言う。しかし多田は、「一度断ち切られたものが、元通りになどなるわけがない」と、この場面では思う（同書一三〇ページ）。さらに、同じ巻の後段では、自分の結婚生活の破綻、子どもの死、離婚にいたるまでの経緯を語る多田に対して、行天が「あんたはべつに悪くない」（同書三二四ページ）、（自分の小指と同じように）「すべてが元通りとはいかなくても、修復することはできる」（同書三二五ページ）と語りかけている。

『まほろ駅前多田便利軒』の最後の場面、姿を消してしまった行天が事務所に戻ってきたのを見て、多田は思う。「失ったものが完全に戻ってくることはなく、得たと思った瞬間には記憶になってしまうのだとしても」「幸福は再生する」。「形を変え、さまざまな姿で、それを求めるひとたちのところへ何度でも、そっと訪れてくるのだ」（同書三四五ページ）

もとどおりにはならない。失われたものは取り返せない。しかし、それでも「幸福」は「形を変え」て「再生」する。この希望を語ることが、この作品が目指すところである。

『まほろ駅前狂騒曲』の最後に行天は、今度は娘はるの安全を守るために身を挺して、またもや小指を切断されてしまう。しかし、ここではもう「再生」が約束されている。行天は、指の付け根に傷跡を重ねながら、この町で生き続ける。「終わりのない日常」が続くことをほのめかして、作品は閉じているのである。

7　トラウマの共鳴体

こうして、便利屋の物語とはさまざまな家族の物語を暴き出す仕掛けであり、同時に、人々の過去あるいは記憶を語る一つの形式でもある。自分自身の過去と対峙する物語が、「依頼」と「代行」の物語を通じて進行していく。

では、こうした仕掛けを通じて、「まほろ」はどのような社交性（sociability）の場として語られたことになるだろうか。この「町」には、一つの問題をみんなが同じまなざしのもとに共有するような強い共同性は存在していない。住人たちにとって、「まほろ」はそれぞれの視線に映る別様の生活世界が重層する空間でしかない。しかし、そのまなざしがまったく交わることなく、孤独な生が並列しているだけでもない。普段はそれぞれの「私秘的空間《ブラックボックス》」にしまい込まれている物語が、便利屋という媒体を経由して、ときにお互いの傷を呼応させるかのように前景化する。そこにみえてくるのは、「トラウマの共鳴体」として成立する「町」の姿である。人々が、あるいは家族がそれぞれに抱え込んだ「痛み／傷み」の記憶が、各自の「箱」のなかでは処理しきれないものになると、それが不器用な形で露出してしまう。しかし、その出来事が契機となって、普段ならば交わることがない生活者たちが、行動の文脈を（つかの間に）共同化する。そこに成立する緩いつながりの感触が、彼らを「まほろ」につなぎとめているようにみえる。このぐずぐずの社交性が、「まほろ」を「彼らの町」にしているのである。

便利屋は、秘められた記憶の共鳴を可能にする装置である。もちろんそこには、ある種のユートピア的感覚、すなわち、現実に反して渇望されている社交性の形態が投影されている。しかし、小説は「現実感覚」と「ユートピア感覚」が交錯する場所に生まれる。フィクションとしてではあっても、町田的世界を生きる者たちの身体感覚に呼応するものがなければ、「まほろ」という空間が生き生きと浮かび上がることはない。

では、便利屋というプリズムを通して浮かび上がるこの「まほろ」の町は、町田という地域をどのように表象しているのか。次節からはこの点に焦点を移し、テクストとともに実在の町に足を踏み入れながら考察を継続しよう。

8 町田を書き写すテクスト

小説のテクストが私たちの前に現出させる物語空間は、現実の生活空間の変換によって成立する。これが私たちの基本的な認識視角である。このとき、テクストがその原型になった場所の痕跡をほとんど残さないほど、虚構の色が濃い世界を「創造」することもある（その場合、読者は、完全な「架空」の世界で物語が展開しているように感じ取るだろう）。その対極には、実在の場所を忠実に再現するかのように、写実的な描出がなされる場合がある（その効果によって、読者は、物語が現実の空間のなかで起こったことであるかのように感じるかもしれない）。

私たちがここで取り上げている「まほろ駅前」シリーズは、「まほろ」という架空の町の名前を与えることによって「虚構」としての自律性を保ちながらも、実質的にはかぎりなく後者の極に近いものとして、物語世界と現実世界との対応関係を維持している。

実際、「まほろ」は町田の写像であり、そのことは、テクストのなかにもかなりはっきりと書き込まれている。まずは、いくつかの抜粋に沿って、その点を確認するところから始めよう。

まほろ市民はどっちつかずだ。
まほろ市は東京の南西部に、神奈川へ突きだすような形で存在する。（略）
まほろ市の縁をなぞるように、国道16号とＪＲ八王子線が走っている。私鉄箱根急行線は、まほろ市を縦断して都心部へとのびている。まほろ市民は、これらを「ヤンキー輸送路」と呼ぶ。
（『まほろ駅前多田便利軒』六〇ページ）

東京都の南西部に位置するまほろ市は、人口三十万人を擁する一大ベッドタウンだ。ＪＲ八王子線と私鉄箱根急行線（通称ハコキュー）が交差するまほろ駅前は、デパートが林立し、商店街にも活気がある。ハコキューで新宿まで三十分なので、若いサラリーマン家庭向けの大型マンションも建設ラッシュだ。

駅から少し離れれば、一戸建てが密集する住宅街が広がっている。バブル期をピークに、畑や丘を宅地造成して建てられた家なので、築三十年を越すものもある。いまでは子どもも独立し、会社を定年になった夫婦が二人だけで住んでいるケースが多い。

（『まほろ駅前狂騒曲』七―八ページ）


作中のＪＲ八王子線＝ＪＲ横浜線。箱根急行（ハコキュー）＝小田急。横浜中央交通（ヨコチュー）＝神奈川中央交通（カナチュー）。それぞれの対応関係は明白である。そして、作品中に登場する具体的な場所や施設も、かなりの程度まで町田市内にその対応物を見いだすことができる。例えば、山城団地＝山崎団地。エムシーホテル＝ホテル・エルシー。まほろ市民病院＝町田市民病院。まほろ自然の森公園＝町田市民の森公園。亀尾川＝境川。「コーヒーの神殿　アポロン」＝「コーヒーの殿堂　プリンス」（現在は「The CAFÉ」に変わってしまった）など。

このように、町田育ちの作家・三浦しをんが、勝手知ったる地元の町をモデルに作り上げた世界が「まほろ」である。ここでは、変換の程度が、写実的作品のそれに近似する水準に抑えられている。

しかし、そうはいっても「まほろ」は紙上の存在であり、架空の都市であることに変わりはない。では、「まほろ」はどのような虚構空間として構成されていて、それが実在の町田とどのような一致やずれを示しているのだろうか。そして、この微弱な変換を通じて、物語のテクストは実在の町について何を語ろうとしているのだろうか。

9 「まほろ」のトポグラフィー

作品中で、「まほろ」はどのように語られているのか。さらに何カ所かテクストを抜粋してみよう。

四つのエリアと外縁地帯

まほろ駅前は、四つの区画に分けることができる。南北に走る八王子線と、東西に走るハコキューの線路が、駅を中心に直角に交わっているからだ。

多田便利軒があるのは、南東の区画だった。デパートや商店街のある、一番繁華な場所だ。「南口ロータリー」と呼ばれる駅前広場には、いつもひとがあふれている。

南口ロータリーを抜けた多田は、八王子線のまほろ駅をまえに、しばし迷った。八王子線の線路を越えれば、そこは「駅裏」と呼ばれる南西の区画だ。昔は青線地帯だった歓楽街で、未だに昼間から立ちんぼがいる。客引きをする女たちの背後には、あやしげな古い木造の平屋がひしめきあって、その向こうはすぐ川だ。対岸はもう神奈川県。

(『まほろ駅前多田便利軒』七一ページ)

北西にあたる区画には、小さな団地と川しかない。団地に住むもの以外には、なじみの薄い場所だ。北東の区画、ハコキュー北口には、銭湯「松の湯」があるさびれた商店街と、銀行や塾の入ったビルが並ぶ。

このように「まほろ」では、交差する二つの鉄道を境に、四つのエリアがかなり明確な対照性をもっている。駅の南東には「繁華街」、北西には「団地」、南西には「歓楽街」、北東には「銀行や塾や銭湯」が並んでいるのである。

しかし、「まほろの町」を構成しているのは、駅周辺のこれら四つのエリアだけではない。その外縁に、かなり大きな空間が控えている。そして、便利屋の活動範囲は、その周辺エリアにまで広がっている。テクストは、その周辺エリアの様子を次のように語る。

さて、まほろ市はマンションや一戸建てがあるだけではない。さらに郊外には、雑木林や田園地帯が残っている。住宅地に浸食されつつあるが、牛舎と牧場もあるぐらいだ。大学のキャンパスもいくつも点在し、学生向けのアパートも無数と言っていいほど建っている。

郊外および住宅地と、まほろ駅前とを結ぶのは、横浜中央交通(略して横中《よこちゅう》)のバスだ。バス路線はクモの巣のように市内に張りめぐらされ、オレンジ色の車体はまほろ市民にとって馴染みの足だった。

単にベッドタウンというだけではくくりきれないほど、まほろ市にはさまざまな境遇のひとが住んでいる。子育て中の若い夫婦も、老人も、学生も。先祖代々受け継いできた土地で第一次産業に従事するものも、都心まで通勤して会社で働くものも。

そして多くのひとが、忙しい日常のなかでちょっとした雑事をこなすとき、だれかの手を借りられればなと思ったりする。重い箪笥《たんす》のうしろに年金手帳を落としてしまったとき、庭掃除をしなければならないのに気乗りしないとき、スーパーへ買い物に行きたいのにぎっくり腰になってしまったとき。

そこで登場するのが、多田便利軒だ。

(同書七二ページ)

いろいろな立場や事情の人々が住んでいるおかげで、多田はまほろ市で便利屋として暮らしていけるのだった。

(『まほろ駅前狂騒曲』九―一〇ページ)

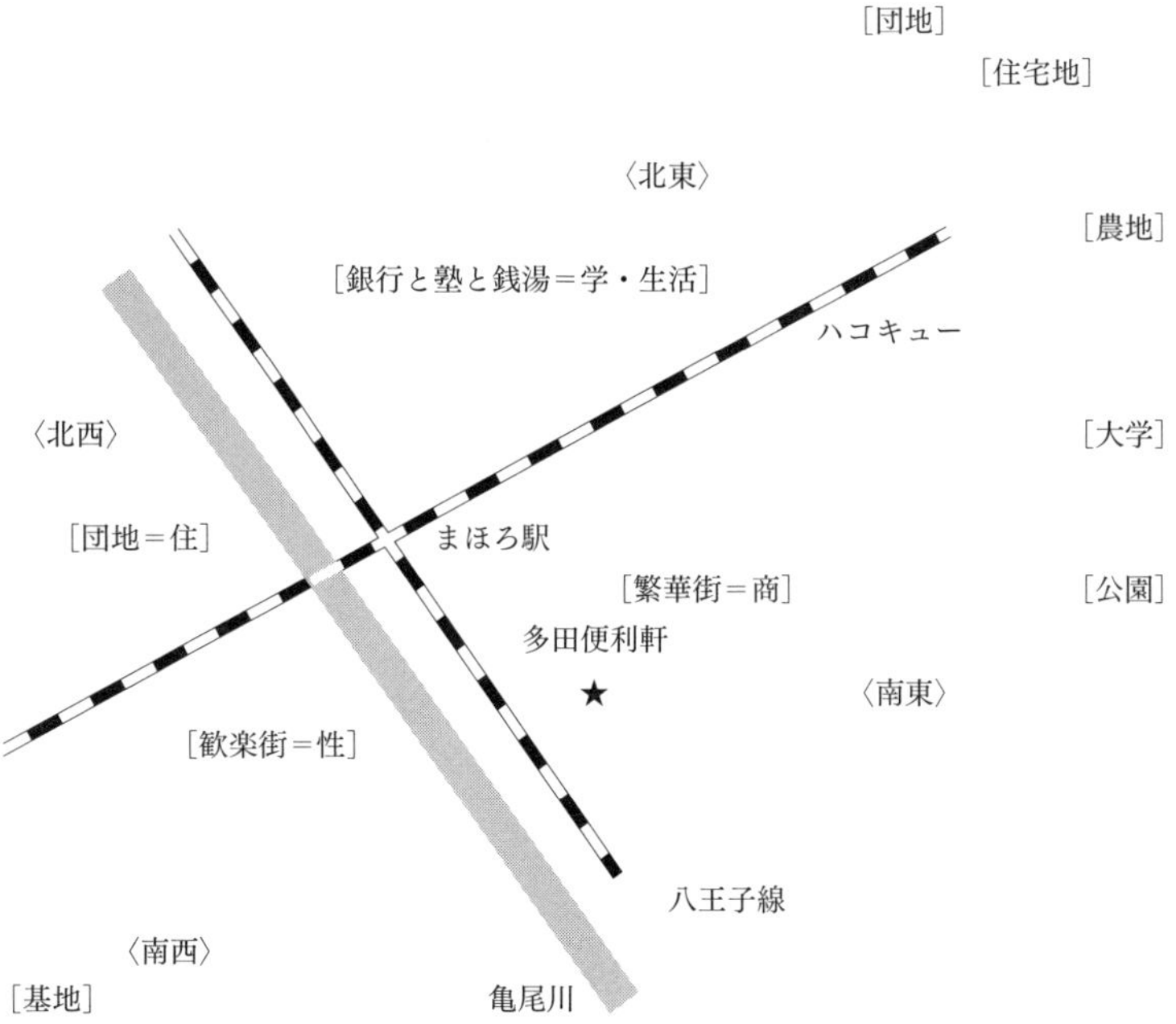

図9 「まほろ」の空間図(筆者作成)

小山内町には、市内を流れる亀尾《かめお》川の最源流がある。まほろ市の最奥部、八王子市との境に位置する小山内町は、小高い丘に囲まれた田園地帯だ。谷になった湿地帯は古くから田畑として拓かれ、数軒の農家がいまも米や野菜を育てている。その一角で湧きだす小さな泉が、まほろ市を横断して横浜市に至り、最後は海にそそぐ一級河川・亀尾川の、生まれる瞬間の姿なのだった。(『まほろ駅前多田便利軒』二二七ページ)

峰岸町には二つの大学のキャンパスがあり、もとは畑だった場所を区画整理した、なだらかな風景が広がる。

交通量の少ない道路沿いは、新しく開発された住宅地だ。ログハウスだったり古民家を移築したものだったり北欧風で煙突があったりと、時空を超越した一戸建てが隣りあって並んでいた。

（同書二七七ページ）

この性格を異にする多彩な地域の並存が、「まほろ的」だといえる。各エリアの特徴を抽象化してラベルを付せば、前ページのような空間図を描くことができる。

「まほろ」という町を特徴づけているのは、都市空間の機能分化のなかで、生活の諸要求に応えるだけの多面的な都市機能をすべて内在させているところにある。「まほろ」には、何でもある。それは、一つの自足的都市である。

自足的空間としての「まほろ」

「まほろ」は自足的な空間であるということ。それもまた、テクストのうちに明示的に書き込まれている。

おおげさに言えば、まほろ市は国境地帯だ。まほろ市民は、二つの国に心を引き裂かれた人々なのだ。外部からの侵入者に苛立たされ、しかし、中心を目指すものの渇望もよく理解できる。まほろ市民なら、だれしも一度は経験したことのある感情だ。

それで、まほろ市民がどうしたかというと、自閉した。外圧にも内圧にも乱されない心を希求し、結局、まほろ市内で自給自足できる環境を築いて落ち着いた。

まほろ市は、東京都南西部最大の住宅街であり、歓楽街であり、電気街であり、書店街であり、学生街だ。スーパーもデパートも商店街も映画館も、なんでもある。福祉と介護制度が充実している。

つまり、ゆりかごから墓場まで、まほろ市内だけですむようになっている。

（『まほろ駅前多田便利軒』六一―六二ページ）

東京と神奈川の境界にあり、どちらにも帰属しきれない「国境地帯」である「まほろ」は、外圧にも内圧にも攪乱されない自足的生活空間を構築するにいたった。何でもあり、何でもそのなかで用がすむ。一生（「ゆりかごから墓場まで」）そこに内属して生きていける場所として描き出される。

そして、その空間はなかなか人を捉えて離さない。（出ていかなくてもいい、だけでなく、出ていこうとする足に絡みつくような）粘っこい磁場を形作る。自立的であるが、同時に閉じている（人々をその内部に閉ざす力がはたらく）。

この何でもある空間、すべてがその内部で足りるという空間設計の思想は、一九六〇年代から建設された郊外型の大規模団地の設計思想でもあることに留意しておこう。その内部だけでやっていける空間を作ること、団地ではそれに意識的な設計がなされていた。「まほろ」の町は、その団地の思想を、図らずも広域的に実現してしまっている。比喩的な意味で、「まほろ」とは一つの「団地」である。

「るつぼ」（または、階層的サラダボール）としての「まほろ」

しかし、この自足的空間は、団地がそうであると想像されるような均質な階層性に特徴づけられる場所ではない。先にみたように、この土地には「さまざまな境遇の人が住んでいる」。「子育て中の若い夫婦も、老人も、学生も、先祖代々受け継いできた土地で第一次産業に従事するものも、都心まで通勤して会社で働くものも」いる。この階層的多様性は、前章でみたように便利屋に仕事を持ち込む家族の（言い換えれば、登場人物の社会的属性の）多様性として現れてくる。

旧住民／新住民
旧中間層／新中間層
企業社会・市民社会／アウトサイダー

都市社会学者がいう「るつぼ」または「サラダボール」的な空間。あるいは、その中間状態にある場所。一つに溶け合っているとはいいがたい。けれど、完全に分離しているともいえない。この中途半端さが「まほろ的」である。したがって、「混沌《カオス》」のイメージが「まほろ」にはある。けれど、全体像を把握できないほど「巨大なカオス」ではない。作品中では「秩序を内包したカオス」(『まほろ駅前番外地』二三〇ページ)とも表現される。言い換えれば「まほろ」とは、まったく異質なプロフィルをもった市民がすれ違い、交錯する場である。それは、一般に郊外が均質性によって特徴づけられるものとして語られるのに対し、雑居性や雑種性のイメージを提示している。

歴史的重層の場としてのまほろ

社会的階層性における多様性は、同時に、この土地に対する時間的な関わりの落差でもある。言い換えれば、人口の層ごとに、この土地に結び付いた記憶の厚みが異なる。この町で生きてきた歴史が異なっているのである。『まほろ駅前番外地』では、歴史を異にする登場人物のそれぞれに視点を設定し、それぞれの目に映る「まほろ」が語られている。


もっとも古い歴史を語るのは、「曾根田のばあちゃん」。

さらには、地元の農家だった岡夫妻。

多田の両親は、長野の田舎から出てきて、まほろに住宅を買ったとされる。

行天の家族は、おそらくもう少し古くからまほろに住んでいる。

多田や行天は、まほろ生まれである。

これに対して、柏木亜沙子は大学入学と同時にまほろにやってきた。

ルルやハイシーは流入者。

こうした、多様な時間的関わり方は、「まほろ」について累積された記憶の多層性(かつ、交わることなく流れている並走的な時間性)を意味している。彼らは、「まほろ」という空間に現時点で共存しているが、同一の時間を生きているわけではない。それぞれの記憶が「集合的記憶」として一つに溶け合う構図にはなっていない。そのような「線」の交錯として「まほろの時間」は動いている。

その時間的な多様性（記憶の多層性）は、とりわけ『まほろ駅前番外地』で印象的に配列されている。『まほろ駅前番外地』では、章ごとに視点人物が入れ替わり、それぞれの語りが展開されている。例えば、第三章「思い出の銀幕」では、曾根田菊子の回想が語られる。

かつてまほろ駅前にあった「まほろばキネマ」は、菊子の祖父が大正時代に建てたものである。菊子は、その映画館の「看板娘」として働いていた（「まほろばキネマ」はその後「ニューまほろロマン」というポルノ映画館になり、現在は、取り壊されて跡地にマンションが建っている）。

菊子は、自分の「ろまんす」を、病室で多田と行天に向けて語り出す。仮に、その相手の名前を「行天」ということにして。

敗戦から二年後。ようやく活気を取り戻しつつあったまほろの町。菊子は偶然、街中でチンピラに追われている一人の男（「行天」）を助ける。菊子には、出征したまま帰ってこない許婚《いいなずけ》がいた（曾根田建材店の息子。仮のその名は「啓介」と語られる）が、その後「まほろばシネマ」に現れるようになった「行天」に引かれていくようになる。「カフェー　アポロン」で逢い引きを重ねる二人。しかし、そこへ「啓介」が戦地から戻ってくる。菊子は、許婚が戻ってきたことを「行天」に告げ、「あなたの家へつれていって！」と願う。駅の裏側（青線地帯のある地区）に初めて足を踏み入れる菊子。二人は関係を結ぶ。

ところが、「啓介」は、それでも婚約は解消しないと言う。そして、なぜか「行天」と「啓介」のあいだに「親交」が生まれる。二人の男のあいだで揺れる菊子。一年後、「行天」は「曾根田建材店の息子と結婚すればいい」と言って、姿を消す。地元の岡山組ともめ事を起こしていたらしいという噂が流れる。菊子は啓介との生活を始める。

かつて駅前に「まほろばキネマ」があったことを知る者と、もはやその跡形もない風景しか知らない者とでは、空間的に同一の地点であっても「場所」としての意味は異なる。場所は、かつてそこで起こった出来事、繰り広げられた物語の記憶を宿している。

第四章「岡夫人は観察する」では、山城町の旧農家に嫁いできた「岡夫人」の目線で、「多田と行天」の様子が語られていく。

山城町に暮らす岡夫人は、長年連れ添ってきた夫の様子と多田便利軒からやってくる二人の若者の様子を、冷静に、かつ穏やかに見守っている。

年をとって、頑固になり、呆けはじめているように思える夫。いろいろと不満を覚えながら、岡夫人は二人の関係をいとおしいものと感じている。

他方、少し前から常連客となっていた便利屋のことも気になる。寡黙でどこか寂しげだった多田は、行天という名の助手を連れてくるようになってから、気持ちの揺れ動きを表に出すようになったこと。行天という挙動の不思議な青年が、自分の家の近くに住んでいた、まったく感情を表出しない少年の成長した姿であることに気づく。

ある日、庭の掃除を頼んだ便利屋の二人の様子がおかしい。何となくけんかをしているようである。それとなく尋ねてみると、多田が受け取った高校の同窓会の通知に、行天が勝手に丸をつけて返送してしまったという。同窓会に行けばいいのにと勧めるが、「これまでのことを詮索されたくもないので」という理由で、気乗りしない様子。触れられたくない過去をもたない岡夫人には多田の気持ちはよくわからない。しかし、どこへ逃げたとしても、過去は心の中によみがえるものではないかと彼女は思う。

こうして、少年時代の行天の姿が、同じ町に住んでいた女性の回想のなかに浮かび上がる。この相互的な（決して全面的に共同体化することがない）まなざしの交錯が「まほろ」という地域を構成しているのである。

デッドエンド（どん詰まり）としての「まほろ」

そのまほろに、人々は流れ着き、そして出ていかない。あるいは、また舞い戻ってくる。まほろ市民として生まれたものは、なかなかまほろ市から出ていかない。一度出ていったものも、また戻ってくる割合が高い。多田や、行天のように。

外部からの異物を受けいれながら、閉ざされつづける楽園。文化と人間が流れつく最果ての場所。その泥っこい磁場にとらわれたら、二度と逃げられない。

それが、まほろ市だ。

（『まほろ駅前多田便利軒』六二ページ）

では、その先に何があるのか。

ある意味では、何もない。

確かに、それなりの歴史はある。しかし、未来はあるだろうかと問われれば、誰も「まほろ」の未来像を語れない。果てしない日常の空間としての「まほろ」。「デッドエンド」としての、「袋小路」としての、あるいは「どん詰まり」としての。

しかし、明るく開けたりしない（将来への展望を欠いた）日常を、いとおしむようにして描くこと。そこに、三浦しをんならではの手並みがみえる。

10　捉えがたき町としての町田

多面的で多層的。混沌としていながら、全景が見えないわけでもない空間。自足的で閉鎖的。外から入ってくるものをのみ込みながら成長していくが、どこにも出口がない「町」。そして、重層的な歴史を抱えながら、たどり着くべき（将来）像を見失っている「町」。

この「まほろ」の像は、現実に存在する地域としての町田のありようを写し取るものである。

ここで、目線を町田のほうに向けてみよう。しかし、実のところ、町田はよくわからない町である。地理的にも、歴史的にも、象徴的な空間構造も、つかみどころがない。町田という地域の構造を簡潔に提示するのは、なかなか難しい作業である。

以下の一文は、『はじめてのわかりやすい町田の歴史』に、当時の町田市長・寺田和雄が寄せた「序」の一部である。

町田市は東京都多摩地区の南端に位置し、半島状に神奈川県に突き出している。要するに、三方は神奈川県に囲まれ、僅かに北辺の分水嶺をもって東京都に接続しているのみである。この地域に降った雨水のほとんどは、鶴見川、境川を経て神奈川県下に流下し、都心から町田市に至る幹線道路や鉄道は、いったん神奈川県に入ってからでないと町田市に到達できないのである。

（略）市域の大半は多摩丘陵で、丘陵の連なりと谷戸の織りなす複雑な地形は万葉のころから多摩の横山と称され、町田市の雅趣ある景観を形作っている。しかし、武蔵の国でありながらいわゆる「武蔵野」に含まれず、異端の地域でもある。

このように町田市は、地理的にみる限り簡単に「多摩地区」の一部ともくくれず、かといって「相模」でもなく、まさに町田は「町田地方」としか云いようのない独自のカラーをもっていると思う。

古代・縄文の時代から中世、近世、ことに特色ある鎌倉期、そして小山田武将の興亡、町田の自由民権運動などの歴史をみるとき、何かしら町田の特色をそこに見出すことができる。そういう意味で私は、独自な地域としての「町田」は今日もなお引き継がれ、日々歴史がつくられているものと思えてならない(12)。

神奈川でも東京でもない、武蔵野でも相模でもない、「独自のカラー」をもった地理的空間。「異端の地域」「独自の地域」と市長はいう。武蔵野の一部としては把握できない。相模かといえばそうでもない。ではいったい何か、と問われたときに、「AでもBでもない」という言葉でしか語りえない。そこに「町田地方」の独自性がある（決して「わかりやすい」話ではない）。

歴史という観点からはどうみえるか。現在の町田市域には、縄文時代から連綿と人が住んでいて、それぞれの時代の遺産（遺跡や旧跡）が点在している。しかし、歴史的な中心があるわけではない。歴史的な事実の積み重ねはある。だが、この時代にはこういうことがあったとはいえても、そのつながりのなかで、ひと続きの物語性をもった「町田の歴史」を語ることはかなり難しい。

縄文・弥生時代の遺跡がある。平安時代の末から鎌倉時代には、武士階級が定着し、小山田家がその領主になって勢力を振るっていた。しかし、小山田有重が何をした人かと問われて、語ることのできる町田市民がどれだけいるだろう。[13]少なくともその名は、地域住民の歴史的アイデンティティーを支えるだけのビッグネームではない。

戦国時代には、北条早雲が関東地方を支配し、その圏域に組み込まれる。秀吉によって、その支配は終止符が打たれる。徳川の支配下では天領になり、やがて旗本領になり、小さな区分のなかで、たくさんの領主がこの地に相乗りする。

歴史のなかにいつもあるけれど、町田が「焦点」になって何かが動いたり、町田に拠点を置く勢力が何かを動かしたりしたことがない。町田を中心として活躍した歴史的な主役がいるわけではない。町田は、入れ代わり立ち代わり、何者かの勢力下に置かれてきた地域だったようにみえる。

そして、明治時代。寺田市長も挙げていたように、町田には「自由民権運動」の担い手が生まれる。野津田村出身の石阪昌孝がそのリーダーだった。旧武士階級ではなく、豪農層による運動だったことが特徴だといわれている。なぜこの場所に「自由民権運動」が成立したのか。それは、町田地域の歴史的特性を捉えるうえでは重要

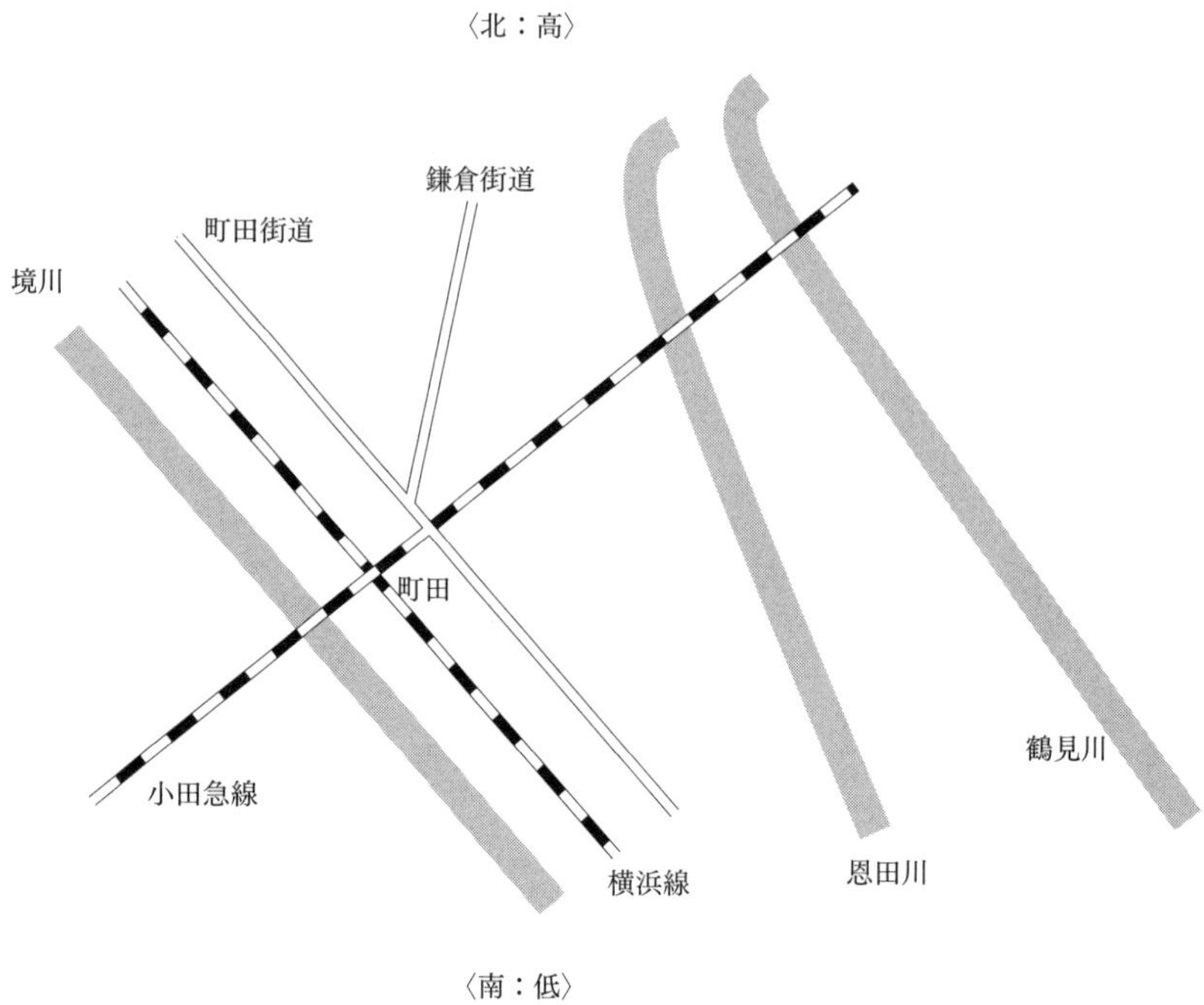

図10　町田の空間図（筆者作成）

な論点である。しかし、その運動もまた町田固有のものではなく、神奈川県令（現在の神奈川県知事）だった中島信行らとの連動のなかで生じたものだった。県内（町田は当時神奈川県だった）あるいは武相地域に広がった運動の一翼を町田の住民が担ったのである。

さしあたり、こう結論づけていいのではないだろうか。つまり、町田には連綿とした歴史があるが、近代までの町田の歴史には、強い求心力をもつ物語がない。その歴史を通じて町田とは何かを語ることは容易ではない。

それでも、こうした歴史の累積と地理的な条件のかけ合わせのなかで、町田という空間の「構造」が作られてきたことは事実である。では、そのとき「町田地方」とは何か。

多摩丘陵の南端から、「舌」の形に突き出した丘陵地帯。北側が高く、南側が低い。その丘陵地帯を彫り込むように境川と鶴見川（そのあいだに鶴見川の支流である恩田川）が流れている。そして、この舌状の土地を南北に縦断して、鎌倉街道という道が走り、境川に沿って現在の町田街道が走っている。この、川と道が構成する空間が町田である。

町田は、鎌倉街道が町田街道・境川にぶつかるところにできた交差点であり、そこに、宿や店が並んでいった。そしてこの場所に、近代になって鉄道という第三の道が重なる。そこに、次のような交差路が生じる。

この交差点を現在の商業拠点に成長させるきっかけは、近代以降、いくつかあった。

一つは、多摩地域に発展した絹糸生産。絹糸や繭玉を横浜へと運送する中継地として、町田に市が立つようになる。始めは本町田の「二・七の市」（二がつく日と七がつく日に開かれた）。その後は、中心が原町田に移り「二・六の市」となる。


安政六年（一八五九）の横浜開港以後、甲州街道の要所八王子と東海道神奈川宿を結ぶ街道の中間地点としての地の利を得て、原町田は、単なる町田近郊地域の交換市場とは異なる、まゆ・生糸などを主要な取引商品とする流通市場に、その性格を変えていくのである。(14)


そして明治時代には、輸送手段として荷車が往来するようになる。さらには、そのルート輸送力を強化するために鉄道が走る（横浜線の開業は一九〇八年）。これに対して、相模原と東京を直結するルートとして小田急線が敷かれる（開業は一九二七年）。この二つの鉄道の交差点が町田である。

昭和に入ると、相模原には軍の施設ができる。東京の近縁で、郊外の都市の発展はしばしば軍事基地の敷設と不可分だが、町田もまたしかりである。現在の国道十六号線は、軍事道路として、戦車が走行できるように平らに広く作られたという。

街道が交わるところ、鉄道が交わるところが町田なのである。

正確にいえば、中心がないわけではない。まぎれもなく「原町田」＝「町田駅」こそが中心である。駅を中心に発展した商業都市。しかし、政治的な拠点や文化的な遺産などがその中心を構成することはない。したがって、中心から外に線が延びていく構図にならない。そうではなく、外から延びてきた複数の線が交わって町ができる。結び目としての町田。交差点であり、中継点である場所。

だから、「古層」を探そうとすると、小さな線をたどってところどころに露出する「過去の風景」を見るしかない（例えば、鎌倉街道の旧道沿いを歩いてみると、自動車用の道路が敷設される前の、街道の名残の風景が見えてくる）。

11 「まほろ」と町田――その照応関係とずれ

では、「まほろ」と町田はどこまで重なり、どこでずれをはらんでいるのだろうか。

まずは、その照応関係を確認しよう。実際に町田の町を歩いてみると、先にみた「まほろ」の空間地図がかなり正確に町田の現実を再現していることがわかる。

南東のエリアには、東急デパート（町田東急ツインズ）をはじめとする大型の商業施設。そしてその裏手に、古くから栄えている商店街があり、飲み屋やファストフードショップなどが立ち並ぶ。

北東のエリアには、いまも学習塾や予備校が多い（銭湯は、探し歩いたかぎりではいまは見つからない）。

北西のエリアには、森野団地。一九六三年に完成した、東京都住宅供給公社運営の集合住宅＝都営住宅。典型的な箱型五階建ての「団地」十一棟が並ぶ。

南西のエリアには、現在も何軒かのラブホテル。その「ラブホ」と、新しい（高層の）マンションが隣接する。ラブホテルの合間にボーリング場があったりする不思議な空間を構成する。

このように、見事にカラーが違う四つのエリアで町田駅の周辺は構成されている。

そして、現実に町田の市街・市内に存在するいくつかのアイテムを、三浦は名前を変えて「まほろ」の町のなかに呼び込んでいる。

①ホテル・ザ・エルシー（↓エムシーホテル）

エムシーホテルは、まほろ市で一番大きなホテルだ。以前は「まほろシティホテル」という名の地味なビジネスホテルだったが、有名シェフを引き抜いたとかで、リニューアルオープンしてから市民に人気だ。

（『まほろ駅前多田便利軒』三三八ページ）

②コーヒーの殿堂　プリンス（現在は「The CAFÉ」と改称されているが、「コーヒーの殿堂　プリンス」の看板は残っている）（↓コーヒーの神殿　アポロン）

写真8　ホテル・ザ・エルシー（東京都町田市原町田）

「コーヒーの神殿　アポロン」は、その夜もにぎわいを見せていた。
まほろ大通りの雑居ビルの二階にある「アポロン」は、内装が変だ。
（『まほろ駅前多田便利軒』二八一ページ）

③町田市民の森公園（↓まほろ自然の森公園）

真新しい十八階建てのマンションの十五階に、星は一人で住んでいる。
マンションはJRまほろ駅から徒歩五分の距離に

写真9　The CAFÉ（旧「コーヒーの殿堂プリンス」）（東京都町田市原町田）

あり、生活するにも仕事をするにも便利だ。だが、この部屋を購入しようと決めた最大の理由は、「まほろ自然の森公園」に近いことだった。
星は毎朝、四十分ほどジョギングする。起伏に富んだ広い公園は、そのルートに組みこむのに最適だ。
自然の森公園は、小さな谷間を作るふたつの丘から成り、三十年ほどまえに、まほろ市が保護指定したらしい。おかげで宅地開発の波に呑まれることなく、駅から歩いて十五分の場所に、鬱蒼《うっそう》とした森と谷を流れる小川が残った。いまでは花見や紅葉の季節のみならず、週末ごとに、身近な憩《いこ》いの場としてまほろ市民に愛されている。

（『まほろ駅前番外地』五二ページ）

そのほかにも、町田市民病院（まほろ市民病院）、山崎団地（山城団地）、仲見世（曾根田菊子の回想に登場する戦後の闇市の名残り）などは、物語世界のうちに対応物を有する実在の場所である。

しかし、「まほろ」のすべてがそっくり町田であるわけではない。そこには、小さなずれがみえる。例えば、人口。「まほろ」は人口三十万人。町田は、二〇一四年時点で四十二万六千人（一九九〇年時点で三十五万人規模）である。[15]つまり、「まほろ」は町田よりも少し小さい。

また、町の細部の記述にも、微妙な差異が確認できる。例えば、南西エリアの風景。

八王子線の線路を越えれば、そこは「駅裏」と呼ばれる南西の区画だ。昔は青線地帯だった歓楽街で、未だに昼間から立ちんぼがいる。客引きをする女たちの背後には、あやしげな古い木造の平屋がひしめきあって、その向こうはすぐ川だ。

（『まほろ駅前多田便利軒』七一ページ）

これは、いつの時代の叙景だろうか。少なくとも現在の町田とは異なる。ここには、作者（三浦しをん）の子ども時代の記憶が現在の「まほろ」に混入しているのかもしれない。その意味で「まほろ」は町田よりも少し古い。

写真10　町田市民の森公園（東京都町田市原町田）

ここで、時代設定はいつなのかが問題になる。しかし、多田は携帯電話ももっている。どれだけ古く設定しても、二〇〇〇年以前ではない（その意味で「現在の町田」が舞台だといえる）。その現在時の町田にかつての町田の記憶が混在している、とみるべきだろう。

そして当然のことながら、町田の街は変わり続けている。「コーヒーの殿堂　プリンス」が「The CAFE」になってしまうように。かつてあったのかもしれない銭湯がなくなったように。したがって、「まほろ」として定着した像はどんどん現実に追い越され、置き去りにされていく。町田の記憶としての「まほろ」、という言い方ができるのかもしれない(16)。

ともあれ、「まほろ」という多彩色の空間には、町田という都市・郊外的地域を構成するありとあらゆる要素が詰め込まれている。その点でも、この仮想都市は、現実の町田の姿を写し取っている。

固有名で示されるアイテムだけでなく、町の雰囲気についても、なるほどこれが町田だと思わせる描写がいくつもある。

夏休みの夜。まほろ駅前の人通りには法則性がなかった。あらゆる方向に流れ、拡散し、ふいに停止し、たむろし、気まぐれに進路を変えた。

（『まほろ駅前多田便利軒』二二一ページ）

町田の南口（南東エリア）には、いつでもものすごい数の人がいる。しかし、単に数が多いだけではない。その導線が見えない。人の動きが、一定の方向を目指さない。たまっている。うろうろしている。そのあいだを、どこかに向かっていく人がいる（個人的な感覚としていえば、渋谷や新宿のほうが、まだ人の流れが見える。人はある方向に導かれて動いている）。この法則性のなさ、規則性のなさが「まほろ」であり、町田である。

そして、その中心市街の雰囲気は、町田に住んでいる／流れ込んでくる人々の、社会的属性の拡散ぶりに関わっている。実際、南東エリアを歩いていると、若者向けのファーストフード店や洋服屋も多いが、古風な乾物屋や金物屋、あるいは郊外の中産階級の主婦層を狙った食器・家具の店などもかなりある。それほど広い商業エリアではない。一本か二本の商店街なのだが、全体として顧客層を絞れない多層的なマーケットになっている。おばちゃんから高校生まで、セレブからヤンキーまでが混在する場所。

そのただなかに「多田便利軒」はある。

写真11　多田便利軒（東京都町田市原町田）
ロケ地。映画・テレビ版の「多田便利軒」の撮影に使われた場所は、町田駅の南東エリアに2カ所ある。写真はそのうちのひとつ

複数の、多様な線の交錯地点。それが「町田＝まほろ」である。多様な来歴をもつ人々の錯綜の場といえばいいだろうか。

そのなかにあって便利屋は、顧客が何者であってもその問題を代行する。

そして、便利屋たちは、依頼者たちに自己を投影する。多田や行天は、「まほろ」の多様な住民の誰にでも擬態できる。その擬態の反復を通じて「まほろ」を描く。それが「まほろ駅前」シリーズである。その「まほろ」は、町田の擬態として設定されている。

では、結局のところ、「まほろ」とはどのような町なのか。より正確にいえば、「まほろ」へと変換されたことによって、町田のどのような姿がそこに浮かび上がってきたのだろうか。

12　「ジモト」としての「まほろ」

ここで、一つの参照項として、「ジモト」という言葉を呼び出してみよう。

「ジモト」は、自分が生まれ育った地域――これを広義の「地元」と記そう――を指す概念である。その点では「故郷」と類義的だが、言葉が立ち現れる歴史的・社会的文脈を異にしている。図式的に対照化すれば、「故郷」は、近代化・産業化と都市化の流れのなかで地方（農村）から都市（都会）へと大量の人口が移動していったとき、この都市流入民が自分が生まれ育った場所を多少なりとも回顧的に（あとから、また離れたところから）想起・想像するところに結ばれるイメージである。[17]これに対して「ジモト」は、後期近代化と郊外化の段階で、都市であれ地方であれ、またそこを離れているにせよそこに住んでいるにせよ、自分自身が生まれ育った生活圏を指し示す際に浮上する言葉である。このとき、「故郷」が多少なりとも静態的で均質的な共同体（村・田舎）の像を喚起する概念であるのに対し、「ジモト」はより個人的な帰属感覚に基づいて、その外延を流動化させながら流通する主観的なイメージとして浮上するものといえる。[18]

そして近年（二〇一〇年前後から）特に、地元志向（ジモト志向）と呼ばれる選好のスタイルが、とりわけ地方都市や郊外地域で顕著なものになってきたことが指摘されている。[19] 都市と地方あるいは郊外のあいだに、就学機会や就職機会の落差、さらには賃金や年収の格差があるとしても、べつに無理して大都市に出ていかなくてもいい、という感じが広がっている。どうやら近年、とりわけ心理的な水準で、地方都市や郊外で生まれ育った若者たちを外部の空間に押し出し、それを大都市中心へと吸引する力が弱まり、「ジモト」にとどまる、あるいは戻ることを促す誘因が強くはたらくようになっている。[20] それに伴って、「ジモト」でもいいじゃないか、「ジモト」で何が悪い、「ジモト」っていいかも、という緩い「ジモト」礼賛の感覚を語ったり、歌ったりするようになっているのである。[21]

「まほろ駅前」シリーズの二人の中心人物はともに、一九七〇年代後半に生まれた「郊外ネイティブ」であり、「まほろ」をいったんは離れたものの、そこに舞い戻ってきた若者として設定されている。彼らは、「まほろ」の中心にまったりと腰を落ち着けて、どこにも行こうとしない。このどん詰まりの町で、果てしない反復の日々を送っている。多田と行天にとって、「まほろ」は「ジモト」であり、そのホームタウンにどうとどまり続けるのかが、物語全体の賭け金になっているようにもみえる。その反復と滞留の場所として、「まほろ」は「ジモト」という言葉にふさわしい性格を備えているといえる。

しかし、「まほろ駅前」シリーズが単純にジモト言説を反復しているというわけではない。この小説は、固有の現実感覚をはたらかせて、「まほろ」という町を造形している。そこに展開される物語は、「ジモト」を語る言説との異同、あるいは間テクスト的な緊張関係のなかで、一つの認識視角を提起しているようにみえる。

では、「まほろ」はどのようにこの「町」を形象化しているのだろうか。

これまでにみてきたように、「まほろ」は自足的で閉じた空間であり、「外部」への求心力をもたない。登場人物たちは、「外へ向かっていく」ベクトルを示さない。この「町」のなかで、小さな領土の奪い合いを繰り広げ、あるいはささやかな自分のテリトリーを守ろうとする。だが、その「町」の将来への希望を語るわけではない。むしろ、もう何も起こらない場所として「まほろ」は描かれる。その「町」に滞留して、特に稼ぐとか儲けるとか、地位を築くとか、そういうことに執心せず、ただ、日常の反復を生きる主人公たち。この自足感は「ジモト」的だといえるだろう。

だが他方で「まほろ」は、しばしば「ジモト」的なもののイメージとして語られるような、「穏やか」で「落ち着く」「ほっとする」場所などではない。むしろ人々は、それぞれの生活の箱のなかで傷つけ合い、傷を負いながら生きている。それぞれにつらい物語がある。それは、地域のなかに共同化されることがない、私的で個別な物語である。多様な個別の軌道線は、交わることはあっても、一つに溶け合って「大きな物語」（集合的記憶）を構成することはない。その孤立と孤独の感覚（そのような社会関係の形）を、「郊外的」と呼ぶことができるかもしれない。

しかし、ここで私たちは、この物語世界の成り立ちに即して、一つの社会学的な問いに遭遇する。「まほろ」の町が穏やかで安全な場所でもなく、将来に開かれたビジョンを与えるのでもなく、強い共同体的な絆に人々を包摂するのでもないとすれば、なぜ彼らはここに滞留しようとするのだろうか。おそらくこの問いに対しては、さらに二つの要素に目を向ける必要がある。一つは、便利屋の周辺に集まる若者たち――特に、行天――が抱え込んでいる負の記憶と、これに由来する生へのおびえの感覚。そしてもう一つは、これを前提とするからこそより一層鮮烈なものになる、便利屋という場所のユートピア性である。

13　ユートピアとしての「まほろ」

「まほろ」の町は、少なくとも穏やかで優しい世界ではない。その空間を生き抜くタフネスを要求する（主人公たちの「ハードボイルド的身体性」。その強さが「優しさ」の源泉になるというのも「ハードボイルド」小説の定型である)。緩くてタフな身体性。これが「まほろ」という町の物語のヒーローにはふさわしいといえる(映画・ドラマでは、松田龍平がこれを体現している。内面の脆さ、傷つきやすさを抱えながら、外向きにはノンシャランとした無防備さを見せ、かつ肉体的には誰よりも強靭な行天という存在を、松田は見事に演じてみせる)。そして、映画・ドラマでの「松田龍平」的なものを手がかりにしてもう一歩踏み込んでみると、そのタフな身体はどこかで、生きることそのものへの恐れのようなものを宿していることに気づく。行天がほかのどこにも行こうとせず、便利屋というユートピアにとどまる理由を考えるとき、ここに醸し出されるおびえの感覚を無視することはできない。その感覚こそが、おそらく「ジモト」への滞留という態度を読み解く一つの鍵である。言い換えれば、どこへも出ていこうとしない彼らの身構えの前提には、郊外の町がひそかに累積してきた暴力の記憶が関わっている。

この記憶におびえながら、なおかつこの町にとどまるためには、その内部に彼らの「居場所」が確保されなければならない。言うまでもなく、それが「多田便利軒」である。

先にみたように、便利屋は、人々の孤立した生活圏——ブラックボックス——を覗き見ることを可能にする仕掛けである。彼らのもとで記憶と記憶は共鳴し、「町」は線と線のつながり、あるいは交わりを生み出す。そこには、暴力の記憶におののく者たちが、そのおびえを隠しながら、緩やかな交わりを保ち続けることができる場が浮かび上がる。これを私たちは「ユートピア」と呼ぶことができる。言うまでもなく、ユートピアは現実にはない場所だが、現実と無関係に成立する夢の舞台ではない。むしろ、現実の生活が抱え込んでいる困難を下地にして、そこから浮き上がるように想像される反現実の場所である。だから、ユートピアの前提には明確な現実感覚がある。では、「多田便利軒」という仮構の場所は、どのような現実との接点に描き出されているのだろうか。『まほろ駅前狂騒曲』のなかで、多田は行天に問いかけている。「怖いもんなんかあるのか?」と。これに対して行天は「あるよ。記憶」と即答する。しかし、その答えの意味を多田はすぐには理解できない。「記憶が怖いとは、どういう意味だろう」と彼は内心で考えている(『まほろ駅前狂騒曲』六八ページ)。この会話に、「まほろ駅前」シリーズでの関係の形が凝縮されている。それぞれが平然としてタフな構えをみせながら、その外観の背後に記憶を抱えている。そして、それは「恐れ」の源泉である。だが、彼らはその記憶を容易には共同化できない。他者の恐れは、「私」にはみえない場所に隠し込まれている。一人ひとりの内面に進行する、孤独な闘いの物語。それを前提にした「多田便利軒」の物語がある種の優しさを感じさせるのは、そこに、他者の内面に足を踏み込むことなく、しかしそれぞれの傷を互いに静かに受け止めようとするような、緩やかな相互依存の関係が成り立っているからである。

ここで、次のように言い換えることができるかもしれない。この小説は、この孤独な関係の群れのなかにおびえた目をした青年を投げ入れることによって、「まほろ」の町そのものを一種のユートピアに変換しようとしているのである、と。したがって、「まほろ」はそっくりそのまま町田の現実であるわけではなく、彼らの姿がこの町に集い、たまっている者たちの等身大像であるわけではない[22]。しかし、この町を、物語の場所、人と人の交わりの場として描き出すためには、その中心に、タフな身体と脆弱な心を抱えた二人の若者を配置することが必要だった。彼らのあいだに生まれる緩い連帯を居心地がいいものと受け止める。この町田的感性が「まほろ」という場所の物語を要求しているのである。

＊引用作品
「まほろ駅前」シリーズからの引用は以下による。
三浦しをん『まほろ駅前多田便利軒』（文春文庫）、文藝春秋、二〇〇九年
三浦しをん『まほろ駅前番外地』（文春文庫）、文藝春秋、二〇一二年
三浦しをん『まほろ駅前狂騒曲』（文春文庫）、文藝春秋、二〇一七年

注

(1) Jacques Dubois, *Le roman policier ou la modernité*, Nathan, 1992.(ジャック・デュボア『探偵小説あるいはモデルニテ』鈴木智之訳〔叢書・ウニベルシタス〕、法政大学出版局、一九九八年、二三ページ)

(2)『まほろ駅前番外地』では、各章ごとに視点人物が異なり、常に多田と行天が物語の中心を占めているわけではない。章ごとの独立性が高く、全体を貫く筋立ては後景に退いている。これに対して、『まほろ駅前狂騒曲』では一話完結性が弱まり、前後のつながりが強くなっている。章題が付されていないのは、この内容構成のためかもしれない。

(3) 三浦しをん「伝えたいという希望を持つことが、書き続ける力になる」、抒情文芸刊行会編「抒情文芸」第百四十九号、抒情文芸刊行会、二〇一四年、一八―一九ページ

(4) 同記事一九ページ

(5) 前掲『探偵小説あるいはモデルニテ』一二ページ

(6) 同書一三ページ

(7)「探偵もの」と「便利屋もの」との落差は、作品を映像化する際の俳優の身体性の差異にも表れてくる。それを「松田優作」的なもの(『探偵物語』〔日本テレビ系、一九七九―八〇年〕)と、「松田龍平」的なもの(行天)の落差として把握することもできるだろう。

(8) 前掲『探偵小説あるいはモデルニテ』二四六ページ

(9) 宮台真司『まぼろしの郊外――成熟社会を生きる若者たちの行方』朝日新聞社、一九九七年

(10) 前述のようにミハイル・バフチンは、文学作品(とりわけ小説)が形象化する「時間的関係と空間的関係との本質的な相互連関」を「クロノトポス」と呼び、ここに分析的読解の一つの焦点を置いた(前掲「小説における時間と時空間の諸形式」)。その際に、小説のなかではしばしば、「時空間の交わり」を集約的に表現する場所――〈クロノトポス〉――が繰り返し描かれることを指摘した。「まほろ駅前」シリーズでは、「まほろ駅前」の「南口ロータリー」こそが、さまざまな出来事の結節点であり、物語の展開が集約的に演じられる場所になっている。それを〈出会いのクロノトポス〉と呼ぶことができるだろう。

（11）前掲『郊外の社会学』
（12）寺田和雄「序」、堀江泰紹『はじめてのわかりやすい町田の歴史』所収、国書刊行会、一九九〇年、一―二ページ
（13）小山田有重は鎌倉時代初期の武士（生没年不詳）。桓武平氏秩父流の出で、秩父太郎太夫重弘の子。現在の町田市域のうち、相原・小山を除く全域にあたる小山田荘に移住し、小山田別当有重を名乗り、小山田氏の祖となった。一一八〇年、源頼朝挙兵のときは平家と行動をともにし、平家都落ちの際に危うく斬首されそうになる。以後、頼朝に仕え、八四年には、頼朝に反抗的だった甲斐源氏・一条忠頼の暗殺に加担した（町田地方史研究会編『町田歴史人物事典』小島資料館、二〇〇五年、五一―五二ページ）。
（14）臼井國雄編『ふるさとの想い出写真集――明治・大正・昭和 町田』国書刊行会、一九八五年、八七ページ
（15）二〇二一年四月一日の時点で、町田市の人口は四十二万九千六百四十五人。少しずつ増加している。総務省市政情報課「町田市の人口」（https://www.city.machida.tokyo.jp/shisei/toukei/setai/matidasinojinnkou.files/2021_matidasinojinnkou.pdf）［二〇二一年七月十四日アクセス］
（16）テレビ版『まほろ駅前番外地』（テレビ東京系、二〇一三年）に対する「Twitter」上の反応には「昭和な感じ」がいいという感想がある。確かにドラマ「まほろ駅前」シリーズにはレトロな雰囲気があり、一種のノスタルジーを誘う作品になっている。
（17）成田龍一『「故郷」という物語――都市空間の歴史学』（ニューヒストリー近代日本）、吉川弘文館、一九九八年
（18）川端浩平『ジモトを歩く――身近な世界のエスノグラフィ』御茶の水書房、二〇一三年
（19）三浦展『ニッポン若者論――よさこい、キャバクラ、地元志向』（ちくま文庫）、筑摩書房、二〇一〇年、土井隆義「地方の空洞化と若者の地元志向――フラット化する日常空間のアイロニー」「社会学ジャーナル」第三十五号、筑波大学社会学研究室、二〇一〇年、難波功士『人はなぜ〈上京〉するのか』（日経プレミアシリーズ）、日本経済新聞出版社、二〇一二年、阿部真大『地方にこもる若者たち――都会と田舎の間に出現した新しい社会』（朝日新書）、朝日新聞出版、二〇一三年
（20）この意味での「ジモト」感覚を浮上させた要因としてはいくつもの項目を挙げることができる。まずは、一九九〇年代以降に顕著になってきた消費社会の空間的配置転換。例えば、三浦展が「ファスト風土化」「ジャスコ化」と呼

んだ現象。コンビニエンスストアの普及、大型量販店の展開、ロードサイドビジネスの浸透による景観の均質化など。あるいは、若林幹夫が「モール化」と呼ぶ現象。すなわち、郊外型のショッピングセンターやショッピングモールの増加と、その空間設計モデルの拡張的な遍在化。これと連動して、ネット環境の整備と流通・運輸業界の再編。それらに伴って生じる（特に消費の場としての）都会―地方の格差の感覚の摩耗。さらには、雇用の流動化（安定した職を見つけるのは容易ではない）と労働市場の飽和（都会へ出れば仕事があるというわけではない）。経済全体の低成長下（脱成長型社会への転換）と少子化に伴う家族関係・親子関係の変質（「パラサイト」戦略の広がり、子離れ・親離れの困難）。

（21）例えば、FUNKY MONKEY BABY'S の八王子。原田陽平が「マイルドヤンキー」と名づけた、新しい世代的・階層的文化の担い手たちも、この意味での「ジモト」志向によって特徴づけられる。ほどほどの幸福感を希求する、安定志向の彼ら／彼女らは、上京して一旗揚げようという類いの上昇志向をもたない、新しい保守層を形成していると原田は指摘する（原田曜平『ヤンキー経済――消費の主役・新保守層の正体』〔幻冬舎新書〕、幻冬舎、二〇一四年）。

（22）便利屋は、物語の駆動装置であると同時に、現実の町を虚構の町へと変換して構成するための装置でもある。したがって、町田と「まほろ」の落差を生んでいる決定的な要因は「多田便利軒」の有無である。町田とは、「多田便利軒」がない「まほろ」のことだということができるかもしれない。

［付記］文中に挿入した写真はすべて筆者撮影（二〇一三年十一月から一五年十月まで）。

第４章　郊外のアースダイバー
――長野まゆみ『野川』における自然史的時空間の発見

川には何か人の心をそそって、忘れてゐた記憶を甦らせるものがある。

高井有一『時のながめ』[1]

１　野川という場所

野川は、東京の西郊、国分寺市の恋ヶ窪に端を発し[2]、東京都世田谷区内で多摩川に合流するまで、延長二十・二三キロを流れる小さな河川である。現状では多摩川の支流と呼ぶことができるが、ある意味ではその源流である。武蔵野台地を削りながら谷を深めていった多摩川は、時代ごとに流れ（河道）を移動していき、その跡にいくつかの名残川を残した。その一つが野川である[3]。

岸辺には、武蔵野台地が多摩川に向かって階段状に落ち込んでいく地形（段丘）が形成され、崖筋が水の流れに沿って続く。その段丘崖は「国分寺崖線」と呼ばれ、伏流化していた水がこぼれ出す湧水地を随所に見いだすことができる[4]。地下水が湧き出す場所には、「崖線に食い込む鋸の歯のような小谷が形成され[5]」、その地形は「はけ」と通称される。

現在の野川は、その流域全体にわたって東京の近郊に広がる住宅地のなかに位置していて、沿道は護岸され、いくつかの公園（武蔵野公園、野川公園、神代植物公園など）をつなぐ緑豊かな散歩道になっている。[6]また、急峻な崖筋には、武蔵野の面影を示す雑木林も残っていて、特に崖下の道（はけの道）には、比較的大きな敷地（庭地）を従えた木造の邸宅も散見でき、「昭和」の趣を残す景観を見いだすことができる。野川は小さな川筋だが、都市化・宅地化の波にのみ込まれて暗渠と化すこともなく、水の流れに沿ってずっと歩いていくことができるように整備され、その川岸には随所に野趣あふれる場所が残っている。[7]実際にその岸を歩いていくと、日常の都市生活のそれとは様相を異にする時空間のうちに滑り込んでいくような感覚が生まれる。

では、この流域はいまどのような物語を生み出す場所になっているのか。これを中心的な問いとして本章では、この川の名を表題に掲げた小説――長野まゆみ『野川』――を読み進めていく。しかし、この作品に足を踏み入れる前に、一つの参照点として、半世紀以上前にこの土地（はけ）を舞台に書かれた小説に触れておくべきだろう。言うまでもなくそれは、大岡昇平の『武蔵野夫人』（『野川』と『武蔵野夫人』の書誌は章末の注を参照）である。

2　大岡昇平『武蔵野夫人』の地理学的想像力

『武蔵野夫人』は、フランス文学者・秋山忠雄と姻戚関係にある富子との関係、そして秋山の妻・道子と、ビルマ（現ミャンマー）から復員したいとこ勉との関係を軸に、「はけ」に暮らす一族が破滅的な道をたどっていくさまを描いた小説である。スタンダールやレイモン・ラディゲのフランス心理小説の手法を日本の風土に適用することを試みた作品として知られる。しかし、すでに繰り返し指摘[8]されるように、その心理分析は、物語の舞台になる土地の描出と強く結び付いている。人々の心の動きは、自然の景観との密接な照応関係の内に置かれているのである。したがって、人々の心のひだに分け入ろうとするこの小説は、同時に風景を語り、さらには地理学的な知識を動員して土地の成り立ちに言及するテクストにもなっている。文庫版の解説で神西清が論じているように、視点の取り方によっては、物語全体を駆動させているのは「武蔵野の自然」であるという読み方も可能になるだろう(9)。

では、この作品は、野川流域をどのような場所として描き出していたのだろうか。作品の冒頭、鉄道の駅から「はけ」へと向かう地形を、次のように描出・説明している（ここですでに地理学的な語彙を呼び込んでいることに注意を払っておこう）。

中央線国分寺駅と小金井駅の中間、線路から平坦《へいたん》な畠中《はたなか》の道を二丁南へ行くと、道は突然下りとなる。「野川」と呼ばれる一つの小川の流域がそこに開けているが、流れの細い割に斜面の高いのは、これがかつて古い地質時代に関東山地から流出して、北は入間《いるま》川、荒川、東は東京湾、南は現在の多摩川で限られた広い武蔵野台地を沈澱《ちんでん》させた古代多摩川が、次第に西南に移って行った跡で、斜面はその途中作った最も古い段丘の一つだからである。（九ページ）

この段丘に流れ出る水が斜面を削って作り出した窪地一帯を、道子の父・宮地信三郎が「ほとんどただのような値段で」手に入れたのは、小金井駅ができる数年前（一九二〇年頃と推察される）のことである。彼はそこに別荘を建て、官吏の職を退くと財を蓄え、この「はけ」の家に「引っ込んでしまった」（一三ページ）とされる。この記述から、その時点ではまだ、この一帯は東京の都市生活圏の外部に位置していたことがうかがえる。しかし、戦後、物語が進行する時点では、野川の両側に「狭い水田」が発達し、そこからせり上がる丘の上に「農家」や「都会人の住居」や「疎開者《そかいしゃ》の家」（六六ページ）が点在していると語る。また、戦時中に着工された「飛行場の残骸《ざんがい》」や赤くさびついた「戦車」（六七―六八ページ）なども放置され、宅地化・郊外化に向かう萌芽と、戦争による破壊の跡がともにみられる。そのなかにあって、「雑木林」は「うつろな草原の南の方に少し残って、淡い緑が低く連《つらな》っている中に樫《かし》や椚《くぬぎ》の大木が聳《そび》えるのが見える」（六七ページ）。勉が「ビルマの叢林《そうりん》」を思い起こしながら歩き回っているのは、この林に分け入る「細径《ほそみち》」である。

林中は冷たく、下草の間に白や黄の蘭《らん》科の花が咲いていた。林は意外に深くあるかなきかの細径《ほそみち》が、斑《まだら》に陽の落ちた草の間を交錯し、去年の落葉をためていた。

（略）

彼は立ち上った。なおも林の奥へ進むと道の片手に小さな鋼鉄の集塊が見えて来た。戦車であった。無限軌道は赤く錆《さ》び、装甲の腹には白墨で一杯に落書きがしてあった。何か圧縮瓦斯《ガス》の鉄管が傍《そば》に投げ出されてあった。

眼を転じると、林はもう尽きるらしく、明るい日光が樹々の幹のあい間に輝き、歩くにつれてめまぐるしく光と影を動かした。

野に出た。広い地面が地均《じなら》しされ、砂利と赤土が露出していた。遠く不明瞭《ふめいりょう》な起伏の向うに二つの盛土が瘤《こぶ》のようにうずくまり、赤土の頂を雨に減らされていた。小屋が一つ荒廃して、硝子《ガラス》や漆喰《しっくい》が散乱していた。戦争末期に着工された飛行場の残骸《ざんがい》であった。（六七―六八ページ）

赤くさびついた戦車、工事半ばで放置された飛行場。[10] 戦争の物質的痕跡が、破壊された自然――ただし再び植物の繁茂が始まっている――のなかに突然現れる。その荒れた風景を、復員兵の心の荒みに対応するものとして描き出していることは言うまでもない。ここにみえるのは、穏やかな自然の景観でも、人間が調和的に構築した空間でもない、その双方の秩序がともに破綻したところに露出している、ある意味では無残な「戦後」の光景で

ある。(11)

『武蔵野夫人』では、物語の節目になるいくつかの場面を、何らかの「水」に関わる場所（野川の水源である恋ヶ窪、狭山の村山貯水池、富士・河口湖畔、目黒川沿いのアパート）に置いていて、古田悦造が指摘するように、それぞれの水系がもつ象徴的な意味に応じて登場人物の行動を配分している。(12)しかし、私たちにとって興味深く思われるのは、それぞれの土地がその地理的な来歴に応じて（潜在的な）象徴的価値を負っているということだけではなく、登場人物たちもまた地理学的な関心をもってその風景を眺め、意味づけようとしていることである。例えば、勉が道子を連れ出して一夜を明かすことになるのは狭山の村山貯水池だが、なぜ彼がその地に行きたいと思ったのかといえば、（そこに「アベック休憩のホテル」があることもさることながら、それ以前に）狭山丘陵が「古代多摩川の三角洲《す》であり、今は隆起して武蔵野の中央に孤立する」（一二九ページ）場所だからである。勉は宮地老人の蔵書をあさって、狭山丘陵の来歴について調べ上げている。

狭山丘陵は東京の西方三十キロ、所沢の西南で埼玉県と東京都に跨《また》っている。海抜百五十米《メートル》、周囲約三十キロの楕円形《だえんけい》の丘陵で、十キロ南方の多摩川対岸の丘陵と同じ面に属し、地塁のように武蔵野台地に孤立している。

これは元来古代多摩川の三角洲《す》である。そのころ関東山地の東縁まで入り込んでいた古東京湾の海成層の上に、青梅《おうめ》から流れ出た古代多摩川が、五日市《いつかいち》附近で露呈しているところから五日市砂礫層《されきそう》と呼ばれる黄褐《おうかつ》色《しょく》の砂礫を沈澱《ちんでん》させた。その後幾度かの隆起と沈降を重ねた後、この地塊は、その全体がやはり多摩川の三角洲である武蔵野台地の上に聳えるに到ったが、丘陵は東方の海に向って開析され、懐ろに二つの谷を発達させている。だから明治末期この谷を閉塞《へいそく》して、青梅から導いた多摩川の水を貯えようとした東京の水道技師は、期せずして古代多摩川の流路を再現したことになる。

（一三七ページ）

この一節だけを読めば、勉を狭山への遠出に駆り立てているのは、地形学的な好奇心であるようにもみえる。しかし、不貞の恋に走る男女の物語のなかで、このいささか過度に学術的な記述はどのような意味を有しているのだろうか。

そこには、作者の興味・関心と教養の披瀝というにはとどまらない、ある種の必然が伴っているといえるだろう。古多摩川の流れが広大な三角洲として形成した武蔵野台地を、そのあとで水流がどのように掘削していき、結果として狭山丘陵がどのように残ったのか。この人間的時間のスケールを超えた歴史（自然史）への関心は、人間的な意味づけが及ばない「むき出しの自然」が露呈しているという感覚と対をなしている。登場人物たちは、そうした「露出の場所」を好んで探し当て、そこにいたってはじめて自分自身の抜き差しならない感情に直面し、道徳的な抑制を破って不貞の行為へと足を進めていく。その意味では、勉と道子が野川の水源（恋ヶ窪）まで歩いていく（そこで道子は勉への恋情を初めて自覚する）のも、二人が村山湖畔に忍んでいく（一夜をともにする。ただし、最後の一線を踏み越えられない）のも、秋山が富子と河口湖畔に泊まりにいく（二人はそこで肉体関係を結ぶ）のも、同型の構図のなかにある。

このとき、それぞれの場所が、ある種の荒みによってしるしづけられていることを指摘していい。その土地は、社会的に構成された意味の外皮を剝落させ、その基底に作動する無意味な自然を露見させている。人々がそこに差し向ける地理学的まなざしは、この意味の空白を埋め合わせながら（知的理解の対象に据えながら）、人間的な意志を凌駕して進行する力の現れを（ある種の虚無の感覚とともに）確認する。少なくともそれは、武蔵野の自然の美を称揚するためのものではなく、むしろ、その観賞的な態度が破綻する場面に露出する現実に、なお記述を与えようとする枠組みとして機能しているのである。

3　長野まゆみ『野川』

『武蔵野夫人』の地理学的まなざしの機能を踏まえて、ここからは長野まゆみの『野川』に目を転じていこう。予備的な考察として『武蔵野夫人』のなかの「場所」の意味作用を確認してきたのは、大岡のそれとはまったく異なる文学的系譜に属する長野の作品が、ある面で同型の想像力を駆使しているように思われるからである。

野川のほとりに移り住んできた一人の少年を主人公とするこの小説でもまた、地理学的なまなざしの獲得が重要な要素になっていて、少年は『武蔵野夫人』の登場人物たちと同様に、武蔵野台地のなかに多摩川が掘削して作った地形を発見しようとしている。そこに呼び込まれていく認識の形式では、『野川』は『武蔵野夫人』と類似した枠組みを作動させている。しかし、これからみていくように、その地理学的想像力の行使は、それぞれの物語の文脈でまったく異なる意味作用を起こしている。二つのテクストのあいだの異同を確認することがそれぞれの作品の成立の文脈を思考することにつながるだろうし、いまの私たちにこの小さな川筋が放つ魅力を解き明かす一つの手がかりにもなるだろう。

まずは、作品の粗筋を紹介する。

主人公は、井上音和《いのうえおとわ》。中学二年生。両親の離婚と父親の事業の失敗によって、都心の文教地区にあったマンションを引き払い、父親と二人で東京・西郊のアパートに引っ越してくる。夏休み明けから、野川に面した崖の中腹に立つ中学校に通うことになる。

この学校で音和は、河井という国語教師に出会う。河井は生徒たちに、学校がある武蔵野台地の地形の成り立ちを語り、かつて野川の流域を埋め尽くすようにして飛び交っていたホタルの話をする。彼は、転校してきたばかりの音和に「意識を変えろ。ルールが変わったんだ」（一八ページ）と声をかける。音和は、型にはまらない、少しさめた感じの、知的なにおいがするこの教師に引かれていく。

音和は、吉岡という三年生との偶然の出会いにも導かれて、河井が顧問を務める新聞部に入る。この学校の新聞部は、かつて情報の伝達に使われていた鳩を飼い、伝書鳩として育てる活動（通信訓練）をしている。音和は吉岡らの信頼を得て、次期の部長に選出される。

吉岡は、音和を学校から連れ出し、近くの鉄道の踏切へといざなう。そこに並んでいる侵入防止用のコンクリートの柱に、昔、誰かが遺書（「さようなら」の文字）を書いて自殺したのだと語る（その死者は吉岡の兄だったことがのちに明かされる）。

野川流域の崖の道を歩き回るうちに、音和は家並みのなかに「暗く盛りあがった小山」（九一ページ）を発見する。それは、新聞部が「放鳩地《ほうきゅうち》」としているS山である。翌日、音和は河井を呼び止めてS山のことを尋ねる。河井は、あたり一帯の崖地は「武蔵野台地を太古の多摩川がけずって」（一〇〇ページ）作り上げたものであること、その掘り残しによってS山ができたこと、そして放たれた鳩たちはS山を目指して戻ってくるらしいことを教える。鳩にはなぜS山の所在がわかるのか。それは正確には解明されていないが、古い地層に封じ込められた磁気を捉えているのではないだろうか、と河井は言う。音和は、上空高く飛ぶ鳥の目線で、大地をイメージしようとする。

音和は、鳩の訓練の場所を選択するにあたって、S山と崖地を並べて眺望できる場所に行きたいと思う。河井は、野川を少し下ったところにG大学があることを教える。部員たちは鳩を連れて、川べりの道を歩いていく。音和の肩には、うまく飛ぶことができないコマメという若い鳩がとまっている。川べりの公園で、鳩を放つ部員たち。するとコマメが、不意に飛翔を試みる。二度、三度、コマメは少しずつコツをつかんでいく。

さらに部員たちは、G大学へと移動する。校舎の最上階に上がって、眺望を探す音和たち。音和は、期待したような「劇的な風景」には出合うことができないまま、学校に戻ってくる。

二学期最後の国語の授業の時間に、河井は生徒たちに「夜空」の話をする。「夜空の星も湖面の星もひとつの川となって流れ、ひとしくかがやいている」（一六八ページ）のだと。

その日の午後、音和はコマメを連れて崖の道に向かう。坂道からS山が見えたとき、コマメが不意に飛び立つ。コマメは高度を上げ、旋回し、やがてS山の方角へ飛んでいく。音和は、その鳩の視点から地上を捉えようとする。

4　自然史的時空間の発見

長野まゆみの『野川』は、世界との関係の結び直し、あるいは世界の再発見を通して少年が成長を遂げていく物語である。

その成長の過程には、両親の離婚、父親の失業、転校などの社会的・心理的な出来事もまた強く関わっている。かつての友達に理由も告げずにこっそりと前の学校を離れてきた音和。それまでの趣味だったピアノ――母親に持っていかれてしまう――を手放し、何かを隠しながら、新しい学校の環境に少し身構えて入っていこうとしている少年。会社の経営者であり、優秀な技術者でもあった父親は事業に失敗し、必ずしも仲がよくなかった兄（音和の伯父）に雇われてビラ配りをさせられている。少年にとっては偶像でもあった父の失墜。しかし、音和はそこで、思いのほかしたたかで優しい父親の姿を見いだしていく。ここには確かに、一つの危機を乗り越えていく少年の物語が語られている（対照的に、少年期の危機を乗り越えられなかった物語として、吉岡の兄のエピソードが挿入されているといえるかもしれない）。

しかし、家族的な問題を受け止めて乗り越えていくというモチーフは、この作品では副次的な位置にとどまっている。むしろ主題的に語られているのは、野川とその両岸に広がる崖地との出合い、そして鳩との触れ合いのなかで、少年が自然史的な時空間としての環境世界を見いだしていくプロセスである。その意味での「世界の再発見」において、都心から郊外への転居が重要な契機になっている。

音和は、自分を取り巻く環境世界の変化を、身体感覚によって、とりわけ触覚的な経験から覚知する。

都心の学校から転校したばかりの音和《おとわ》は、むきだしの土にまるでなじみがなかった。はじめて切り通しを歩いたときは、地中に身をかくした蛇を踏みつけたのか怪しみ、つづいてスニーカーの底が変形したのだと思いこんだ。そもそも、舗装をしていない道を日常的に通ることなど、この学校へ転校するまでの彼の生活では、ありえない要素だったのだ。（一四ページ）

夏前まで、音和は「高台のマンションの九階と十階のメゾネット式の家に住んでいた」（九七ページ）。それは、「都心でも文教地区とよばれるような、大学と文学史跡がいくつもあり、ほどよく緑地がのこされた町」だったのだが、「それでも電線にさえぎられない空を見あげることは、不可能だった」（二一ページ）。その都心的空間との落差を、彼はまず舗装されていない路地の感触のうちに読み取っている。

橋に通じる主要な道路はアスファルトで舗装されているが、川べりの家々のあいだの路地には、土のままの道をのこしているところもある。片側が住宅で路地をはさんで栗林があるような場合は、たいてい舗装していなかった。（二一ページ）

とりわけ、野川の岸から崖を上がって学校へといたる坂道では、いつも水を含んで泥に足を取られる。少し高級な――「リッチな」――スニーカーを履いていた音和をからかって、「ババ」（糞）を「踏んだぞ」と声をかけたのが吉岡という上級生だった。

この、アスファルトに覆い尽くされていない土地、土や泥が露出している場所として野川の沿岸がある。都心から移り住んできた少年は、そこに新しい風景を発見する。

川べりの道に、背丈《せたけ》のある夏草が、まだ緑のよそおいのまま茂っている。川床《かわどこ》すれすれに、大小の石のあいだを流れる水も、雲のうすい空から照りつける日ざしをあびて反射がきつい。それでも、草の実は熟し、根もとあたりは白く乾いて枯れはじめるなど、よく見れば秋の気配があった。

（略）

とくに流れの少ないところでは、乾ききった洲が川のなかほどまでひろがって、陸生《りくせい》の草が平気な顔で生い茂り、渇水《かっすい》があやぶまれる風景だったが、ふたつほどさきの橋までゆくと、こんどは急に水かさがまして、おとなのひざ上までとどきそうな流れになっている。そういうところでは、ジャノヒゲの深緑の葉にふちどられた小さな支流があり、そこから川へむかって盛んにあたらしい水がそそがれるのだ。（七―八ページ）

だが、この目新しい環境世界との出合いは、単に緑に触れる機会が少なかった東京の子どもが、郊外の居住区に残存する野生の自然に接したというだけのことには終わらない。

それは、自分自身が投げ込まれている地理的な空間に対する「まなざし」（世界の見方）の変容をもたらす。少年は、東京の町（近代的で都市的な暮らし）を支えている自然の大地を、その歴史の相のもとに捉え始める。そのような見方へと少年を導く先導者として、河井という教師が登場するのである。

河井は、「きょうはきみたちが毎日歩いている地面の話をしようか」と言って、いま学校が立っている土地の、地理的な来歴を語り始める。学校は「武蔵野台地とよばれる河岸段丘《かがんだんきゅう》の南斜面に建っている」こと。雨が降ると「やっかいなぬかるみ」になるこの土地の表面は、「富士山の火山灰」に覆われていること。ただしそれは、「いまの富士山ではなく、氷河期の末期に古富士《こふじ》火山と小御岳《こみたけ》火山とよばれたふたつの火山が六万年ほどのあいだに噴火をくりかえしたときの噴出物《ふんしゅつぶつ》」であること。現在、「市街地の地表はアスファルトにおおわれて、土を見ることまれになった」。「せめて、学校のなかくらいは地面をむきだしにしておこうと」「舗装《ほそう》をせず」にいること。この土と泥に染み込む雨水が新しい「実生《みしょう》」を育んでいること。そこから伸びゆく「コナラやクヌギ」が「緑陰をなす大木の後継者」になっていくこと（一〇―一三ページ）。

このようにして子どもたちは（私たち読者もまた）、数万年という時間的スケールのなかで形作られてきた地形の前に立たされる。

音和は、野川の縁を歩き回りながら、学校へと続く坂道や路地を巡りながら、この新しい地形を身体になじませていく。それは、これまでとは異なる（はるかに長い）スケールで、時間をイメージする体験でもある。

そのなかで彼は、自分の目で、着目すべき景観対象を発見していく。その一つが、住宅地の「あかり」のただなかに「暗く盛りあがった小山」（九一ページ）である。鳩たちが帰巣の目印にしているという、その「山」の正体を音和は河井に尋ねる。「あれはS山といって、標高七十九・六メートルと地図に表示されている。もちろん、古墳《こふん》ではなく、自然の山だよ」（九七ページ）と彼は教える。そして、東京の地形は決して平野ではなく、「東京湾にむかって傾いている」（九八ページ）傾斜地であること、その傾いた土地を川が掘り込んで作った凹凸だらけの地域であること、したがって谷や坂ばかりが見える空間であることを述べる。

「この崖地は川にけずられてできたものですか？」と音和は問う。それに答えて、河井はこの崖地と「S山」の来歴を語る。

「まさに、そのとおりだよ。ここは堆積物《たいせきぶつ》でできた扇状地《せんじょうち》だったところが、川の氾濫《はんらん》や侵食によって台地になったんだ。この武蔵野台地の対岸にあるのは多摩丘陵《きゅうりょう》といって、いちばん古い時代にできた段丘だ。これは川ではなく海がつくった。まずは二百万年前の地層があって、そのうえに十二万年くらい前の地層がのっている。のる、というのは地質的には堆積のことだから、そこまで海に沈んでいたという意味さ。今の何倍も大きい古東京湾《ことうきょうわん》があった。やがて氷河期になり、各地で海水が氷《こお》った。海面が遠のいて陸になり、谷ができ、川が流れ、大地をけずる。ふたたび気温があがればまた海になる。そんなふうに氷河期をいくどかくりかえすあいだに、川も流れを変え、あるいは氾濫して、段丘をきざむ。そのあいだにも列島じゅうは火山の噴火で激動し、火山灰がふりつもった。武蔵野台地を太古の多摩川がけずって、この崖下の低地ができたのは三万年くらい前といわれている。そのさい、どうしたかげんか、あのS山がのこされた。だから、S山と学校が建っている崖地はもともとおなじ平面にあったんだよ」（九九―一〇〇ページ）

河井の導きによって獲得されていくこのまなざしの前で、野川周辺の風景は自然史的な時空間へと変容していくのである。

5　「鳥」の視点

音和の「まなざし」の変容を媒介するもう一つの重要な存在は、鳩である。都心のマンションで暮らしていた頃には、鳩といえばマンションの「テラスに巣をかけようとして、なんど追いはらってももどってくる」しつこい生き物であり、あるいは「寺や公園や街路にいる黒ずんだ色のドバト」でしかなかった（五四ページ）。風変わりな新聞部に入部して、音和は初めてまともに鳩に触れる。

通信員として空に放ち、やがて学校に設置した巣箱に戻ってくる鳩たちは、音和がそれまで思い浮かべることがなかった眺望、つまり上空から世界を俯瞰する視線を与える。彼は、何度となく高い空を飛ぶ鳥の視点を取り込み、その目に映っているであろう世界のありようを想像する。例えば、学校からの帰路、偶然に町なかで父親を見かけ、夕刻の暮れていく空を見上げる場面。

さらに高い空を、もうすこし大型の鳥が翔んでいた。その高さなら、残照に照らされたところと、すでにかげったところの境界線が見えるだろう。
音和は高みの鳥を目印に、そこまで意識を上昇させようとこころみた。鳥が眼下《がんか》に見るのとおなじように、暮れゆく町並みをながめる。だが、からだを置きざりにするのは、むずかしい。きのうの夕暮れに吉岡が頭上を指さして、ここに目があるつもりで、と云ったその高さまでも、意識を持ちあげるのは容易ではなかった。

（一〇四ページ）

鳩を飼育して伝書鳩に育て上げる少年たちの振る舞いは、自分自身が高く飛翔する鳥の視点を獲得していくための鍛錬の過程でもある。飛べない小鳩コマメの飛翔を促す音和の行為は、自らが（いままでとは違う）「視点を獲得する」ための自己訓練のようにみえなくもない。
そして、音和は、ただ高みにある鳥の視点を空想するだけでなく、実際に高い場所に上って世界を俯瞰しようとしている。「G大学」の校舎を訪ね、その最上階に上っていくのも、「鳥」の視点に近づこうとする振る舞いである。
しかし、鳥の目を獲得するということは、単に高度を上げるというだけではない。鳩はなぜ遠く離れた場所から巣へと戻ってくることができるのか。作品では、まだ十分に解明されていないといいながら、一つの仮説が示されている。それは、鳩が「古い地層に」封じ込められている「磁気」を読み取っているという可能性である。

「（略）鳥類はみんな、紫外線《しがいせん》を感知できる。たとえば、われわれの目では、カラスの雌雄《しゆう》の区別はつかない。ところが、鳥類にはわかるんだ。カラスの雄の羽は紫外線に反応して、ずいぶんハデにかがやくらしい。だとすると、地表も人間の目で見るのとちがう色調をおびている可能性があるだろう。古い地層には古い磁気も閉じこめられている。ひょっとすると鳩は、その磁気をとらえているのかもしれないんだ。」

この河井の言葉に示されているように、鳥の目には人の目には映らない風景が見えている。音和が獲得したいと願っているのは、鳥たちの目に見える「古い地層」の光景である。それは時をさかのぼるまなざしである。

もし鳥たちが、地層に閉じこめられた古代の磁気をとらえているとしたら、彼らの目にはここが、海岸にそびえる白い崖に見えるかもしれない。

（一〇一ページ）

（一二六ページ）

いま目の前にある地形が現在の姿になる以前の、「古東京湾」がもっと内陸にまで入り込み、多摩川が大地を削って谷をなし、海に注いでいた頃の風景。音和はそれを見ようとしている。彼が求めていたものは、「段丘がきざまれるまでの、とほうもない年月の痕跡《こんせき》」（一三八―一三九ページ）なのである。だからそれは、どれだけ高い場所に上っても現実には彼の前に現出することがない。「G大学」の校舎に上ってみたことによって、音和は、自分が見たがっているものは、もとから見えないもの――「不可能な風景」（一三九ページ）――なのだと気づく。「鳥の目」で世界を見ること。それは現実にはかなわないという認識。音和が獲得するのは、この等身大の自分（自分の体から離れることができない自己）の像である。そこに、河井が音和を導こうとしているポイントがある。

こうしてみると、この河井という教師の教えが一貫して、「現実には見えないものを見る」ことに向いていることに気づく。作品の前半、河井は、かつて野川を覆い尽くしていたホタルの光景を語る。しかし、それは河井自身もまた見たことがない現実である。現実に体験したことだけが目に浮かぶわけではない。私たちは他者の語りを通じて、過去の現実を「見る」ことができる。それが河井が発するメッセージだった。

同じメッセージが、作品の終盤で反復される。

「ここで、きみたちにつかんでほしいのは、意識のなかでの風景のつくりかたなんだ。ことばから連想できるものだけで、思い描くことが大事なんだよ」（一五二ページ）

その教えを、音和はすでに自分自身の身に引き寄せて受け止めることができる。

6 地形の発見、記憶の回帰——アースダイバーとしての井上音和

「意識を変えろ。ルールが変わったんだ」という河井の言葉。それは、家庭の状況の変化や転校によって、新しい環境への適応を迫られる少年への励ましであり助言である。ただし、「意識を変える」ことの内実が、社会的・心理的な状況に対する態度変更だけではなく、地理的自然を含めた世界全体に対する「まなざし」の変容を意味していることは、この物語の展開からすでに明らかである。

このとき音和は、野川の流域にいったい何を見いだしているのだろうか。それは、文字どおりの意味で「土地の記憶」だといえる。人々の暮らしが作り出してきた歴史以前から続く、あるいはそれを包摂して広がっている自然史的時間がいま、この空間のなかに具現化され、経験に対して（少年のまなざしの前に）開かれている。

この土地のいちばん下の基層には「二百万年前の地層」があり、その上に「十二万年くらい前の地層がのっている」。その時期にこの土地は海に沈んでいたが、やがて「海面が遠のいて陸に」なった。川が流れ込み、何度か流れを変えて谷を掘り込み、さらには火山の噴火によって「火山灰がふりつもった」。こうして「武蔵野台地を太古の多摩川がけずって、この崖下の低地ができたのは三万年くらい前」（一〇〇ページ）。これが、河井が語る「歴史」である。音和はこのとてつもないスケールの歴史的時間（自然史的時間）を発見する。それも、単純に知識として学習するのではない。音和はその古層の露出に直面し、いまもなお、その太古の地形を感受してい

るらしい鳥たちが「生きている世界」としてこれを見いだす。

もちろんそれは、武蔵野台地のどんな場所でも経験されうるものではない。この大地を造形した川が、谷を作り、崖を作り、その崖から染み出した水が流れを形成している場所。人々が生活のために持ち込んだ物質（とりわけアスファルト）が地表を覆い尽くしてしまわない場所でなければ、その時間は露呈しない。

生活空間のただなかに走る小さな裂け目が、いわば記憶の湧出場所として自然それ自体によって温存されている。人々の暮らしは、こうして作り上げられた自然的世界の表面で営まれていて、実はその「土地に残る古い記憶」の影響をいまも被り続けている。音和が野川流域の散策と鳩の飼育を通じて学び取るのは、その事実である。

こうしてみると、音和とは、中沢新一がその野心的な書物[13]で提示した「アースダイバー」そのものではないかとも思えてくる。中沢は、東京という都市空間の基層には、まだ海が（現在の陸地の奥にまで）深く入り込んでいた時代の地形の痕跡が残っているという。かつて、水辺に突き出していた先っぽの場所（「みさき」や「さき」）には、縄文時代からの住居や埋葬地の痕跡が残り、その場所はその後も連綿と「聖地」として継承され続け、いまは「無の場所」として、都市空間のなかに点在している。その場所を訪ね歩き、都市の時間的古層に飛び込んでいくような歩行の主体が「アースダイバー」である（『野川』ではほとんど触れられていないが、野川の周辺にも崖下におびただしい数の石器時代や縄文時代の遺跡が発見されている。地下水の湧出に恵まれたこの土地が、人々の居住地にふさわしい場所だったことがうかがえる）。

音和は、この「無の場所」を歩き回り、鳩の目に映る世界を想像し、空間の亀裂に浮かび上がる記憶の古層にダイブしようとしている。

7　「野川」から野川へ

ここで、現実の地理的空間のなかの野川に目を向けよう。

野川は、国分寺に源を発し、小金井・府中・三鷹・調布・狛江・世田谷を流れ、多摩川に注ぐ延長二十・二三キロ、流域面積六十九・六平方キロの一級河川である。国分寺崖線《がいせん》からの湧水に恵まれ、冬には川霧が立つ。[14]

武蔵野台地が多摩川に向かって階段状に落ち込んでいく地形（段丘）のなかの一つの崖線の下に、その崖からあふれ出す湧き水を集める川。野川は、武蔵野面からその下の立川段丘に下る崖面の南を流れる。この段丘崖を「国分寺崖線」と命名したのは、『東京の自然史』の著者の地理学者・貝塚爽平であった。

> 国分寺崖線とは、（略）北西端は、立川の北東にはじまり、中央線を国立《くにたち》駅の東で横切って、国分寺、東京天文台（現・国立天文台）、深大寺《じんだいじ》を通り、成城学園《せいじょうがくえん》をへて二子《ふたこ》玉川《たまがわ》へとつづく高さ一〇～二〇メートルの崖である。この崖の南には、武蔵野段丘より一段低い立川段丘がある。立川段丘の北縁、つまり国分寺崖線の直下には、野《の》川という流れがある。これは、国分寺崖線の、武蔵野礫層から湧き出す湧水に養われる川で、立川段丘を浅く掘りこんでいる。この川は、側方侵食によって、国分寺崖線を形成した古多摩川の名残川と考えられる。[15]

武蔵野台地とは、青梅を扇頂とする扇状地（つまり、山間部から流れ出した川が、土砂を堆積させて礫層〔川が運んできた土の層〕を構成し、扇状に広がって次第に低くなっていく傾斜地）である。西端の青梅で海抜約百九十メートル。立川で約九十メートル。新宿で約四十メートル。山の手台地の東端で二十メートルから四十メートル。この扇状地には、礫層の上に、富士山の噴火が運んできた火山灰が積もっている（関東ローム層）。武蔵野段丘であれば、地表から五メートルから七メートルが関東ローム層。その下に数メートルの厚さで、武蔵野礫層が続いている。

多摩川は、扇状地を構成しながら、その上に降り積もったローム層を削って谷と崖を形成し、少しずつ河道を移していった。榧根勇は、その過程を次のように説明する。

武蔵野台地を構成する複数の段丘面は、古多摩川がつくった古扇状地面である。これらの段丘面は、武蔵野台地が過去十数万年にわたって隆起を続けてきたことによって形成された。これらの扇状地の扇頂は、現在の標高一九〇メートルの青梅付近にあった。ここを扇の要《かなめ》として、古多摩川は河道を左右に振りながらいくつもの古多摩川扇状地、すなわち現在私たちが見る武蔵野台地をつくりあげた。(16)

十数万年の時間的な広がりのなかで、少しずつ土地が隆起していった。その隆起によって作られた台地に、山から水が流れ込む。水は砂礫を運んできて、扇状地を構成する。扇状地の上に、火山灰が降り積もる（ローム層を形成する）。そのローム層に覆われた扇状地に、さらに「水」が流れ、「砂礫」を伴いながらこれを削っていく。このとき水の流れ（川）は、砂地にホースで水を流したときのように蛇行し、流れを左右に振りながら進んでいく（時代ごとに川筋が左右に移動する＝頭を振る）。それによって、複雑な凹凸を示す地形が残っていく。このとき砂礫は、いわばこの土地を削る「かんなの刃」のような役割を果たしたのである。

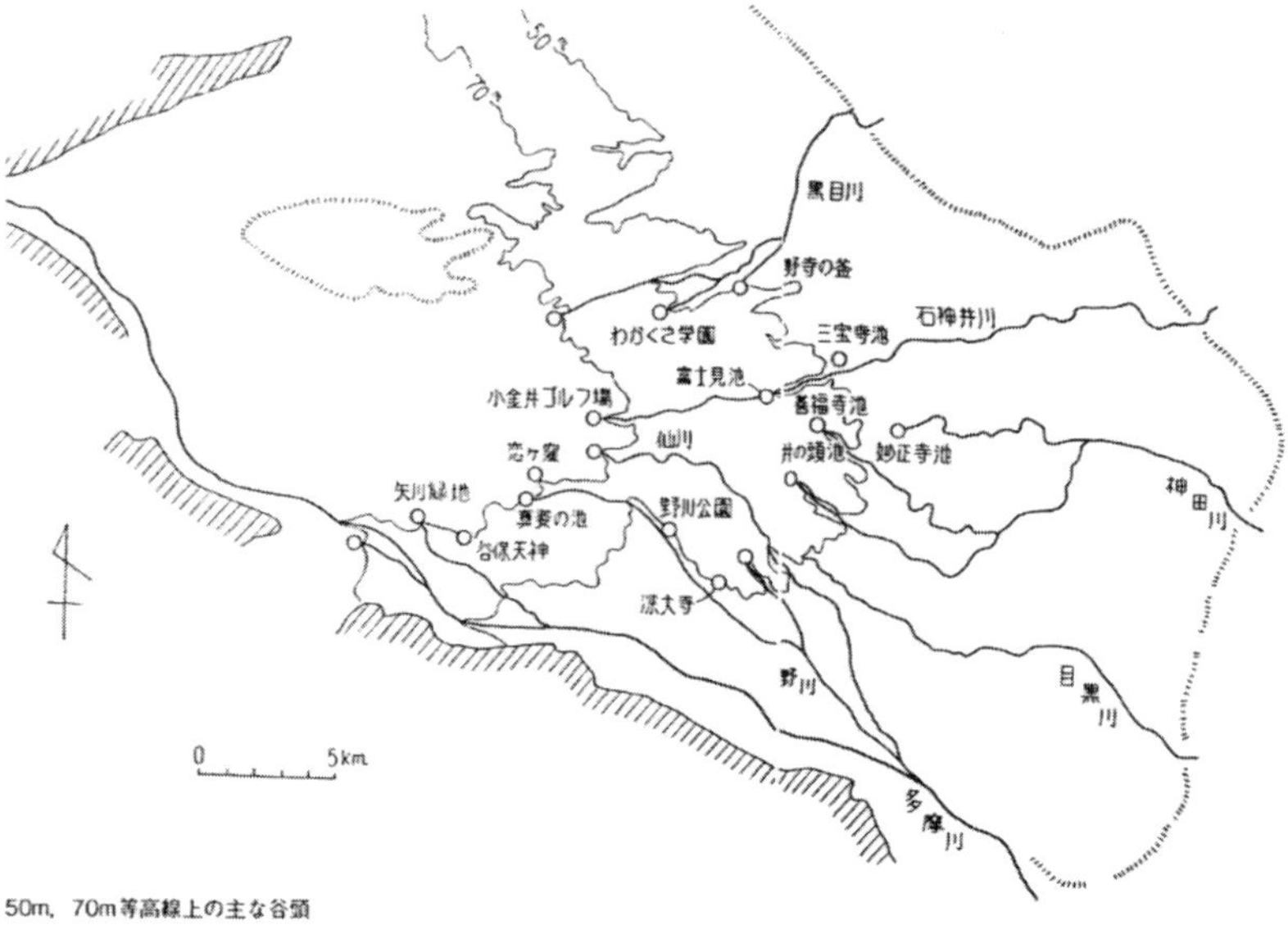

図11　武蔵野台地の主な谷頭
「50m、70m 等高線上の主な谷頭」
（出典：榧根勇『地下水と地形の科学——水文学入門』〔講談社学術文庫〕、講談社、2013年、183ページ）

扇状地をつくる砂礫層は、川によって運ばれてくる。武蔵野台地では、基盤が隆起を続けていたので、古多摩川はその隆起してくる基盤を削りながら、砂礫を下流方向へ運搬した。いま私たちが見ることのできる段丘礫層は、静止した堆積物であるが、かつては基盤を削る動く「かんなの刃」であった[17]。

この「かんな」が地表をすべてきれいに削ってしまうと、過去の地表面や地層面は残らないことになる。しかし、水の流れは、随所に削り残しを生む。これが「残丘」と呼ばれる。

武蔵野台地には、四つの代表的な残丘がある。狭山丘陵（狭山残丘）、牟礼《むれ》残丘（井の頭池のすぐ南）、平林寺《へいりんじ》残丘（埼玉県新座市）、浅間山《せんげんやま》（東京都府中市）。この四つ目の浅間山が、『野川』に登場する「S山」である[18]。先にみたように、作品のなかでは「武蔵野台地を太古の多摩川がけずって、この崖下の低地ができたのは三万年くらい前といわれている。そのさい、どうしたかげんか、あのＳ山がのこされた」（一〇〇ページ）と説明している。音和が発見していく風景とは、古多摩川の流れが削り取り、取り残していった名残川であり、そこに切り立つ崖であり、やはり削り残された残丘なのである。

このようにして形成された扇状地は、ローム層と砂礫層のあいだに水をたたえ、それもまた低い方向に向かって地中を流れる地下水脈を形成する。それは、ところどころで地表にあふれ出す。榧根によれば、そのあふれ出す場所にはある種の規則性がある。例えば、地形図の標高五十メートルの等高線をたどっていくと、その線上に井の頭池、善福寺池、富士見池が並ぶ。国分寺崖線沿いの湧水（深大寺湧水群）も、この高さにある。さらに、標高七十メートルをたどると、野川の源流である恋ヶ窪、真姿の池湧水群と、矢川緑地、谷保天神の湧水がこれに並ぶ(19)。

古多摩川が残した崖地は、古い地層が露出する場所であるとともに、礫層からこぼれ出す湧水の所在地でもある。国分寺崖線の随所に染み出す「水」は、かつての川が切り裂いた土地の断面から、地下水がこぼれ落ちるように流れ出ていて、その水が現在の名残川に供給されている。そこに記憶の湧出を感受するのは、隠喩的な想像力のはたらきとしてごく自然なことである。

8　音和の視点を探して——『野川』の舞台を歩く

このように、野川周辺の空間を自然地理学的な視点から主題化するテクストでもある『野川』は、きわめて正確にこの土地の描写を試みていることがわかる。実際に、野川のほとりを歩いてたどることによって、私たちは音和の目に映ったであろう風景を探し当てることができる。

現地の探索の記録（写真）と小説のテクストを照合して、物語の舞台と現実空間の対応関係を確認することにしよう。

①野川の流れ

野川は、国分寺市内ではまだ、住宅地の裏を流れていく本当に小さな水路で、「一級河川 野川」という看板がなければ、これが多摩川の源流の一つであるとは気づかないような存在である。

しかし、小金井市に入った頃から、両岸に小道（散歩道）を従え、緑豊かな空間を抜けていく水流へと変貌する。

写真12　野川の流れ：1（東京都国分寺市内）

②「学校」

音和が通うことになった学校のモデルは特定しきれない。物語の舞台になった地域に現存する中学校は小金井第二中学校（小金井市中町一丁目）である（野川のほとりから緩やかな坂道を上がった場所、段丘下のはけの道沿いに立地する）。

しかし、作品中の学校と小金井第二中学校は、その立地も、建物の形状も落差が大きい。音和が通う学校は、崖を上りきったところにあり、傾斜を利用した階段状の校舎を備えている。さしあたり作品中の学校は、架空の存在だというべきだろう（これは、個人的な印象の域を超えないのだが、その学校の立地にふさわしいのは、『武蔵野夫人』のはけの家のモデルといわれる富永邸がある、通称「ムジナ坂」から武蔵野公園の緑地にいたる崖の上のエリアである）。

③大学と飛行場

作品中に登場する「G大学」のモデルは、東京外国語大学である。

小金井第二中学校から、直線距離にして約二・七キロ。野川沿いを歩いて西武多摩川線のガードをくぐり、そこから右折するルートで約四十分の道のりである。

そして、東京外国語大学のすぐ裏手には、調布飛行場が広がっている。

転校するまで都心で暮らしていた音和は、こんなところに都営の飛行場があるのをまったく知らなかったが、いまではもう、ブウゥゥン、とうなりながら飛ぶエンジンの音は聞きなれた。八丈島《はちじょうじま》へ飛ぶ定期便もあるが、そちらは、ガリガリと空気を掻《か》く音がまじる。軽やかな音をひびかせるのは、個人所有の自家用小型機だ。毎日、だれかしらが空中散歩をたのしんでいる。（一二二ページ）

「G大学」の高層棟の最上階から「都営飛行場」を望む眺めは、作品中では次のように語られる。

階段ホールのガラス窓は、北東に眺望がひらけている。北は、今見たとおりの台地の断面があり、東には飛行場の滑走路《かっそうろ》がある。ほこりですすけた窓ごしに、格納庫と管制塔と空港施設がならんで見えた。吹き流しがはためいて、風が強いことをしらせている。（一三七ページ）

写真13　野川の流れ：2（国分寺市から小金井市へ）

④S山

多摩川が削り残したことによってできたS山は、前述のように浅間山として実在する。その山頂には、浅間神社が祀られ、緑豊かな参道が続いている。[20]

写真14 「S山」（浅間山山頂・浅間神社）（東京都府中市多磨町）

⑤「崖」からS山を望む

物語のなかで音和は、学校がある崖地から、広く野川流域を見晴らす場所を探し歩いている。そして、S山を見通すことができるポイントを発見している。

その場面は次のように語られる。

音和は路地を見つけるたびにはいりこんで、台地からのながめに期待した。だが、どこも立ち木や家の壁があり、彼の望むような景色をさずけてくれなかった。斜面にさしかかる前にとぎれている道もあった。

あきらめかけたころ、小さな坂道をみつけた。傾斜をやわらげるために、道がうねっている。車は進入できないように金属製の杭《くい》をうがってあった。S字の短かいカーブをまがったさきで、視界がひらけた。（九四ページ）

実際に、車止めの金属柵が置いてあるS字カーブの小道を見つけ出すことができる。

写真15　小さなＳ字の道（東京都小金井市中町）

写真16　崖地から「Ｓ山」（浅間山）を望む

そして、この坂を上がって振り返ると、正面に浅間山を見ることができる。

音和の目線からは、次のように語られる光景である。

> ちょうど正面に、音和が先ほどながめた小山がある。それが、きょうの通信訓練の放鳩《ほうきゅう》地《ち》のひとつであったS山なのだろうと思った。もう残《ざん》照《しょう》もとどかず、黒々としている。かろうじて木々におおわれているのだけはわかった。
>
> 　そのS山の後方に、またべつの丘が、うっすらと見えている。それは学校のある崖地とおなじく、ほぼたいらな稜線《りょうせん》を持っているが、西よりになるほど標高《ひょうこう》が高くなり、けわしい山地へとまぎれてゆく。夕闇が濃くなるにつれて、墨色《すみいろ》に立ちあがる雲の峰《みね》と見わけがつかなくなる。（九四ページ）

このように、『野川』は実在の地形を正確に描写しながら物語の舞台を構成していて、私たち（読者）はテクストを手がかりにして、作品中の人物が見たであろう風景を探し当てることができる。その探索は、私たちが音和の視点を借りて、現在は郊外住宅地としての外観を示しているこの場所を、自然史的空間として捉え直す行程でもある。

9 複数の時間――『野川』の地理学的想像力

ここまで、長野まゆみの小説が（学校の配置と造形を除けば）実在の地理的空間をきわめて正確に写し取り、そこに登場人物たちの行動（物語）を配置していることをみてきた。そのかぎりでは、『野川』は現実の空間を大きく変換することなく、そのまま物語空間へと引き写し、造形しているといえる。しかし、この作品は、その物語の内容において「まなざし」の転換を要求するものである。音和は、自分が投げ込まれた生活空間を別様にまなざすことを学んでいく。それを通じて、この世界と折り合いをつけ、そこで生きていく力を養おうとしている。読者もまたそれとともに、世界の新しい見方に触れるのである。

この視角の転換のなかで、地理学的想像力が大きな役割を果たしている。東京の西部に広がる景観は、地理学的な認識枠組みのなかでその来歴を明らかにし、その地に暮らす者たちは、いまある地形の由来を壮大な自然史的時間の流れのなかで理解する。この点で音和は、『武蔵野夫人』での勉たちと同型の認識操作をおこなっている。彼らのまなざしの前に、武蔵野の風景は歴史的・社会的な意味づけを剝奪され、その野生の相貌をあらわにし、それによって登場人物たちの意識のなかに重要な変質が生じていく。

しかし、二つの物語では、この地理学的まなざしが媒介する意識の転換が、それぞれに異なる意味を生み出している。

『武蔵野夫人』で、主人公の一人である勉は戦場の体験を経て復員し、「はけ」の地に舞い戻って、そこに「ふるさと」としての武蔵野の風景を追い求める。しかし、そこに現れてくるのは、戦時的な開発によって破壊された自然であり、軍事施設の残骸が中途半端に放置された無残な風景だった。地理学的なまなざしは、この「現実」に相対する人々の、敗戦後の意識の荒みに呼応するものとして機能している。

これに対して『野川』では、現実の社会生活（親の離婚や破産）のなかで荒みを抱えていた少年が、自らの生活世界を別様に捉えるすべを獲得し、それを介して現実に対峙していく力を培っていく。その意味での成長の契機として「まなざし」の転換が生じている。そしてこのとき、少年・音和にとって、自然史的時空間の発見にはある種の解放の感覚が伴っているといえるだろう。それは、社会的に組織され、所与のものとして置かれている生活世界の枠組みから解き放たれ、別様にこの世界に触れる可能性に気づくプロセスである。

その気づきを与えるのは、一方では郊外の生活環境がもたらす感覚的な触発（例えば、足元のぬかるみの感触）であり、他方では、第三者（河井という教師）による示唆である。音和は河井という優れた先導者の言葉に導かれながら、その地理的空間がもたらす（彼にとっては）新奇な感覚を読み解き、それを通じて意識の転換を果たしていく。その覚醒のあり方は、敗戦後の景観の荒廃が否応もなく人々の目を引き付けてしまうさまとは、やはり異なっている。音和が生きている時点で、すでに戦後の都市・郊外の開発は、野生の地形を塗り込め、ただ漫然と見ているだけでは、その自然の相貌が現れてこない状態に達している。だから少年は、積極的に枠組みを転換させ、想像力を駆使することによってようやく原生的な多摩川の流れを発見することができる。スニーカーにまとわりつく泥の感触をシグナルとして受け止めながら、彼は自分には見えていなかった世界に目を凝らし、基層としての自然に意識を向けていく。自然史的時空間は、私たちが積極的に「意識を変え」ようとするときにはじめてそこに浮かび上がる潜在的な世界のあり方なのである。

『武蔵野夫人』との対比で『野川』の時代的な位置づけを図るとすれば、私たちは、この潜在的な世界との接触、その意味での覚醒が、「解放」の感覚をもたらすような状況に置かれている、ということができる。

だが、それはいったい何を意味するのだろうか。

音和に視角の転換を促す背景的（構造的）要因について、この作品のなかに多くのことが語られているわけではない。しかしそこには、戦後から高度経済成長期までの日本社会を支えた、あるシステムの行き詰まりが想定されているようにみえる。それを暗示しているのは、音和の父の離婚とその会社の倒産である。

父は「もともとは映像を主体としたヴィジュアルアートの制作や編集をする会社の技術者であり経営者」だった。「広告代理店の依頼を受け、企業が新製品の展示場でイメージとして流す映像や、イベントホールの雰囲気《ふんいき》づくりにつかわれる映像の制作や編集をしていた」(五一―五二ページ)。彼は、いつも「デザイン性の高いスーツ」(一九ページ)に身を包み、家族は「都心でも文教地区とよばれる」「ほどよく緑地がのこされた」(二一ページ)地域で「メゾネット」式のマンションに暮らしていた。会社が傾き夫婦の関係が悪くなった理由はまったく語られない。しかし、その具体的な詳細を省くことによって逆に、この破綻は、物語の背後にあって象徴的な負荷を帯びる。その仕事(その業態・業界)を支えていた高度消費社会、さらにいえば資本の自己拡大のなかで成長してきた経済システムの停滞。その先の時代をどう生きていけばいいのか。そういう問いかけをこの背景設定のうちに読み込むことに、さほどの無理はないはずである。

そして、この戦後的な成長と発展の物語の終わりは、都市空間総体としての開発の頭打ちとなって現れてくる。都市人口の増大とその居住地のスプロール化による「郊外」の拡張に限界がみえ、あちらこちらに未開発のあと、建設の取りこぼしを残しながらも、飽和の感覚が生じる。このとき郊外の住宅地は、中途半端に造成され、都市的景観として完成しきれないままに放置された、まだら模様の空間になっていく。人為的に構築された居住地と、その隙間に生き残り、あるいは息を吹き返し、どこか野性味を感じさせる自然とがせめぎ合う場所が、随所に生まれる。

言うまでもなく、近代の都市的生活環境は、社会生活上の利便性を基準として空間を合理的に設計し、人工的な素材(例えば、コンクリートやガラスやアスファルト)によって、その外観を覆い尽くしながら建設されていく。都市空間といえども「自然」の物質的基盤のうえに構築されざるをえないのだが、人々は、自らを取り巻く環境的条件を「人間の意のままに馴致」しようとする。環境世界が有する「自然成長性」は制御すべきものとして対象化され、予期せぬものを可能なかぎり除去し、人工的に構成しきれないものを不可視化することで、都市は

「快適な」生活空間になる。[21] 都市生活者は、街路樹や庭木のように呼び込まれた自然には触れながらも、長い年月をかけて本来の自然が作り出してきた地形や、その地表の形状にはほとんど接することなく暮らし続けることができる。

したがって、都市とは自然史的時空間の隠蔽のうえに成り立つものである。しかし、人工的な建造物としての近代都市は、地表のすべてを覆い尽くすことはできず、そこかしこに「自然の地肌」を露出させ、かろうじてその表面を包み込んでみても、土地の凹凸面には古い地層が垣間見えてしまう。表通りから路地に入り込んでみたり、急峻な階段を上って雑木林のなかに足を踏み入れてみたりすると、思いのほか身近な場所に、都市化の流れが取りこぼした「残丘」のような空間が広がっている。

その空間は、異質な時間の流れが露出する場所でもある。大地の隆起や火山灰の堆積、河川による掘削によって、そこに現在の地形が生み出されるまでの長い時間。それは、日々の社会生活のリズム、あるいは経済的な成長や都市の開発といった歴史的・社会的な時間とはもとからスケールが異なる、自然史的時間の体現である。

この自然史的時間の再発見を、いま、東京をはじめとする都市とその外縁が、しきりに求めているようにみえる。私たちは序章で、いま「町歩きブーム」とでも呼ぶべき現象が起きていることを確認した。書籍だけでも『タモリのＴＯＫＹＯ坂道美学入門』『アースダイバー』『東京凹凸地形案内』[22]『東京「スリバチ」地形散歩』……。この一連の「町歩き」の運動をみていくと、それらは単に「美しい景色を見にいこう」「歴史旧跡を訪ねよう」というだけでなく、しばしば東京の「地形」を「再発見」しようとするものであることに気づく。谷や崖、坂こそが探訪先になるのである。東京という都市の基底に横たわる、そして日常生活者の目線からは隠れているさまざまな凹凸を見つけ出し、そこに自然の造形や、歴史的な建造の跡を読み取っていくような「空間の解釈学」が展開されている。この現象が意味するものは何か。私たちはおそらくこの問いを、本章がたどり着いた問いに照らし合わせてみることができる。

『野川』の読解のなかから導き出した知見。それは、この少年の物語が、土地を作り出してきた非常に長い時間との接点を回復しようとする試みであった、ということにある。日常の暮らしを組織する社会的な時間の背後に、厳然として流れ続ける自然史的な時間。私たちは確実に、その時間を生きる生存者でもあるのだということ。そしてその発見は、ある種の解放感を伴っている。「私」は、たった一つの時間の秩序のうちに封じ込められているわけではない。「意識を変え」れば、多層的に折り重なる別様の時間のなかに飛び込んでいくこともできる。都市的景観がほころびをみせる崖や谷や川には、都市生活のそれよりもはるかに長いスパンをもった時間が露出している。それはもちろん、みる気になってみなければみえてこない、想像力を介在させなければ感じ取ることができない、「想像される記憶」の場所である。

このように捉えてみたとき、「町歩き」のトレンドと、長野のようなファンタジー小説の作家が繰り出す文学的（物語的）想像力のあいだには連動関係があるといえる。では、何が私たちに「意識を変える」ことを要求しているのか。継続的に考えるべき問いがそこにみえている。

＊引用作品

大岡昇平『武蔵野夫人』（新潮文庫）、新潮社、一九五三年、九ページ

長野まゆみ『野川』（河出文庫）、河出書房新社、二〇一四年

注

（1）高井有一『時のながめ』新潮社、二〇一五年、四四ページ

（2）野川の水源はＪＲ中央線の線路の北側に位置するが、現在は日立製作所の研究所の敷地内にあって、外からは見ることができない（東京都国分寺市東恋ヶ窪）。「研究所の厚意で入構をゆるされた」という前田愛は、そこに「武蔵野の自然がそのまま温存されていることに息をのむ想いだった」という。「正門から雑木林の斜面を左手に降りると、

『武蔵野夫人』に描かれているとおりの「大きな池」がひろがっている。池のまわりは芝生や花壇をめぐらして整備されてはいるものの、ほんの少し奥に踏みこめば、カヤやアシの密生した湿地帯がつづいている。みどりいろの水を湛えた用水池には、コイや白鳥が放し飼いにされている。丘陵のふところからこんこんと湧きだした水は、この湿地帯をうるおし、用水池を環流し、庭園の池尻から中央線の土手をつらぬいている土管へと吸いこまれて行くのだ」（前田愛『幻景の街——文学の都市を歩く』〔岩波現代文庫〕、岩波書店、二〇〇六年、二三〇—二三一ページ）

（3）貝塚爽平『東京の自然史』（講談社学術文庫）、講談社、二〇一一年

（4）「はけ」には多くの湧水地が存在し、しばしばそこから野川までの水流をたどることができる。「三多摩問題調査会による昭和四八年（一九七三）の湧水調査では、野川流域に七〇ヶ所以上の湧水点が確認されていた」。しかし、「その後の一〇年間にその三分の一以上が涸れて」しまったという（上条多恵「武蔵野の水『野中の清水』を辿る」、後藤総一郎監修、立川柳田国男を読む会編『柳田国男の武蔵野』所収、三交社、二〇〇三年、四二ページ）。

（5）東京都「多摩川水系　野川流域河川整備計画」二〇一七年、三ページ（https://www.kensetsu.metro.tokyo.lg.jp/content/000028888.pdf）［二〇二一年七月十日アクセス］

（6）野川の流域の人口は、戦後から一九七〇年代までのあいだに急速に増加している。急速な宅地化が進んだ高度経済成長期には一時期、生活排水の影響で、かなり汚染が進んだ時期があったようである。六〇年代の初頭に府中に居を移した民俗学者・宮本常一は、野川の変容について次のような証言を残している。「私が府中に住んだ昭和三六年頃はこの川の水はまだかなりきれいで、川底には水草が生えており、それが底を埋めつくして浅い緑色をしているところもあった。（略）その川の両岸の改修工事の始ったのは昭和四〇年すぎごろであっただろうか、コンクリート壁で両岸を固めると、水の流れはスムーズになり、両岸を崩されることもなくなる。と同時に岸近くまで家が立ちならんでくる。両岸が整備されるにつれて川がにごり始めた。そしていつか水草を見かけなくなった。もう底の石や砂も見えなくなってきた。そしてドブ川にかわってゆきつつある。かつてこの川のほとりに住んでいた者にとっては親しみふかい流れであったに違いない。川のほとりに木を植えていたのも、流れを情趣あるものにしようとしたためであろう。しかし汚れた川は、川のほとりに住む者にとってはもはや親しみも何もないものになる。私自身すらが、足をとどめてこの川の流れを見入ることはなくなってしまった」（宮本常一『私の日本地図10　武蔵野・青梅』〔「宮本常一

著作集」別集〕、未来社、二〇〇八年、一七―一八ページ)。しかし、七〇年代以降には、三多摩問題調査会をはじめとする市民グループが、自然環境の保護を訴える運動を展開し、東京都などの行政主体も、水害対策を兼ねて野川流域の護岸と環境保護に乗り出す。実際に、宮本が見たような六〇年代の水質と六五年以降のそれ、さらには現在の水とがどれほど異なるのかを知ることは難しい。しかし、少なくとも今日、「親しみ」も感じられないほどの「ドブ川」という印象を、野川に対してもつ人は少ないのではないだろうか。水の流れは立ち止まって見入るだけの魅力を有しているように感じる。

(7) 野川の流域が、長く手つかずの自然の姿を保っていたわけではない。水源に恵まれたこの地は、石器時代からの人の居住の跡が見つかっていて、近世には農村が広がり、人々は治水のために河川を管理していた。一九二七年に北多摩郡砧村(現在の世田谷区成城)に移り住んだ柳田国男は、家の近くを流れる六郷用水の水源を求めて何度かにわたり野川の遡行を試みている。その詳細を記した文章が「野中の清水」(一九四〇年)である。そこには、次のような風景描写がみられる。「六郷用水に落ちてくる少し上手でも、両岸にはまだ萱原《かやはら》、笹原が残り、川楊《かわやなぎ》の根株を洗っているような処もあって、いかにも野川の名がふさわしく感じられる。それを新しい地主さんたちが、いろいろと楽しみに改良して行こうとしているのである。今の大東京の市域を出離れると、すぐに覚東《かくとう》・小足立《こあだち》という二つの部落になる。双方の民居は交錯していて、別にこの川をもって境しているような様子もないが、あるいは以前の出水によって、水路をかえているのかも知れぬ。それほどにも自由自在に屈曲して流れている。梅、桃、すももや栗の木の多い、いたって静かな黒土の村である」(柳田国男『柳田国男全集』第三巻〔ちくま文庫〕、筑摩書房、一九八九年、四〇ページ)

(8) 神西清「解説」、大岡昇平『武蔵野夫人』(新潮文庫)所収、新潮社、一九五三年、前掲『幻景の街』、佐々木和子『多摩の文学散歩』けやき出版、一九九三年、古田悦造「『武蔵野夫人』の地理学的一考察――水系を中心に」「東京学芸大学紀要――第三部門 社会科学」第五十六集、東京学芸大学紀要出版委員会、二〇〇五年、大原祐治「地図と痕跡――大岡昇平『武蔵野夫人』論」「千葉大学人文研究」第四十四巻、千葉大学文学部、二〇一五年

(9) 神西は、この『武蔵野夫人』の主人公が「道子と勉の二つに割れており」、作品のなかに「不気味な分裂」が生じていることを指摘したうえで、にもかかわらずこの小説が「一枚岩のような重みある統一を保っている」と述べ、そ

の理由は作品中で「自然」が「もう一人の主人公として生動している」ことにあると指摘する。「いわゆる「はけ」を中心とする壮大な武蔵野の自然が、ほとんど地質学的な尊厳さとほとんど歔欷《きょき》に似た哀感とをもって、文学の中に登場したのは、この作がおそらくはじめてでしょう。人間の情熱も抑制も野心も反抗も、すべてこの自然に対置され、その無言の存在の前に自己の正体をあらわにしているのです。この小説の主人公はひょっとすると「自然」そのものかも知れない――わたしは時々そんな気さえします」（前掲「解説」二八一ページ）

(10) 東京の西郊は、日本の軍事的航空産業の開発拠点だった。大正年間（一九一二―二六年）には、所沢、次いで立川に飛行場が開設される。その流れのなかで、野川周辺にも飛行場や航空機生産の拠点が建設されていく。一九四一年には、「内務省・逓信省《ていしんしょう》・陸軍省が民間機と迎撃《げいげき》用戦闘機の発進基地にするため」に「調布飛行場」の建設に着手する。「民家二〇戸あまりに立ち退きを求め敷地五〇万坪を確保」「滑走路は南北方向に一〇〇〇メートル、東西方向に七〇〇メートルと、二つ」を確保し、「完成間際までは民間機の飛行場としても期待されたが、完成直後に陸軍部隊が配属されると、陸軍の部隊常駐飛行場になった」（前掲『首都防空網と〈空都〉多摩』六四ページ）。現在、調布飛行場は民間の小型機が発着する飛行場として活用されているが、隣接する「武蔵野の森公園」には、戦闘機・飛燕を格納していた掩体壕の跡が残され、展示物として保存されている。

　また、調布飛行場から北に歩いて野川を渡り、崖線の旧坂を上ると、国際基督教大学のキャンパスと富士重工業の事業所が見える。ここは、旧・中島飛行機の三鷹研究所の跡地である。中島飛行機は、海軍機関大尉を退役した中島知久平が一九一八年に群馬県尾島町に創業した会社だったが、二四年に東京府豊多摩郡井荻町上井草に航空機エンジンを製造するための東京製作所を設け、

写真17　武蔵野の森公園の掩体壕（東京都三鷹市大沢）

東京に進出した。多摩には、三八年、「北多摩郡武蔵野町（現・武蔵野市）に武蔵野製作所を設立、主に陸軍機用エンジンを製造した」。次いで四一年には、「同じく武蔵野町に海軍機用エンジンを製造するため多摩製作所を設置、さらに、同郡三鷹町（現・三鷹市）には航空機技術の総合的開発を企図し三鷹研究所を設けた」（同書七七ページ）。中島飛行機は、敗戦までの日本の航空機産業で最も大きな役割を果たした企業だった。三鷹研究所は、「陸海軍の軍用機研究開発の集中化、さらに政治・経済をも含む総合的な研究機関」、いわば「シンクタンク」を企図したものだったといわれる（牛田守彦／髙柳昌久『戦争の記憶を武蔵野にたずねて――武蔵野地域の戦争遺跡ガイド 増補版』ぶんしん出版、二〇〇六年、一一三ページ）。富士重工業は、中島飛行機出身の有志が国内航空機生産の再開を期して設立した企業である。

（11）大原祐治は「地図と痕跡」と題した『武蔵野夫人』論で、勉の視線に現れる風景を詳細にたどりながら、この小説は「武蔵野」の自然に幻想としての〈ふるさと〉をみていた人々が、「敗戦後の日本の現実」に遭遇する物語、「勉が、自ら幻視しようとした武蔵野の影を踏み破り、戦後の現実そのものへと〈復員〉していく物語」（前掲「地図と痕跡」一六六ページ）であると読んでいる。『武蔵野夫人』を『俘虜記』（創元社、一九四八年）との連続線上に位置づける見事な論考である。本書としては、幻視された風景を破って露出する自然が、荒涼の感覚とともにあることに着目しておきたい。

（12）古田悦造によれば、物語の展開をもたらす四つの場所のうち、恋ヶ窪と村山貯水池は野川を含む多摩川水系に位置していて、これに対して、河口湖畔（相模川水系）と目黒川沿いアパート（目黒川水系）はその外部にある（前掲「『武蔵野夫人』の地理学的一考察」）。この内と外の関係は、日常生活の場所である「はけ」と、肉体的不倫関係を可能にするその外部との関係に対応している。勉と道子が狭山丘陵で一夜を過ごしながら肉体的な関係にまで及ばなかったことも、この地理的な位置に関連づけて読むことができるのである。

（13）前掲『アースダイバー』

（14）鍔山英次写真、若林高子編著『生きている野川 それから――写真譜 湧水を集めて武蔵野を流れる』創林社、二〇〇一年、一四ページ

（15）前掲『東京の自然史』八〇ページ

(16) 榧根勇『地下水と地形の科学——水文学入門』（講談社学術文庫）、講談社、二〇一三年、一八四—一八七ページ
(17) 同書一八七ページ
(18)『武蔵野夫人』で勉と道子が一夜を過ごす場面になった狭山丘陵が、『野川』では音和の意識の転換を促す重要なトポスの一つであるS山と同一の地形学的来歴を有していることにも目をとめておきたい。
(19) ここにも、偶然の符合とは思えないものがある。『犬婿入り』の舞台で「南区」の「水」が湧き出していた場所と『野川』の水源は、同じ高さにある。つまり、武蔵野台地＝扇状地で、地下水が露出する条件を共有しているということになる。そこには、武蔵野台地に走る幾筋かの亀裂をみることができる。そして、作家たちはそこに、物語が立ち上がる場所を感じ取っている。そんな言い方をすることが許されるのではないだろうか。
(20) 宮本常一もまた、府中近隣の散策のなかで浅間山を発見している。彼は次のように記している。「私は府中へ住みつくと、時間のあるときは周囲をあるきまわることにした。いたるところにケヤキの並木があり、その古いものは二〇〇年もたっているような木が多かった。ある日そんな道をあるいていると、目のまえに小高い丘があらわれた。その丘の上にのぼって見た。丘は雑木におおわれていて、一番高いところには小さい石の祠があり、そこに立つと東から北の方へかけては人家が全然見えない。ただ、北のすぐ眼下のところは多磨《たま》墓地で墓石の白いのが目に入る。家はあっても林の中にかくれてしまっているのであろう。あとで地図を見ると、この山が浅間山《せんげんやま》であった」（前掲『私の日本地図10　武蔵野・青梅』七—八ページ）。一九六〇年代前半のS山の風景である。
(21) 篠原雅武『生きられたニュータウン——未来空間の哲学』青土社、二〇一五年
(22) 今尾恵介監修『東京凸凹地形案内——5mメッシュ・デジタル標高地形図で歩く』（別冊太陽　太陽の地図帖）、平凡社、二〇一二年

［付記］文中に挿入した写真はすべて筆者撮影（二〇一四年四—六月）。

第5章　記憶の伝い
——古井由吉『野川』、あるいは死者たちの来たる道

土とはまた、死者たちへ通じる路《みち》でもないでしょうか。

古井由吉『言葉の兆し』(1)

1　「恐怖の始まり」

二〇一一年の震災のあと、古井由吉は宮城県仙台市在住の作家・佐伯一麦と往復書簡を交わしている。そのなかに、古井の次のような言葉を読むことができる。

かろうじて大津波をのがれて避難所にたどりついた人が、自分がいまどこにいるか、わからない、とつぶやいていました。これは自分がまだ生きているものやら、はっきりしないということころへ、そんな言葉を現地の人たちはめったに口にはしないでしょうが、通じることと思います。生きているということもまた、そらおそろしいと感じられる境遇はある。(2)

押し寄せる津波によってすみかを追われた人々が、おそらくは身一つで避難所にたどり着く。そのとき、場所の感覚が失われてしまうというのは、想像が及ばない話ではない。古井はしかし、「どこにいるか、わからない」ということが、自分が生きているものかどうか定かではないことのしるしだとみる。人がその場所に確かに「ある」ことを、「生きている」ことと相即的なものとして置く。どこかに住まうことができているあいだは、「生きている」ことが特段「そらおそろし」くもなく感じられる、ということかもしれない。

もちろん、ここにいう「住まう」とは、必ずしも定住を指すわけではない。例えば家を所有して、さしあたりは安全な日常を送れているとしても、生きていることの根を支えるようには人はそこに住み着くことができていないかもしれない。逆に、旅を重ねるような生き方をしていても、それぞれの土地に生きていることの根拠を見いだしうる人もあるだろう。その境をひと言に尽くすことはできないのだが、人があるところに「住まう」ためには、その体と記憶と場所とがある種の交感のなかで関わりあっていなければならないだろう。

ともあれ、生活の場を瞬時に奪い尽くす災害は、日々の暮らしのなかでは特段に問うこともなかっただろうこのつながりを断ち切り、あるいは押し流してしまう。そのとき、その身のこととしては生き永らえても、なお「生きているものかどうか」が危ぶまれる。そのような事態は確かにあるにちがいない。しかしそれは、二〇一一年の震災によってはじめて生じたことだろうか。古井の小説は、「どこにいるのかもわからない」ような境地に置かれた人々、そのために「生きていること」の感覚があやしくなってしまう人々の姿をずっと語ってきた。そしてそれは、彼が少年時に東京の郊外で空襲を経験し、すみかが焼け落ちるのを見てしまったこと、そして、この町が戦後に「住まう」場所としての実質を取り戻すことなく、復興と発展を遂げてしまったこととも無縁ではないように思える。

同じ往復書簡集には、次のような一節を読むこともできる。

生まれた家での幼年期の記憶が私にはとぼしい。満でまだ七歳の時の空襲にその家が燃えるのを目の前で見たせいらしい。ひとりの姉があったので、家には雛《ひな》人形があった。節句が過ぎれば人形たちの顔に和紙をかぶせ、箱に納めて天袋へ、高い所にある戸棚にしまう。その人形たちが、家に火のまわるにつれて、焼けていく。そんな光景を見たわけでもないので、あくまで想像だが、記憶にひとしい。これも樹木の傷跡の瘤《こぶ》からヒコバエのようにくねり伸びた枝のようなものですか(3)。

記憶の原像として、ひな人形が焼け落ちていく光景がある。だから、その家の記憶が乏しいのだと古井はいう。自分が生まれ落ちて最初のすみかとした場所は、「目の前で」焼き払われてしまった。それが「七歳の少年の、恐怖の始まり(4)」だった。そして、この「恐怖」をいまも、古びることもなく心の、あるいは体のどこかに抱え込んでいる。

古井の文学はある一面で、「我が家の焼けるのをまのあたりにした未明の」出来事の記憶に対峙し続ける営みとして読むことができる。それは、津波によってすみかを流され、「どこにいるのかもわからない」という人々の境遇と、どこか通底するものであるようにも思える。古井のいくつかの作品では、住まうべき場所とのつながりのなかで戦時の、とりわけ空襲の記憶が召喚される。それは、戦後の長い時間を経てもなお「生きていることが定かではない」とつぶやきかねない、その危うさと結び付いている。

戦後の都市の復興は、再び穏やかにその地に「住まう」ことを可能にするにはいたらなかった。彼は続けて次のように記す。

その恐怖の跡地に戦後の社会が積まれて行った。衣食も足らわぬ世に何ほどのこともできはしないと思ううちに、復興は急速になり、復興の水準も超えて、みるみる高く建ちあがり、気がついて見れば、自分も文明技術の高所に暮らしていた。二階に住まおうと、二十階に住まおうと、同じことです(5)。

「恐怖の跡地」に建ち上げられた「文明技術の高所」に暮らす。それが戦後の東京に生きるということである。都市は戦禍の痕跡を急速に覆い隠すようにしてその表層を包み込み、「高所」へと生え伸びるようにして住居を構築してきた。その分、「家屋」は「だんだんに土から離れて、土と湿気と臭気の、うっとうしさからまぬがれた」[6]。だが、どれほど「高層へ」移り住んでも、その足元の「土」に染みついたにおいが消え去ることはない。そして、その高所に住む人々は「どこにいるのかもわからない」寄る辺なさを抱え込み続ける。その危うさのなかで「生」をどのようにして営んでいくのか。そのとき、この土地に宿る記憶と、その場所に住まいきれない者たちの日常は、どのような交わりを示すのだろうか。

そのような問いを置いて、古井の小説『野川』を読み直してみよう。東京の西郊から南東に流れ出て多摩川に注ぐこの小さな川のほとりは、古井にとってどのような語りを呼び起こす場所になっているのか。そして、そこにはどのような記憶が召喚されるのだろうか。

2　『野川』の作品構成

語り手は「私」という一人称で登場する。さしあたりは古井本人の姿を重ね見てもいいと思われる、六十代半ばと推察される作家である。ただしこれは、いわゆる私小説ではない。そのようなジャンルの枠を抜け出して、言葉は自在に形象を呼び起こし続けるようにみえる。

「私」は、軽微ではない病いのために入院した経験をもち、自らの死を意識しながら仕事をし、日々の暮らしを送っている。作品の一つの主題は、「生」よりもむしろ「死」のほうに親しみを感じ始めた人の意識の危うさを、あるいは「死」との交わりのなかにある「生」の移ろいを描き出すことにある。しかし、老境にさしかかったこの作家の現在時の暮らし（日常些事）を描くことが、語りの中心的な関心事ではない。むしろ語りは、想起の営みとして立ち上がる。「私」は自らの意識、身体の内によみがえる記憶に誘われるように語り続けている。だが、ときとしてそれは、「私」が何かを思い起こしているというより、記憶そのものが語っているというほうがふさわしいような言葉の連なりである。そしてまたときには、その語りが「私」という語り手の位置を見失って、他者の語りへと横滑りし、何者が語っているのかが判然としないような、自他の「あわい」へと呼び込まれていく。

では何が思い起こされているのか。記憶は、時系列的な秩序を平気で逸脱し、遠い昔のことと思しき出来事や、つい先日の出来事を次々と呼び込み、直線的な時間の流れには沿わないままに言葉の流れを生み出していく。そして、その語りの焦点には死者が現れる。想起された世界には、まず、戦争によって死んでいった多数の死者が横たわっている。特にこの作品で想起されるのは、東京への空襲によって命を落とした者たちの姿である。

その匿名の死者たちの記憶を背景にして、二人の男のエピソードがそれぞれに語られていく。一人は井斐という男。「私」とは、新制高校の二年、すなわち十七歳のときからの長年の友人である。「私」が「三十年前」に教職を離れて文筆で生きているのに対し、井斐はずっと勤め人として生きてきた。異なる生活を営みながら、ときどき連絡を取り合って、旧交を温め合う間柄である。もう一人は内山という男。こちらは「私」の学生時代の友人で、回想の場面も主にその当時のエピソードへとさかのぼる。内山は、下宿していた家の階下に暮らす女と抜き差しならない関係にはまり、その状況を「私」に語って聞かせ、「私」が何らかの助言をした経験があるらしい。「私」はいま、その内山の姿とその言葉を思い起こし、ときに内山の視点から、「女」とその家の様子を語っている。

十六編の短篇連作（便宜上、以下では「章」と呼ぶ）で構成された『野川』は、前半で主に井斐との関わりを、後半はむしろ内山のエピソードを語り、しかし、井斐の話は、後半にいたってもところどころに差し挟まれていく。「あらすじ」として「筋」を終えるような線形的構造をもたずに、意識と想起の流れに沿って語りは進行する。それでいて無秩序に陥ることなく、強靱な構築性を感じさせるのは、『野川』にかぎらず、古井の小説では常のことである。

3 「死者たちの集まり」――井斐の話：1

ここでは、「野川」という場所との関わりのなかで、この小説の記憶と生の交わりを考える。そのためには、井斐という男の話を中心に考察を進めることが許されるだろう。

井斐は、第二章「石の地蔵さん」から登場する。

「ノーエ節」の記憶

「私」は、入院生活を送っている井斐を見舞っている。その「私」に、彼は昔読んだ小説の冒頭だと言って、「生きるために人はこの街に集まってくる。しかし、ここは、死ぬ場所のように思える」（三二ページ）という一節を思い出したと語る。もちろん、この「街」は「病院」に重ね合わされて理解される。しかし「私」は、「われわれ」はこの街に生まれて、ほかにどこにも行くあてはないではないかと応じる。井斐は自分も「居ながらに流入者になっていく」ようだと返す。ここには、ほかに行く場所もなく生きている者が、しかしその土地に住まいきれていない感覚が示されている。

続けて井斐は、「ノーエ節」の歌詞のつながりが思い出せないと言う（三三ページ）。「富士の白雪ァノーエ」「融けて流れてノーエ」に始まり、歌詞をつないで、最後に「娘島田は情けで融ける」にいたり、冒頭の一節に戻ってくる循環歌である（章題の「石の地蔵さん」は、その途中に現れる言葉である）(7)。どうして「ノーエ節」なんだと「私」は尋ねる。「何もかもいっそ気楽になってしまう唄だ」と井斐は答え、それきりこの話は途絶えてしまう。しかし、「ノーエ節」の記憶は、その後の語りのなかで反復されていく。井斐は、自分もこの病気をしたことで、仕事から退くことになるだろうと言う（三四ページ）。

病院を離れ、一人になった「私」の脳裏に「ノーエ節」の記憶がよみがえる。出征する兵士を見送る場で、一人の男が日章旗を振って音頭をとり、人々はなぜか「ノーエ節」を歌っている。岐阜県の大垣駅前のことである。少年だった「私」がその光景を見ている。そこから「私」は、戦時中の記憶へと呼び込まれていく。敗戦後、東京に「舞い戻った」とあるので、岐阜は疎開先だったと推察できる。

夢の話

その後、「私」は「もう一度だけ」（四五ページ）井斐に会っている。井斐の退院後「まる一年の頃」である。その間、三カ月に一度ほどの間隔で電話で連絡を取り合っていたのだが、あるとき「そのうち外で昼飯でも喰おうや」と「私」が誘う。二人は、昼間から酒を舐めながらそれぞれの状況を伝え合い、思い出話に興じる。

そのうち、「夜は眠れるかい」というような尋ね合いから、「で、夢は見るかい」という問いかけに移る。そこで、井斐が捉えどころがないことを言う。

> で、夢は見るかいと、とまた無用のことをたずねて、年を取ると夢も淡くて遠いようになるな、と自分で逸らそうとすると、人が集まってくる、と井斐は答えた。黒い、蝶のようなものが私の眼の内で一斉に飛び立った。大勢の人の唄い囃す声が聞こえた。料理が済んで、蕎麦を喰っているところだった。午さがりの蕎麦は、どういうもんだか、うまいものだな、と井斐は話も忘れたようにつくづくと啜っていたが、先を続けた。
>
> （五一ページ）

どこからどこまでが私の言葉で、どこからが井斐の言葉なのか、注意力を切らすとたどることができなくなるような文章である。「人が集まってくる」と「午さがりの蕎麦は、どういうもんだか、うまいものだな」が、井斐の言葉だととれる（「大勢の人の唄い囃す声が聞こえた」はどちらの声によるものか判然としない）。そして、次の数段落は、ほとんど井斐の言葉として続く。

俺のための仕度をするらしくてな、黙って部屋を出たり入ったり、忙しそうに歩き回っている、五、六人だ、男もいる女もいる、つぎからつぎへ集まってくる、それなのに、先に来た者から順に消えるのか、いつまでも五、六人だ、狭い家なので、理屈は合っている。

何処の誰たちなのか、どういう縁なのか、何のつもりか、俺はかまわず自分の寝息を聞いている。寝息はいよいよ佳境だ。お茶ぐらいさしあげろ、と女房を起こして言おうかと思うが、面倒臭い。夢まで人まかせになるな。

そのうちに人の動きが止んで、隅のほうへ控えるらしく、どこかで男と女の、抱き合っている、忍ばせた声が洩れる。客たちがそっとそのまわりに寄って見まもるらしい。あわれだな、と俺は耳をやっている。女のことだか、男のことだか、両方一緒にだか、わけがわからない。その間にも絶えず人が到着する。川上から土手道を、てんでに急ぎ足でやって来る。

いや、実際に、野川が家の近所を流れているのだ。日が斜めになると昔の土手の名残も見える。毎日のようにその頃になると川上へ向かって歩けるだけ歩いて引き返す。だいぶ遠くまで行くよ。帰り道は暮れかけていて、草臥《くたび》れて一人きりなのに、何だか賑やかな気分になるんだな、足は以前よりも丈夫になった、と両膝を叩いてやおら居ずまいを正した。

（五一―五二ページ）

前半の三つの段落までが夢の話である。「俺」は（寝息を立てているのだから）眠っているのだが、眠りながら「家」の様子をうかがっている。ひっきりなしに人がやってくる様子だが、順に帰っていくのか、いつも五、六人が動いている。そのうち、なぜか男と女が交わる声が聞こえてくる。そのあいだにも、「川上から土手道」をたどって人は絶えず到着する、という夢。

そして井斐は、自分の家の近所に実際に「野川」が流れているのだと言う。毎夕、その川沿いを歩いているのだという話である。

この日の昼食会は、これでお開きになる。井斐は、週に三日のペースでまた勤めに出ることになった、今日は楽しかったと言って去っていく（五三ページ）。

井斐の死

その「井斐が死んだ」（五四ページ）という知らせとともに、次の章「野川」が始まる。「午後の蕎麦屋で一緒に昼飯を喰ってからまた一年」後のことである。実際に勤めに出るようになったことは、それからひと月半ほどあとの電話で確認していた。しかし、その後は正月に年賀状が届いたきりで、連絡が途絶え、「家族」からの電話で訃報が伝えられた。

「私」は、井斐の通夜に向かう。通夜は私鉄沿線の寺で、井斐の家の住所からは少し「見当がはずれる」ようだったが、「何か縁があるのだろう」と思って出かけていく。

古風な寺だった。前庭に木立があり、一本でも鬱蒼として雨もよいの宵闇をそこに集めていた。葬儀の運びはしかし当世風らしく、私が遅れて着いた時には焼香の列も跡絶えがちで、祭壇に表の風が吹き込んでいた。私も焼香を済ませて、結局は深い縁でもないのでその足で失礼しようとしているところへ、親族側らしい年配の女性が声をかけてきて、庫裏《くり》のほうへ案内して座敷の隅に坐らせ、酒と鮨を前に運んで、じきに遺族が御挨拶に参りますのでと言って立ち去った。

（五六ページ）

待つうちに、井斐の娘が現れて「父が何かとお世話になりました」と語りかける。「私」は彼女に、「日の暮れに、川の土手道を、散歩されていたそうですね」と尋ねる。

女性は少し怪訝そうな顔になる。「私」はさらに、「野川がまだ御近所に残っているそうですね」と聞くと、「野川という川なら、私たちのところからはずいぶん遠く」にあり、ただ、「このお寺の近くを流れてますが」（五九ページ）と、何かを思い出すように答える。

このとき、「私」の脳裏にまた「ノーエ節」がよみがえる。そして、二人が出会った高校時代に、「私」が井斐の顔に、出征していく兵士の面立ちを重ね見たことがあったと思い起こす。

「そうでしたか、野川と言ってましたか」と「娘」は一人でうなずく（六一ページ）。「去年の春先から、また勤めに出るまで」のあいだ、井斐は午後からかなり長い時間をかけて散歩に出るようになっていた。野川は自宅から歩いて行くのは無理だが、電車で間《あいだ》二駅も行くと、そうそう遠くないところを流れている。そしてそれは、この寺のすぐそばである、と「娘」は語る。実を言えば、この寺は井斐の家とは何の縁もなかったのだが、井斐が「遺書」とともに、自分の「通夜と告別式」はこの寺でするようにという書き置きを残していて、それでこの場所を選んだのだと。

書置きには最寄りの駅から寺までの道も添えてあった。筆ペンでさらりと描いた、平らたい地図ではなくて、絵図のようなものだった。寺のある所には、ひと筆で描いたような、山門が立っている。そばに大木が繋っている。道順を教えるには用もない野川までが描きこまれていて、ゆるくくねって、岸には土手らしいのが盛り上がって、その上を細い道が続いている。寺を中心にしてかなり広い範囲にわたり、あちこちに木立が、それぞれ少しずつ違った姿で、風に吹かれているように見える。川の両側には、あの辺も電車の窓から見るかぎり家が建てこんでいるのに、畑がひろがって、その間に点々と農家が、どれも林を背負っている。その間にまた、道の続きもなしにいきなり、小さな辻が描きこまれて、角に小屋と店らしい家があって、近くに火見櫓が半鐘を吊りさげて、すこし傾《かし》いでいる。その櫓も農家も、木立も土手も山門も、どれもどれも同じ方向へ、影を流している。

(六三ページ)

これは「私」が実際に見た書置きの様子なのか、あるいは「娘」の語りから想像したものなのかがわからない。(8)ともあれ井斐は、決して家の近所ではない「野川」にまで足を延ばし、その川岸一帯を歩き回り、その光景を(ただし、現実の光景ではなく、少し古いときの姿で)絵にしたため、その折にたまたま見つけた古寺を、自分の葬儀の場所として指定したことがわかる。「蕎麦屋」での井斐の語りは、多少の脚色と故意の脱落を交えて、その事実を語っていたことになるだろう。

そして、そのあと「私」は、その日井斐が話した「夢」の場面を、この寺の通夜の場面に重ねて思い起こす。

寝覚めに、最後に会った日の井斐の、夢に人が大勢、家に集まって来ると話したのを、やはり思った。土手道を急いで順々に到着して、順々に消える。主人は人まかせに寝床の中で自分の寝息を聞いている。やがてどこかから、男女の抱き合う、忍ばせた声が伝わって来る。何かの仕度に家の内をしきりに動き回っていた客たちは、静まっている。隅のほうへ控えたようで、と井斐は言った。光景が眼に見えている顔つきだった。寝床の中から哀れと聞いていたと言う。しかし、好色の集まりの雰囲気ではなさそうで、女たちもいるはずなのに、ふたりの男女の交わりへ、一同控えて耳を遣っているとは、とまた怪しむうちに、客たちは順々に腰をあげて、忍び足で交わりの床に寄り、床を囲んで膝をついてさらに一心に、力を貸すように見まもる、その眼に哀れみの光が差して、嗚咽を堪《こら》えて姿が掻き消され、跡に島田の女人の頭《かしら》が暗がりにぽっかりと浮かぶ。

(六六ページ)

「私」はこの場面を、この寺での井斐自身の葬儀の場面を先取りしたものと受け取る。

最後に会った日に井斐の話した夢はあきらかに本人の葬儀の事《のち》であり、野川も現にあった。（六九ページ）

野川の岸を歩き回りながら、寺を見いだし、自分が見送られる儀式の場所をそこに定めようとしていた井斐が、その葬送の場のにぎわいを眠りながら聞いている場面として、いわば予期し、夢に見たということである。しかしそうであるならば、なぜその場に交り合う男女の声が聞こえ、人々がそれを見守っているのか。それは解くことができない謎のようなものだが、「私」は「不可解」（六九ページ）と言いつつ、実は奇妙な形でそれを納得している。すでに蕎麦屋の場面から、「私はその場ではおよそ正反対の、死を覗いた人の改まりの話のように聞いて相槌も打っていた」（六九ページ）。井斐の話を「私」は、その場面では「死者たちの宴会」として受け止めている。「死者たちの集まりにそれぞれ迷いこんで来た、お互いに見も知らずの男女が、無縁さのあまり抱き合ったのを、死者たちに哀れまれ、見まもられて若返り、抱くも抱かれるもひとしく、ひとつの受胎にまでなり、死者たちの立ち去った後で年齢の失せた顔を見合わせて起き上がり、それぞれ帰りの道すがらだんだんにまた年を拾って、迷い出たことも忘れて寝床に戻り、目が覚めて心身のわずかながら改まっているのも知らない、とそんな想像をひとりでたどっていた」（七〇ページ）のである。

容易に追随しがたい想像の連なりではあるのだが、ひとまず、葬儀の場を先取りしたかのような井斐の夢の場面を、「私」は死者たちが集う場所として受け止め、そこに流れ込んだ「無縁」の男女が、その無縁さのあまりに「抱き合い」、「生」を宿し、またそれぞれの道を帰っていく場面として思い描き、それはそれで納得してしまったということである。

性的な交わりが、「生」を産み落とす営みでありながら「死」に向かっていく崩壊の様相を呈することは、さまざまに語られてきたこと（あるいは、体感されてきたこと）である。そのために性は「けがれ」のしるしをまとい、同時に聖性へと転換する潜在性を秘めたものとして扱われてきた。「死」が性を呼び寄せるという象徴連関は、ある意味では普遍的なものだといってもいい。そして、自己の死の場面に性的な交わりを、したがってまた「生」の再生（「受胎」と「私」は語っている）へと向かう営みを呼び込んでいくのも、想像力の立ち上がりとして確かに不可解ではない。

むしろ私たちにとっての問題は、この「死」と「生」（または性）のトポスが、なぜ野川の岸に置かれているのか、である。なぜ井斐は、自宅ではなく少し離れたこの場所まで足を延ばし、そこに自らの「死」の場所を定め、その川のほとりに宴の場面を想像したのか。それは、作品には明示的に書き込まれていない事柄である。

とはいえ私たちは、テクストのなかにも、また現実の場所としての野川の流域にも、その手がかりを見いだすことができる。そのためにも、いましばらくは井斐の話をたどってみなければならない。

4　野川から荒川へ――井斐の話：2

ここからは、川や土手という場所が、この作品でどのような死の記憶に結び付いているかをみていこう。

荒川――もう一つの死の記憶

野川のほとりをめぐる前述のエピソードは、「私」の脳裏に、かつて井斐が語ったもう一つの光景を思い起こさせる。それは、井斐が子ども時代の記憶として思い起こした、荒川沿いの一場面である。

土手の話を井斐がしたのは、お互いに子供が生まれたばかりの頃だった。荒川の土手のことだ。千住辺よりもだいぶ上流《かみ》になり、もう県境に遠くない所だという。私にはまるで知らぬ土地なので、ただ蜿々《えんえん》と続く土手と草の繁る河原ばかりを思い浮かべて聞いていた。

まだ朝の内に母親に手を引かれて歩いていた、川を下るにつれて道端に、遺体が増えていった、と話した。それほどの話なので、私は忘れていたわけではない。野川の話につけても、その記憶は頭の隅にあった。しかし今になって声となり聞こえた。
（七三―七四ページ）

すぐに推察できるように、これは戦時下の記憶である。荒川のそばに多数の死体が転がっている。それは、東京が空襲されたときの情景である（次章には、「三月十日」という日付も書き込まれている）。井斐は、東京の本所からその荒川沿いに疎開してきたという。東京の中心は危ないが、もうそこまで行けば十分だと感じる、それが当時の郊外に対する感覚だったということである。しかしそこでも、命を落とす人は少なからずいた。そんな出来事を伝えながら、井斐は続けて、「土手のすぐ近くに住まう」のはどのような心持ちなのかを語り始める。

昼間は子供のことなので良い所に来たとぐらいに思っているのだが、夜が更けかかると、路地奥の家なのに、土手を風の走るのが、耳に聞こえる以上に、目に見える。まるで土手そのものが走っている。黒い生き物だ。その力を受けて家も軒並みに、少しずつ傾《かし》いで、やっと踏み留まっている。そのまま町全体がもう地所ごとずるずると押し流される。しかしもっと恐ろしかったのは、風と風の間の静まりだった。
（七四ページ）

本所・深川あたりの下町から、当時はまだ本当に町と村の境にあったであろう、荒川上流の郊外に移っていった井斐は、やはり身体的な感覚として風の強さと、町ごと押し流され、家がつぶれてしまいそうな感覚を、そしてその風が収まった時間の「静まり」の怖さを感受する。それはもちろん、純粋に地理的環境に対する感受性ではなく、空襲の恐怖におびえながら、吹き抜ける風の音になぶられて粗末な小屋のなかで夜を過ごす少年の不安の記憶でもある。

ともあれ、少年時代にたくさんの死体を見た凄惨な光景は、土手の記憶と結び付いてすでに語られていた。そして、「私」もまた、その話を忘れていたわけではなく、野川の話を井斐がしたときにはすでに意識の隅にあったと言っている。

そのつながりから、野川の流れは戦時下の（空襲下の）死の記憶に通じている。次章「背中から」は、いきなりその井斐の語りから始まる。

引き返すことになり、母親にまた手を取られて、土手道を歩き出した。しばらく行くと川上《かみ》の風景は何事もないようになった。

三月十日の朝のことになる。その未明、夜半を過ぎたばかりと後に聞いたが、妙に静かに揺すり起こされた時には、雨戸の隙間から差す赤い光に、母親の顔も染まっていた。家を走り出て土手下の道まで来ると、近隣の人間たちが川上に向かって駆けていた。町の背後に炎が立って、振り返るたびに近くになり迫って来るように見えた。人がばらばらっと土手を登り出した。そっちに行っては駄目だ、土手にあがるな、河原に近づくな、火が走って、皆、焼き殺されるぞ、と年寄りの声が叫んだ。絶叫になった。しかしそう言う本人、声も掠れると、人の後を追ってあたふたと土手を這いあがった。

（七六ページ）

こうして、一九四五年三月十日未明の東京大空襲のときに荒川の土手下に暮らしていた井斐は、母親と二人で、追ってくる「炎」から逃れるように、川べりの道を「川上」へ、「北」へと逃げる。

そのとき、土手に倒れて死んでいる人を見る。

どうしてあの辺の土手に人が倒れていたのか。行くにつれて左手には煙とも陽炎ともつかぬものを立てる焼野原がひろがりはじめていたが、人がたちまち逃げ場を失うような所ではまだなかった。土手に熱風の走ったような形跡も見えない。もっと下流の市街から重い火傷を負いながらここまで落ちのびて来て、力尽きたのだろうか。
（七八ページ）

たくさんの死体に遭遇し、息を詰めるようにしてこの土手道を歩いて逃げ、またとぼとぼと歩いて帰ってきた。そのときの「うつらうつらと」（八一ページ）した「歩き方」、それがいまも体に残っているのだと、井斐はかつて言ったことがある。それを、「私」は思い起こす。

あの歩き方だ、と井斐は言った。あの朝の子供の足取りがここまで残った、振り払うことはもう諦めた、と言った。
（八〇ページ）

ひと足ごとに膝を放るようにして、ポクリポクリと歩いていた。引き返す前も後も、まだ夜のうちに県境の手前から家へ戻る間も、土手道をひとつながりの足取りだった。
（八〇ページ）

人よりは姿勢に気をつけている（略）。しかし殊に戒めて、せめて歩き方はしっかりしなくてはならない、内はどうでも姿勢だけは保ちたいという時に、あの朝の子供の足取りが、寄り添ってくる。すると何処にいようと、足の踏むかぎり、土手の一本道になる。

背中から凄惨なようになる、とつぶやいた。
（八一ページ）

身体化された記憶。いざというときになると、「あの朝」の「歩き方」が戻って、寄り添ってくるような感じがする。死の脅威にさらされながら、多くの死者たちのあいだを歩いて逃げたその一夜の記憶が、体に覚えてしまった所作として戻ってくる。(9)

その語りを「私」は、井斐自身が子どもの背丈に戻るということではなく、「おそらく足もとに、すこし遅れて、子供の足取りがついてくるのだろう」（八三ページ）と想像する。そして、なぜか、井斐が「子供の手を引いて」「野川の土手道を行く」姿を思い浮かべる。

こうして野川の土手は、その土手道を歩く井斐の歩み（歩き方）を介して、戦時下の荒川の土手の場面につながり、そして、その戦禍によって命を落とした人たちの死体の記憶、その死体のあいだを母親とともに「息を詰めて」歩いた「子供」の記憶にまで流れていく。

野川という水路は、伏流として流れていた記憶を呼び集める回路である。

5 「父を置き去りにする」──井斐の話：3

だが、記憶の流れは表層と深層の二層からなるといえるほど単純ではない。呼び起こされた伏流のさらに下層に、容易には語られない出来事が潜んでいる。母親に手を引かれて荒川の土手を逃げ上ったというエピソードの背後からは、想起の反復を通じてようやくその姿が垣間見えるような、恐怖の核をなす体験が浮かび上がってくる。作品の後半で再び反復される井斐の話は、ゆっくりとそれを明らかにしていく。

野川の絵図から「三月十日」後の東京へ

第十一章は「花見」と題している。井斐が亡くなって一年近くになろうとする頃、その娘から手紙が届く。手紙には、「普通の洋紙に筆ペン」で描いた「絵図」が同封されている。井斐が生前に野川の近辺を歩き回るなかで描いた絵図であるらしい。

しかし絵を眺めれば、大木を控えた山門が真ん中よりやや左へはずれたところに立ち、中心を野川がくねり流れ、岸には土手が盛りあがり、土手道が続く。畑の間には農家が点在してそれぞれ林を背負い、いきなり辻が見えて角に店と小屋、近くに火見櫓が半鐘を吊り下げて、少し傾いでいる。あちこちに木立が、少しずつ違った姿で、風に吹かれている。櫓も農家も、山門も木立も土手も、どれも同じ方向へ、影を流している、と眼で見るより先に、あの夜の娘の声が聞こえた。（二三三ページ）

「あの夜の娘の声」とは、葬儀の晩に「私」にあいさつしに現れた井斐の娘のそれである。「夢語りに語るような、亡くなった父親よりもさらに昔を生きたような声」（二三三ページ）だったと記される。「父親よりもさらに昔を生きた」とすれば、それは、「井斐」の母親の声のように響いたということかもしれない。いずれにしても、「声」は時間（時系列的秩序）への従属、人称への帰属を超えて、「昔を生きた」人のものとして「私」のもとに届く。

そして、絵図上の土手道の外れには、「滲んだ影」のように「子供の手」を引いた「大人」の姿が見える。「娘」は手紙のなかで、それは自分に生まれてくる子どものことを「父」が思ってくれていたしるしだと解釈している（死と生の結び付きがここにも示唆されている。死を前にした者が生まれてくる者への配慮を残しているのだ）。しかし「私」は、「手を引いているのは井斐の母親であり、引かれているのは井斐自身」（二三四ページ）だとする。「風景は何処にでもあったような野川で下流《しもて》のほうに遺体が転がってはいないが、三月十日の朝の荒川の土手のことだ」（二三四ページ）。もしそのとおりならば、井斐は野川の岸を、明らかに「三月十日」の荒川の岸に重ね合わせて歩いていたことになる。死の記憶から、遠からず迎えるであろう自らの死の光景へと伝うものがある。そうしてそこから、「私」の夢想は、井斐が川べりの土手を歩く情景へと呼び込まれていく。去年の外国旅行の際に見た夢の再想起（それは、第八章「旅のうち」で語られている）。そこでは、井斐が子どもの手を引いて歩いている。目覚めたあと、それは「夢というよりも」「実際に見た情景」のように感じられたと「私」は言う。

夕日の差す方からいくらか温《ぬる》んだ風が埃を巻きあげて、土の匂いを運んで、井斐と子供と私と、道端の枯れ草に吹きつけ、それぞれの影がいよいよ長く、野川の流れの上まで伸びた。遠くからノーエ節を囃す声が伝わって来た。いま目の前に開いた絵図から同じ風が、同じ匂いが吹きつけてくる。火見櫓もそっくり同じに、半鐘を吊り下げて、少し傾いでいた。

（二三五ページ）

これは、想起された夢と、目の前に開かれた絵図の交感のなかに浮かび上がる幻視の風景である。さしあたりその場所は、絵図に従って、野川のほとりであることがわかる。しかし、この境地にあっては、場所の同一性はもはや失われ、そこがそのまま荒川の土手であってもいい。したがってまた、それは一九四五年三月の光景であってもいい。そのような絵図が、すでに死者になった井斐から、娘の手を経て「私」のもとに送り届けられる。

これを受けて、語りは「三月十日」後の東京、ただし「私」が暮らしていたと思しき新開地（都下、南西の地域）の光景へとさかのぼる。「大空襲」を受けて、この地域でもいよいよ焼夷弾の脅威が現実のものとして差し迫ってくる日々のなかで、危機を察知する人々の、過敏でありながら冷静な振る舞い。そのなかに、いよいよ敵機の襲来を受けたら、「もう、人非人になるよりほかありませんよ」（二四七ページ）と言い放つ女が登場する。「夫の母親が足腰立たずの寝たきり」（二四七ページ）でありながら、夫は「外地」にあり、疎開する先もないというこの女が、いざとなれば義母を捨てて子どもと逃げるしかないと「覚悟」を決めていたのだ。そして、この小さなエピソードが、荒川の土手を行く井斐の記憶と重ね合わされて、意味を帯びることになる。

「沈黙」を語る

第十三章「森の中」の語りは、井斐の一周忌がすんだ頃に置かれている。「私」が送った「仏前」の香典への礼状が届く。そのなかで「娘」は、「祖父」すなわち「井斐の父」について何か聞き及んでいることはないかと尋ねてくる。そこに記してあるところによれば、「井斐の父親」は「昭和二十年の四月の十三日」に「結核」で亡くなっている（二八一ページ）。しかし、その「父親」の話を、「私」はほとんど聞いた覚えがない。本所から荒川沿いの家に越したときのことも、「女ひとり子ひとりだった」と言ったように記憶している。ところが、「娘の書くところ」によれば、井斐は母親と二人で「父親の最期」を看取ったのだという（二八二ページ）。では、「三月十日」の母親と二人だけの逃避行はどう考えればいいのか。ここにまた、一つの謎が浮かび上がる。

「私」は自分が何かを井斐から聞いたのではないかと、じっと記憶の底に耳を凝らす。しかし、声は聞こえてこない（二八五ページ）。記憶の空白をうかがいながら眠り落ちると、井斐が見た夢の場面、眠っている井斐の傍らで男女が交わる声が聞こえる場面がよみがえる。その家に、川沿いの道を伝って次々と死者がやってくる。そんな井斐の夢を、いまは「私」が夢に見ている。

目覚めたのち、「私」は戦時の記憶をたどり続ける。そのなかで、一つの仮説が浮かび上がる。「三月十日の井斐の母子はやはり、衰弱の進んだ病人を家に置いて逃げたのだろうな」（二九一―二九二ページ）と。

「病人を家に残してきたと決める根拠」（二九二ページ）はない。しかも、井斐が死んでしまったいまとなっては、それは確かめようがないことである。だが、井斐が父親のことを話さなかったことで生じた「沈黙」が、「私」のなかに一つの語りを呼び起こしていく。次章「蟬の道」で、「私」はさらに推理をめぐらせていく。

> 三月には病人を置いて逃げた。病人の衰弱と、寒風の中を全力で駆けなくてはならなかったことを思えば、あの時、三人が三人ともに生きながらえるための、恐ろしい賭けではあるが、唯一残された道だった。追いつめられた局面の必然は平時に人に伝えられるものではない。空襲下の家に病気の父親のいたことを井斐が私に話さなかったのも、まずその壁が乗り越せそうにもないので、無理もないところだ。一切沈黙するに如《し》くはない。あるいはまだ四十前の、病人ながら壮健の年にあった父親は、自分を置いて逃げるよう、妻子に迫った。自身の寿命の先を見た人間が生死の危機にたいして、もう生者の眼を超えた、客観の判断を下すと

いうことはあり得る。そんな事があったとしても井斐は口が裂けても話さなかっただろう。（三一四ページ）

こうして、井斐の口からは語られることがなかった「出来事」は、それを語りえなかった事情の斟酌までも含めて、「私」によって語られる。それを「私」に語らせる「声」は、井斐から託されたかのように「私」のもとにある。井斐の父親が亡くなった日（四月十三日）にも空襲はあったと記される。そのときは、「私」自身が東京の南西の外れの町で、同じ炎を見ていたはずである。

語られたことと語られなかったこと。語られながら聞き届けられなかったこと。語られていながら記憶にとどめられなかったこと。その境目を、記憶を頼りに確かなものにすることはできない。

「私」は、「三月十日の朝」の「荒川の土手」を歩く母子の姿を語る井斐の話に、「その先は半歩も踏みこんではならない」（三二七ページ）と感じさせるような、沈黙への強い意志があったことを思い起こす。そして、「父親の沈黙」はそのようにして井斐自身の沈黙として差し出されていて、それを感受できなかったのは自分のほうだと「私」は自責する。

あるいはその話の機会よりも前に、ごく若い頃から父の死に関する話がなされていた可能性も否定できない。語られながら、聞き届けられなかった（銘記されなかった）記憶の断片のうちに、それはまぎれていたのかもしれない。だから実際には、「母子が炎に追われて土手道を上流《かみ》に走る間、病人は土手下の家に残されて寝ていた、ということを無言のうちに」（三二九ページ）伝えていたのかもしれない、と「私」は思う。

いずれにせよ、こうした反省と想起の反復のなかで、「私」の想像は想起との境目をなくしていく。「私」の語りは、井斐の、あるいはその母親や父親の身体感覚を呼び込んで、そこからなされていく。だが、それは死者の目をもち、死者の声を発することになるだろう。実際のところ、『野川』とは「私」が「死者の語り」を獲得していくテクストではないだろうか。

「森の中」には、次のような言葉がみえる。「しかしもしも、自分は生きているが死んでもいる、と自分で見えたとしたら。死者も生者も、ここまで来れば、大差はないことで、幽明を取っ違えるのも格別に粗忽ではない」（二七九ページ）。これは、ある故人の一周忌にその人が生前に発した冗談にみなが笑い、「冗談の主はもう一年も死んでいる」のにと言って笑いやんだというエピソードを想起したうえでの話である。

わたしは死んでいるとは、そう言うわたしも無いはずなので、いよいよ難題である。もう何年死んでますかと、とたずねられても、まさに答えようがない。

死者の圧倒的な多数を肌身に迫って感じさせられる境はあるのだろう。無数の人間の死後を、自分はまだわずかに生きている。際限もない闇の中の一点の灯ほどの存在になる。何処に照ると言うのも、揺れていると言うのも顫えもしないと言うのも、徒労か恣意である。すこしは一人にしておいてほしいよ、と故人は言い放った。ところが、生者までが迷い出て来る。粗忽を咎められて、いえ、わたしも死んでいるので、と言訳したとしたら、これは笑える。わたしは死んでいるとは、死者はけっして言わない。（二七九ページ）

笑い話にまぎれて、ユーモアを交えての語りながら、そこには「幽明の境」を踏み越えて「わたしは死んでいる」と語るような、原理的には背理にならざるをえない場所に「迷い出る」可能性が問われている。そう考えると、井斐が見た夢の話、自分自身の葬儀の場に集まる生者や死者たちの話もまた、「わたしは死んでいる」という境地から発した言葉ではなかっただろうか。

死者の目をもってようやく語りうることはある。あるいは、「無数の人間の死後」を「まだわずかに生きている」ということを肌身に感じながらようやくみえてくるものがある。この作品は、それを垣間見せようとしているようである。

6 「境」としての野川

このように野川は、己の死を遠からぬ先に見通していた井斐が、戦時の記憶、とりわけ荒川の土手を母の手に引かれて逃げ上った日の記憶を重ね合わせながら歩いた場所である。そしてそこに、自らの「死の場所」（葬儀の場所）を定め、死者たちとのひそかな交感を求めた土地でもある。

では、なぜそれは野川なのか。同じ川の流れと土手の道といっても、荒川のそれとは比べものにならないようなつつましい風景を、野川は見せている。単純に、隠喩的な重ね合わせがなされているというだけでは、その結び付きに十分な説得力がない。しかし、東京という町が、戦後の復興なり成長なりのなかで覆い隠してきた「死の記憶」が露出する場所としてみるならば、この小さな川筋はやはりそれにふさわしい質感をもって、この土手の道を歩く者を引き付けるはずである。

私たちはここで、前章で確認した野川流域の地理的・地形的な様相をいま一度思い起こしてみる必要があるだろう。

現在の川のほとりの散歩道は、「再生計画」のもとで整備された、いわば人工の自然空間である。しかし、そうであるとしてもそこには、「都市的表層」によって覆い尽くされない「土地」が露出している。崖線からは「水」が湧き出し、「川」の流れを潤している。かつてそこにあったものを覆い尽くし、見えないものにしていこうとする運動に抗して、何かが露見し続けるような「裂け目」「亀裂」として川は流れ、崖は刻まれている。その川岸をどれだけ人工的に整備してみても、湧き出して流れを構成する「水」は、古い地層を明るみに出し、時の累積を可視化させる。

もちろん、古井の（あるいは「井斐」の）「野川」は、長野まゆみの（あるいは「井上音和」の）それと同じように「自然史的時間」のなかにあるものとしてみえているわけではない。しかし、同形の地理的な光景に対して、その水の流れを「荒川」の流れ（つまりは、戦時下の光景）に重ね合わせる視点がはたらきかけるとき、その水辺はやはり「記憶の湧出口」として立ち現れる。「恐怖の跡地」に高く積み上げられていった居住空間の足元からは、「土」のにおいと「湿気」が立ち上る。そしてその「土」こそ「死者たちへ通じる路」[10]なのである。『野川』は、都市近郊の集合住宅に暮らす「私」が、その高層の住居から足元に広がる「闇」を見つめる場面を描いている。第十三章「森の中」は、「十一階建て」の「集合住宅」を取り巻く樹木が「鬱蒼とした繁り」をみせるようになり、夜になれば「忽然と湧いた森のように感じられる」という記述から始まる。夜の森は「闇」を抱える。

夜の底をゆるやかに流れる河が、際限もない闇を吐く。古代の詩の伝える冥界の様子である。冥界であるからにはもともと闇の支配する境であるはずなので、闇から闇へ、闇を絶え間なく吐いていることになる。こうなると闇もなかなか、光の欠如というようなものではない。それ自体生成するなら、無際限とは言いながら濃密が極まって、蛤の吐く蜃気楼ではないが、生命を孕むことにもなりかねない。（二七六ページ）

ここでの「河」は実在のそれではなく、闇のうえに浮かぶ住宅を「夜を渡る汽船」（二七六ページ）に見立てた比喩を受けて出てくる形象である。しかし、この高層住宅の足元には「闇」が広がり、その底には「河」が緩やかに流れている。それは「冥界」、すなわち死者たちの場所であるとはっきり記されている。「私」は、自らのすみかに居ながらにして、幽明を分かつ水のほとりに立っていることになる。

とすれば「野川」は、この闇の底を流れる水の具象である。都市の表層をうがって流れる「河」は、単なる「欠如」として語るべきものではなく、「濃密が極まって」「生命を孕む」ものにもなる。井斐は、自宅がある場所から電車に乗り、間《あいだ》二駅ほども移動してわざわざ野川のほとりを歩いている。それは、この川が、彼の「生活圏」の縁に流れていたことを示している。そこには「境」があり、生者の理屈（生活の論理）では支配しきれないものが立ち現れている。古来からそのような土地は聖地と化し、だから野川のほとりには、いくつもの寺社が点在して残っている。「私」たちはそこで「死者」に交わり、ともすれば死者の目をもって事を語り始めることになる。

「境」とは、この世とあの世との分割線であり、「生」の域と「死」の域を区切るものでもある。だとすれば、この川辺が、井斐にとって「死」の気配が漂う場所としてあったことも、さほど無理なく想像することができる。では、この地を歩く井斐の視線に映る景観とはどのようなものだったのか。それを探しながら、野川のほとりを散策してみることにしよう。

7　野川のほとりを歩く――井斐の視点を探して

井斐が実際に歩き回った場所は、野川のどのあたりなのか。それを示す手がかりは、あまり多くは与えられていない。

通夜が営まれた寺からさほど遠くないところに野川が流れている。その寺は「私鉄の沿線」にあり、「私」が住んでいる場所からは「私鉄を乗り継いでそう遠い所でもない」（五五ページ）。井斐の家からは、「歩くには無理な距離だけれど、下りの電車で間《あいだ》二駅行けば、この寺の最寄りの駅から、もうそう遠くないところ」（六二ページ）を野川が流れている。これ以上の具体的な地名や固有名詞は示されていない。有力な情報は、その「古風な寺」の景観である。「前庭に木立があり」、通夜の夜には「一本でも鬱蒼として雨もよいの宵闇をそこに集めて」（五六ページ）いる。井斐が残した絵地図には、「山門が立って」いて、その「そばに大木が繁っている」（六三ページ）。葬儀用の焼香の場から外れて、庫裏には「座敷」（五六ページ）として使えるスペースがある。

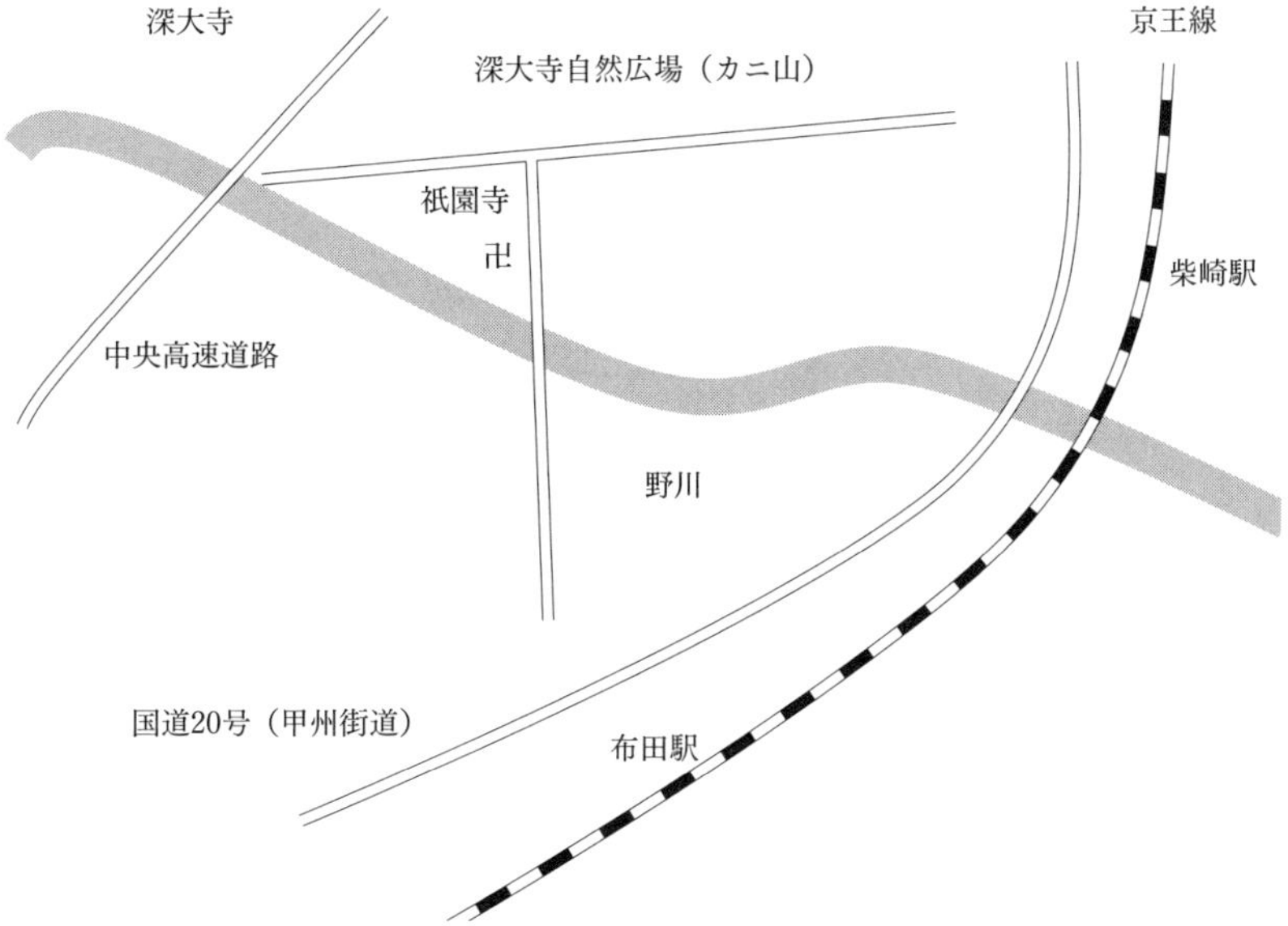

図12　古井由吉『野川』の舞台（筆者作成）

これだけの手がかりでも、舞台にとったと思われる場所にはたどり着くことができる（幸いにして野川はさほど長くは延びていない。水流に交わる私鉄は、西武多摩川線と京王線と小田急線だけである）。結論からいえば、私たちが訪ね歩くべき場所は、京王線柴崎駅から国領駅、布田駅にかけての一帯と、その鉄道の路線に交わる西側の野川の流域である。行政区分では、東京都調布市柴崎一丁目から佐須町、深大寺南町にかけてになる。

京王線の柴崎駅から国道二十号線に出て南に五分ほど歩くと、馬場東の横断歩道下に野川が流れている。そこから西に折れて川辺の道を歩く。水流の幅は広いところで十メートルほど。それでも、長野まゆみの『野川』の舞台になった「はけの道」沿いの流れ（小金井市内）に比べると、流れはいくぶんたくましく、住宅地のあいだをゆっくりと、緩やかに弧を描いて流れ下る。両岸には、舗装されていない散歩道がずっと続いている。土手の道とはいえ、護岸のうえの舗装道路からは二、三メートルほど低く、そこに下りると、住宅地の平面から落ちくぼんだ空間にはまり込んだような感覚を覚える。沿道には桜の木が並ぶ。花の季節には、華やかな景観に生まれ変わる。

「馬場東」から川沿いに十分か十五分歩くと、祇園寺通りに交わる。これを右折すれば、二、三分で祇園寺にいたる。おそらくこれが、井斐の葬儀を営んだ寺（あるいはそのモデル）だろう。

　正面の門から入ると、左右に小さなお堂がある（左は「薬師堂」、右は「閻魔堂」と記してある）。正面に本堂が構えている。本堂に向かって右手には、渡り廊下でつながる庫裏が見える。

写真18　上流方向で「大橋」から野川を見る（東京都調布市佐須町）

写真19　祇園寺（東京都調布市佐須町）

祇園寺は、七五〇年に深大寺と同じ満功上人が創建したと伝えられる法相宗の寺院で、平安年間に天台宗のものになった(11)。

敷地はさして広くないが、境内もきれいに掃き清めてあり、端正な構えを見せ静粛な雰囲気を漂わせる。境内の木立は見事に伸び上がって、高く枝が茂っている。本堂の右手、庫裏の手前には、自由党の板垣退助が一九〇八年に植えたとされる「自由の松」がそびえている。

写真20　祇園寺、庫裏

『野川』に記された大木はあるいはこれを指すのかもしれない。しかし、宵闇を集める光景にふさわしいのは、山門の傍らに少し孤立して、すっくりと立っている松の木ではないだろうか。

立地（野川からの距離）、本堂と庫裏の配置、木立の描写からみて、『野川』で井斐の通夜の場所としてモデル化された寺は、この祇園寺であると推測できる。しかし、老いの日々のなかで、遠からぬ死を予期しながら歩いていた男の目に、この静かな佇まいの寺がどのように映ったのか。なぜ彼が、縁もゆかりもなかったこの寺に、自分の葬儀の場所を定めようとしたのか。それを感覚的に再現することは容易ではない。

だが、境内というよりも、むしろその周辺を歩き回ってみると、この寺を取り巻く風景が、どこかバランスを欠いて危ういい雰囲気を漂わせているように感じられる。あたり一帯は宅地化が思いのほか進んでおらず、農地（畑や果樹園が）がかなりの広さで残っている。その合間に小さな流れではあっても、比較的豊かな水路が走っていて、生活排水のための溝ではなく、農

写真21　祇園寺、山門の松

業用水路としていまも生きているように見える。ある区画は非常に瀟洒な現代的な住宅地でありながら、すぐ近くに戦後的あるいは農村的といってもいいような家屋、例えば古い看板を掲げた屋根瓦屋や、土蔵を構えた農家が散在している。いささか打ち捨てられた感がある小さな社と鳥居が、豊かな木立のあいだに埋もれるようにしてあり、異界の空気を漂わせている（例えば、祇園寺のすぐ前にある佐須神明宮）。そして、野川や祇園寺から見て北東の側には、崖線がせり立って、そこには里山の印象を残す鬱蒼とした木立が連なっている。思いのほか近いところで、都市＝郊外的な景観の外に足を踏み出してしまったような感覚がある。そしてそれは、土地に累積する時間の古さが、道ごと、区画ごとにまちまちに連なっている印象にも通じている。

祇園寺からさらに北へ歩くと小学校があり、その裏手の畑を越えると、こんもりとした丘を木立が覆っている。国分寺崖線の続きにあたるこの一帯は「深大寺自然広場」として管理され、水が染み出している低地は「野草園」「ホタル園」として、その右手（東側）の丘は通称「カニ山」[12]と呼ばれ、キャンプ場として利用されている。その裏手は、中央高速自動車道によって寸断され、路面を共鳴させるようにして通り過ぎる車の音が絶えず響いている。高速道路の側面の傾斜から湧き水が流れ出して湿地を形成し、「農業高校」の田んぼを潤している。

そして、この中央道を越えればその向こう側はすぐに深大寺である。いまはこの高速道路が断ち切っている感があるが、深大寺から上の自然広場まではひと続きの崖線上にあり、その境から流れ出した水が祇園寺周辺の農地を潤しながら野川まで続き、注ぎ出していることがわかる。このあたりでは、野川から国分寺崖線までの距離

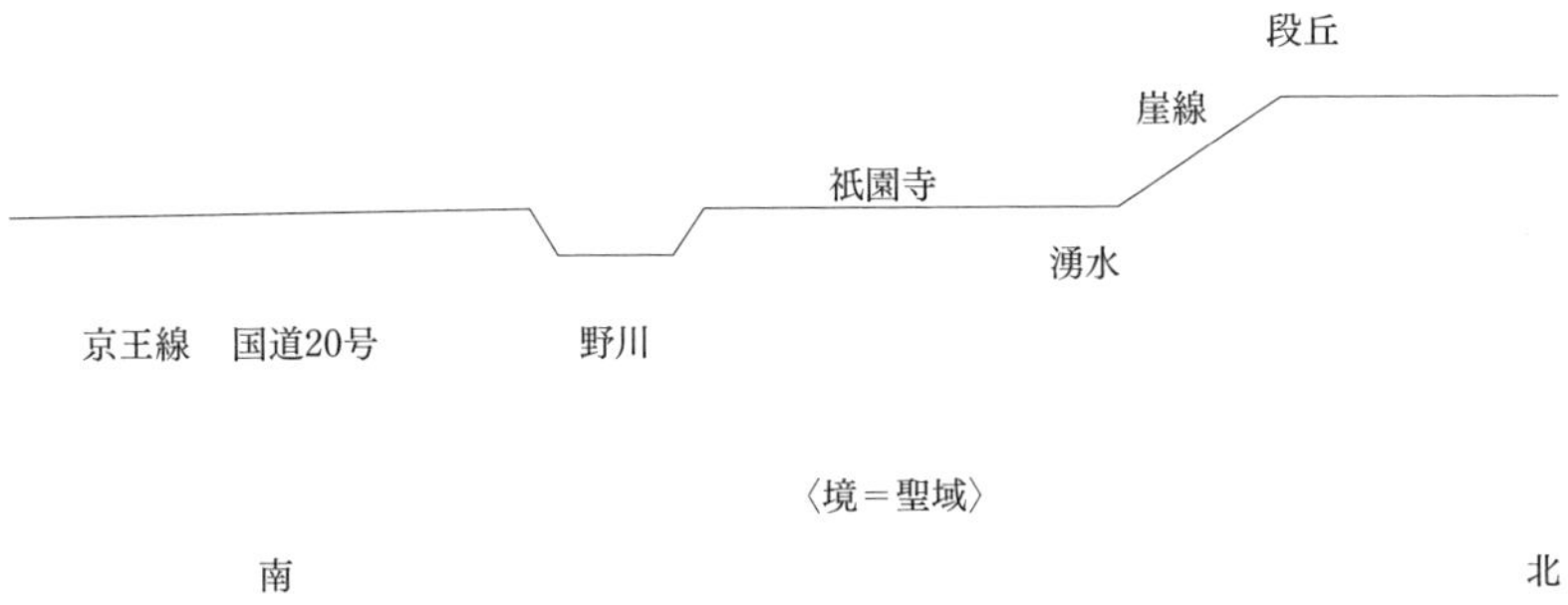

図13　祇園寺周辺の南北断面図（モデル）（筆者作成）

が比較的大きく、その分、この沿岸の平坦地が豊かに広がっている感じがする。そして、このエリアには、寺社が数多く点在している。崖線の下と上。それぞれに「鳥居」が存在する。丘の上と下。双方から見て、そこに「境」が意識されていたということだろうか。

ともあれ、祇園寺通りに沿って南北の断面図を描けば、図13のようにモデル化することができる。祇園寺は、崖線から野川までのあいだの帯状に延びる平坦地に立っている。そこは、「境」の空間としての象徴的価値を託されているといえるだろう。

8　「郊外」の人としての古井由吉

さて、野川とその周辺地域の象徴的位置価を前述のように理解することができるとしても、この作品を「郊外」の文学と位置づける理由がどこまであるだろうか。確かに、この作品の舞台は団地やニュータウンやショッピングモールに支えられるような「郊外」ではない。むしろ、古い土地の記憶を残した「武蔵野」というべきかもしれない。しかし、その土地は都市近郊の宅地化の波に完全にのみ込まれてしまったわけではないし、かといって「地方」の「農村」としてあるのでもない。それは、東京という町の縁（エッジ）に位置する「境界的な場所」である。

そして、古井の作品世界を考えるならば、この作家が決して強い土着性をもたないまま、しかしその土地に宿るもの、その気配や記憶にひどく感応的であることを見逃すわけにはいかない。このとき、彼の作品が根ざす土地はしばしば、「郊外」と呼ぶことがふさわしい場所に置かれている。そうした「土地に対する関わり」は、かなりの程度まで彼の生活の履歴に規定されたものである。『半自叙伝』に収められたエッセー「戦災下の幼年」で、古井は次のように語っている。

震災前とか震災後とか、関東大震災のことを大人たちが口にするのを、幼い内からよく耳にしていた。その大震災後の、昭和の初めに、都心のほうから郊外へ移り住む人のために、また、ひきつづき東京へ流入してくる人のために、西の郊外の電鉄の沿線に、関西の阪急沿線に倣って、いささかハイカラな新住宅地があちこち開発された、と後年になって知らされた。私の家はすこしもハイカラでなかったけれど、言われてみれば、私も大正の東京流入者の二世、そして昭和の沿線郊外っ子の、ハシリであった。その私の「故郷《ふるさと》」も、出来たときにはさぞや年寄りたちの微苦笑ならぬ微顰蹙《ひんしゅく》を買ったことだろうが、開発されてからわずか二十年足らずで、空襲に焼き払われ、ひとまず御破算になった。(13)

東京での本格的な郊外の形成は、大正期から昭和初期の人口流入と、その人口の定着を受けて、かつての東京市の市街地の外へと鉄道の路線が敷かれ、その沿線に新しい住宅地が生まれるところに始まる(世田谷や目黒は、この新たに開けた土地だった)。のちに第三山の手と呼ばれるような、「ハイカラ」な住宅地がここに誕生するのである。

古井は、大正期に東京に流入した家族の二世として、「第一期の郊外」生まれの世代(「郊外っ子」)として自分自身を位置づけている(もしくは、少しへりくだったニュアンスを含む「新開地っ子」という言葉を用いることもある)。

実際に古井が生まれた町は、現在の東京都品川区、「池上線と大井町線の交差するあたり」で、「震災後に開発された沿線住宅地」[14]だった。その家は、右の引用にもあるように一九四五年五月二十四日の空襲で焼失している。古井自身の説明によれば、「その後」は次のような住居遍歴をたどっている。

その後、都下の八王子の仮住まいを経て、岐阜県大垣市の父親の実家へ逃れたが、そこもほどなく焼け出され、母親の実家の、岐阜県武儀郡美濃町（現美濃市）まで落ちのび、そこで終戦を迎えた。

その年の十月に都下の八王子にもどり、つぎに越したのが港区の芝白金台、つぎが品川区の御殿山。またつぎが大田区の雪ヶ谷に移った時にはすでに大学生になっていた。この程度の頻度の引っ越しは当時、普通だった。

初めに赴任したのが石川県の金沢市、そこで三年暮らして、世帯持ちとなり東京へもどって住んだのが、当時の北多摩郡上保谷。上の子の満一歳を迎える頃に越したのが世田谷区上用賀、そこで早《はや》、現在に至るのである。以来四十五年あまり、途中で同じ棟を七階から二階に降りてきたが、ひとつ所に居ついている。[15]

岐阜県への疎開期間、石川県金沢市への赴任期間を除いて、古井は常に東京市街の西、または南西の近郊（戦後間もない頃の港区芝白金台を近郊と呼ぶことができるかどうか微妙ではあるが、それもすでに、旧江戸からみれば縁にあたる場所である）に暮らしている。現在となっては、「世田谷区上用賀」を「郊外」と呼ぶことにためらいがあるかもしれないが、戦後の歴史のなかに位置づけてみれば、まぎれもなくそこは郊外の住宅地である。古井は自ら、「昔の田園をつぶして建てたマンションとやらにいつか住みついている」[16]のだといっている。

しかし、その場所に「長年住まっていても、土地に居るような気持にはあまりならない」[17]と彼はいう。郊外地域への流入者が、長年にわたる居住にもかかわらずそこに根を下ろしているとか、それが自分自身の「土地」であるとは感じられないことがあるが、そういう感覚を古井も覚えているということだろうか。『野川』での井斐の言葉に立ち返れば、「居ながらに流入者」であるような感覚。東京の郊外は「故郷」ではないし、言葉の古い意味での「地元」でもない。

にもかかわらず（あるいはそうであればこそ）、作家は土地にこだわっている。土地の気配や影、あるいはそこに宿る記憶が、書くという振る舞いにまとわりつくように浮かび上がる。

土地の縁を絶たれた人間ではある。ところが、根差しはいずれ浅いはずなのに、物を思う時にどうかすると、その背景に一個の記憶よりも以前のような、居所や土地の影が浮かびかかる。この作家の書くものは前面とその背景らしいものとの間に、時代錯誤とまでは言わないが、時間の錯綜があるのではないか、と首をかしげる読者もあるかと思われる。(18)

土地への「根差し」は「浅い」のだと作家はいう。けれども、「物を思う」ときには、一個人の記憶よりも遠くへさかのぼるような、その土地に宿る記憶が浮かび上がるのである。それを彼は自ら「時間の錯綜」と呼んでいる。強い土着性をもたない人間（深く根ざすべき土地をもたない者）が、なおその場所に流れる、もしくは降り積もる時間にいざなわれて何事かを思い、したためる。「書く」という営みはそのようにして、土地とのあいだに「あやうい」関係を結ぶ作業なのである。

このとき、古井が居住者として交わってきた土地はいずれも「郊外」と呼ぶことがふさわしい。(19)それは、東京に流入してきた人口が、その外縁にすみかを求めて、「田園をつぶして」作り上げてきた住宅地なのである。

もう一点、作家自身の回想で再確認しておくべきこと。それは、その「郊外」の住宅で、少年時代の古井自身が空襲の恐怖にさらされていたということである。

先にみた「戦災下の幼年」の一節は、次のように続く。

もしあの年に満で八歳にもならなかった私が空襲で死んでいたとしたら、それは生殺《なま》しから、なぶり殺しに近いものではなかったか、と今でも思われることがある。恐怖は何カ月もかけて、私の住まう地域にじわじわと寄ってきた。昭和二十年一月末の、銀座や有楽町を襲った白昼の爆撃は恐怖を覚えさせたが、あれは都心だから狙われたのだ、と郊外の人間はまだ思うことができた。二月末の大雪の中の、やはり白昼の空襲は神田日本橋から、上野、浅草にかけてひろく焼いて、焦土作戦を告げていたが、私のところでは、押し入れの前に布団を積んだそのうしろへ、空の騒がしい間だけ隠れて、家の外に出もしなかった。しかしそれからわずか半年ばかり後の、三月九日の夜半から十日未明にかけて、十万の人命を奪った本所深川の大空襲は、そこから西南へはるかに隔たった私の地域では空に満ちた敵機の爆音に、やがて赤く焼けた空を不気味に眺めただけで、無事には変わりがなかったが、その後、下町の惨状が伝わってくるにつれて、空襲というものに対する観念、考えが一変した。[20]

東京の中心地が空襲によって焼かれていても、「郊外」の住人はまだ、自分たちに具体的な脅威が及ぶとは感じていない。たとえ敵機の機影が見えていたとしても、それは「都心」だからやられたのであって、「私の住まう地域」にまでその銃眼が向くことはないだろうと、ある意味では高をくくっていられたのである。ところが「三月十日」の本所・深川への空襲を境に、その認識が揺らぎ始めた。恐怖は「じわじわと寄って」くるようになったのである。

その日以来、「明日は我が身か」と「郊外の住人たち」も待ち受けるようになった。それでもしばらくは「おおよそ無事の日」が続き、「郊外は焼かぬつもりかと望みをつなぎかけた頃」、「敵機はやはり大挙してやってきた。[21]」

四月十三日の夜半には東京の北西部が、十五日の夜半には西南部が、それぞれひろく焼き払われ、十五日の空襲は私の住まう界隈にかなり近くまで迫り、私のところでも次の瞬間には防空壕を飛び出して走る構えで、上空を低く通る敵機の爆音に刻々と耳をやっていた。[22]

こうして、次第に「郊外も容赦されない」ことがわかってくる。それは、じわじわと現実味をもって迫ってくる恐怖の体験——古井は「生殺し」「なぶり殺し」と表現している——であり、その迫りくる感じから都心の人々とはまた異なる心理状態にあったことがうかがえる。

このように、古井にとっての戦争とは、まず何より「空襲」だったのだが、それはまぎれもなく「郊外の戦争体験」としてあった。

『野川』では、古井自身が居住体験をもたない千住から川上に上がったあたりの荒川土手付近を空襲被害の舞台にとっているのだが、それもまた「このくらい都心から離れていれば大丈夫」だと思われた地域に、思いがけず「具体的な脅威」が（川べりの道に横たわる死者として）及んでくるという形式で語られる。「空襲」の脅威におびえて暮らす井斐少年の身体感覚の語りは、古井自身のもの、少なくともその身体感覚と共鳴的に重なり合うものだった。井斐の戦争体験は、東京の南西と東北という意味では対極にあるとしても、その空間的な条件では古井自身のそれと相同的なものとしてある。

想起される災厄の記憶が、「郊外」という居住エリアの条件に結び付いている。その意味でも、古井は「郊外の子」だったといえるのではないだろうか。

『野川』で、語り手（「私」）は、井斐の思い出を語りながら、やがて東京で空襲の気配にすくんでいた少年の記憶をたぐり寄せている。それは、「私」と井斐との、自他の境を超えた、もはや特定の誰の記憶とも帰属させがたい過去であるようにも思われる。とすればますます、この想起の語りが野川という場所に結び付いた、そのいきさつが気になる。

古井は、『半自叙伝』のなかの「老年」と題したエッセーで、こんなふうに回想している。

二〇〇二年の六月から「野川」の連載が始まっている。短編の連作のつもりが回を重ねるうちに長編らしい形に入ってきたのは、その間に再三にわたり、私としては長めの旅がはさまって中断され、帰ってくるとそれまで書いたところを忘れかけているという、そんな間合いがさいわいしたようだった。旅行中、知りもせぬ所を知ったような気持ちで歩いている自分を見て、東京では近頃めっきり道に迷うようになったのに、と怪しむことがあった。なまじ知った所なので、その間にすっかり変わったことも忘れて、迷うのだと思った。あるいは自分にとって、生まれた家も町も一夜の内に焼き払われてからというもの、土地というものはなくなっているのかもしれない、とも思われた。ところが「野川」をすすめているうちに、場所と土地が、こちらから求めるわけでもないのに、むこうからやって来るようになった。いつのまにか私はそこにいる。長いことそこにいたような心地になる。記憶の場所と土地ではない。あくまでも作中のものである。しかし記憶のような翳《かげ》を留めている。二〇〇四年の初めに「野川」を仕舞えた時には、もう六十代のなかばを越しかけているけれど、まだ道はあるなと思った。(23)

ここでも、「自分にとって」は「生まれた家も町も一夜の内に焼き払われて」しまったために「土地というものはなくなっている」のだということが確認され、にもかかわらず、「野川」の執筆を通じて、こちらから求めるわけでもないのに場所と土地とが「むこうからやって来る」ようになったという。それは自分自身の記憶にある場所ではなく、作品中の舞台として選んだ場所である。けれども、その場所が「記憶のような翳を留めている」のである。

これをどのようにとればいいのか。少なくとも確かなことは、野川の流域に、古井自身の濃密な過去の体験があったわけではなく、しかし、書くという営みのなかで、その土地は「記憶のような」印象を伴いながら、作家のもとに到来するようになったということである。この時点で、書くことと思い起こすことの隔たりが縮まっている。言葉（語り）と記憶（想起）と場所（空間）は、不可分のシステムになって生起し続ける。そのような生

成を惹起する契機として、野川という場所はある。(24)

9　記憶の伝い、あるいは死者への「転移」としての語り

しかしそれは、「私」という人称代名詞によって語り手を指し示しながら、同時にその語りが「私」ではないものの声を獲得していくということでもある。もとより古井の小説には、語ること（ここでは、書くことと言い換えてもいい）が常に、他なるもののほうへと連れ出されてしまう危うさがつきまとっている。

語るという営みはその意味で両義的である。語ることによって、語る私というものが立ち上がっていく。しかしそれとともに、「私」という言葉で限定的に指し示されていたはずのものの輪郭が崩れだし、誰が、あるいは何が語っているのかが不明になっていく。あるいはそれは、主語に対する述語の優位、「もの」に対する「こと」の優先性に通じているのかもしれない。「語る」という出来事が先に出来して、それが「私」なら「私」という主体にあとから帰属させられていく。しかし、その発話主体の限定は、そのこと（「誰」が語っているのか）が強く問われるような文脈の外では、思いのほかルーズで、いつでも曖昧なものになりかねない。

さしあたり、「私」が語っている。しかし、その言葉は「お前」のものかもしれず、誰とも知れない不特定の語り手のものであるかもしれない。さらにいえば、「人」として名指すことができない「場所」や「物」が言葉を発することもある。そのような不確かさは、実は日常生活の多くの場面でも生じているし、だからといって取り立てて困ったことにもならない。「だから、笑えるよね、それ」という発話を考えてみる。その言葉を発した誰かがいるのだろうが、「私」が「それ」を笑うと言っているのでも、「それ」が「私」を笑わせると言っているのでもない。「笑う」という事態の成立を告げているが、「誰が」という限定をそもそも付け加えていない。その行為がいずれかの主語に帰属することなく、「笑える」状況は成り立つ。こうしたふらつきとともに、言葉はし

ばしば発せられ、言葉を発するということはその（主語の）不確定性のなかに身を投じることにもなる。

だから、「語り」とともに、「語り」によって「私」は「私」の外に連れ出され、ときに「他者」との境目を失くし、ときに「特定の誰かになりすます」こともできる。坂部恵の言葉を借りれば、「他者化」「他有化」は「かたる」ことの本質的契機に含まれる。(25)自我のうちに他者の声が呼び込まれ、自我を超えた他者の語りを「私」の声が伝える。そのような意味でも、語りとは「転移（transposition）(26)」なのである。

しかし、語りの主体はどこまでふらつくことができるものなのだろうか。物語の場で、語っているのが「私」であっても「あなた」であってもいいということならば、取り立てて異様な感じもしない。しかし、いま確かに言葉を発している者はすでに死んでいるのではないか、という疑いまで私たちは許容できるだろうか。それはどこか狂気に近づくということではないだろうか。

だが、実際にそれは死者なのかもしれない。

語り出すということは、語っているつもりの者がとうに死んでいる者である、という可能性に身をさらすことである。それが、『野川』という小説が差し出す一つの現実感覚である。

しかし、生者から死者への「転移」は、決して「我」も「彼」もなく、すべてが非人称の渦、想起の運動にのみ込まれてしまうということではない。確かに究極的には、死は人称の消失であり、死者として想起するという行為では、「私」の同一性が解消されざるをえないのかもしれない。ところが、そのような解消が語られているあいだは、その出来事を「私」のものとして語る者が必要である。そうでなければ、語りが成り立たない。『野川』で諧謔的な笑いとともに論じられたように、「私もう一年も死んでいます」という背理を口にする主体こそ、死者の語りの担い手である。

最終章「一滴の水」では、「中世イスラムの神秘家の言葉」として「わたしは一滴の水となった。滴となり大海に失われた。わたしはもはやこの滴すら見出せぬ(27)」という一節を呼び起こし、しかしそれを受けて、「「わたし」の一滴ももはや見出せぬのもまた、ほかならぬ「わたし」ではないか」（三四四ページ）という「私」の「こだわり」をつづっている。「一滴の水」になって、海原にまぎれ、もはやどこにも見いだすことはできない。そのようにして、我も彼もない大きな水の流れに帰していくという世界観は、ある意味では受け入れやすい。しかし、その我の姿はもう見いだせないと言っている「わたし」がいるではないかと、そのことへのこだわりが語られているのである。そのうえで、「わたしはもう死んでいる、という言葉は人間の口に出る最大の諧謔ではないのか」(三四五ページ)という問いが続く。「自分はもう死んだ腹でいる」とか「わたしは死んだも同然の者ですから」というような言い方も、「ただの物の言い方でなくて必然の言葉」だとするなら、「存在と不在との、絶えず交替する境から発せられるものなのだろう」(三四五ページ)と。存在と不在、言い換えれば生者と死者との「絶えず交替する境」から発せられる言葉。『野川』という作品を成り立たせているのは、それである。「我でも我以外の者でもなくなったわたしと、その自身のことを話すわたしは、また一段、次元を異にする」のではないか。「私の滴すらもはや見出せぬわたしも、すでに異なったわたしか」。そして、「最後のわたしとは言葉のことか、言葉となりわずかに留まって、わたし自身のことを語りながら消えていくのか」(三四八―三四九ページ)と、「私」は問う。「死」が「もはや我ではない」ものになることであるとしても、その消失の境に「言葉」が残って、「わたし自身のことを語りながら」見失われていく。「わたしはすでに死んでいる者です」という、「諧謔」としてしか成り立たない言葉。井斐のまなざしをたどり、その声に「転移」していく「私」は、それを発しようとしている。

10 「ノーエ節」あるいは不条理にはしゃぐ身体

記憶は声に宿る。あるいは声を伝う、というべきだろうか。「声」は抑揚を伴い、身体性をもつ。記憶の伝いは、発声の身体的な共鳴とともに生じる。だから、歌がその媒体になる。『野川』では、「ノーエ節」が繰り返され、それが過去の像を呼び起こす契機になる。

だが、どうして「ノーエ節」なのだろうか。それは、このテクストが仕掛けるもう一つの謎である。

「ノーエ節」は「農兵節」とも記される。そのルーツには諸説があるようだが、一説によれば、「嘉永六年（一八五四）に、伊豆韮山《にらやま》代官の江川太郎左衛門《えがわたろうざえもん》が、幕府の許可を得て、洋式農兵訓練を実施した時の行進曲と伝えられる」[28]。江川太郎左衛門は「国防上の見地から農兵制を主張し」、「三島に兵を集めて軍事教練を始めた」。同時に、高弟の柏木総蔵なる人物を「長崎に派遣して、オランダ人から西洋兵学を学ばせている」。柏木は「航海術・砲術等を習い、隊の志気を鼓舞するための鼓笛隊の演奏を見たり聞いたりして帰ってきた。江川太郎左衛門は彼を通して農兵の教練には勇壮な音楽も必要と感じて、行進に合うような曲を使うことにした」[29]。そこで使われ始めたのが「ノーエ節」であるという[30]。

もしそうであるならば、これは確かに、西欧列強の脅威に備えて農民を徴集し、「兵」として育てるための「唄」だったということになる。しかし、その節からも歌詞からも、「軍事教練」のための「勇壮」な行進曲というイメージは伝わらない。実際に「他愛のない賑やかな唄のため、酒宴唄として、全国的に愛唱されている」[31]。『静岡県の民謡』の著者・小塩紘典はこれを「騒ぎ唄」の項目に分類している。その歴史的起源がどうあるにしても、これは近代的な軍隊組織にふさわしい厳粛な教練歌というよりも、すでに座が乱れてしまった酒宴のようなばか騒ぎの場にふさわしい民衆的な歌謡なのだというべきだろう。

では、その「ノーエ節」が、どのような記憶の憑代として『野川』に呼び込まれてくるのだろうか。

「ノーエ節」の記憶を最初に呼び込んでくるのは井斐である。入院中の彼を見舞った「私」に、「ノーエ節な。あれは尻が頭へつながって、いくらでも繰り返せるはずだが、どうつながるのだったかな」（三三ページ）と、突然問いかける。「どうしてノーエ節なんだ」と問い返すと、「夜中に湧き起こることがあるんだ、何もかもいっそ気楽になってしまう唄だ」（三四ページ）と井斐は答える。

入院中の患者が、うまく寝つけないまま夜中のベッドに横たわっている。その脳裏に、あるいは身体に、ふっと湧き起こるようによみがえる記憶。それに「なぜ」という問いをかけても、もちろん確かな答えがあるわけではない。しかし、「何もかもいっそ気楽になってしまう唄だ」という井斐の言葉は、すでに何事かを示唆し始めている。その前提には、決して「気楽」なものではない現実がある。さしあたりはそれを、病んでいる己の身体とみてもいいだろうし、やがてくる自らの死を見越したものととってもいいのだろう。老いと死にまつわる（決して容易ではない）現実。そういうものもみな「気楽」になってしまうのだと、井斐は言っているように思える。

そして、その井斐が思い出せなかった歌詞の循環を、「私」が記憶のなかから引っ張り出す。「あれは、情《なさけ》で融ける、だった。融けて流れてノーエで、頭へつながるんだ」（三五ページ）。すべてが「融けて流れ」てしまう、そしてまた始まりに戻る。その循環は、「生」と「死」の円環を物語るメタファーでもあるように感じられる。作品の最後に登場する「大海に戻っていく一滴の水」のメタファーと呼応しあうものでもある。「死」の無名性の域に、円を描いて回帰するもの。消えてなくなるのではなく、繰り返されていくものとしての生。そして、その記憶の果てしない反復。そのようなものとして「ノーエ節」を捉えれば、それはすでに『野川』という作品全体の提喩的形象として機能しているといえるのかもしれない。

しかし、「ノーエ節」が呼び起こすものはこれにはとどまらない。井斐のひと言をきっかけに「私」のなかには、戦時中の記憶がよみがえる。岐阜の大垣の駅前、出生する兵士を見送る人々の群れ。しかし、なぜかこの人々が、旗の拍子に合わせて「ノーエ節」を唄っている。そんなことがありえたのだろうか、この時代に許されたのだろうか、と「私」はあやしむ。しかし、「記憶は確かだ」（三七ページ）と思える。

> 大垣の駅前のことも、旗を振る男の姿ばかりが見える。母親と一緒に駅前から遠ざかり濠端にかかると、背後でノーエ節を乱調子にがなり立てる男たちの声が閑静な町の底から湧き起こり、破れかぶれに天へ昇っては、この前の爆撃の折りの曇り空に無数に舞った木っ端のように揺らいで降りかかり、いつまでも繰り返された。（三九ページ）

「破れかぶれ」の印象が重要ではないか。勝利を信じ、武運を祈って、厳粛に兵士を送り出すのではない。いささかやけになっているのではないかと疑われる。爆撃を受けて無数に中空に舞っていた「木っ端」のようなものとして、兵士の生をイメージするしかないような状況。その「破れかぶれ」の心境を、かろうじて表出することができる唄として、「ノーエ節」ががなり立てるように繰り返される。いっそ何もかも「気楽」になってしまえと言わんばかりの、明晰な言葉としては表しがたい心情。そういうものが、ここには露出している。農兵のための教練歌であると同時に酒宴の席の「騒ぎ唄」でもあるこの民衆的歌謡の両義性が、出征兵士を送る人々の「破れかぶれ」の思いを託すにふさわしく、そのためにまた場違いな歌声になっている。

しかしいずれの文脈（入院中の井斐、出生する兵士）でも、死にゆく者の前にこの歌が現れている。人々は、長くは続かないかもしれないこの生を感受しながら、その予感の前にはしゃぎ立つかのように、拍子を合わせ、声を合わせて唄に興じる。歌は果てしなく円環し、おそらくはどこかで疲れてしまうまで、調子を上げながら続いていく。それは「死にゆくものとしての生」を受け止める、民衆的な作法、したがって一つの知恵の形なのかもしれない。戦地へと動員され、日常の空間にあって爆撃を逃れて生きる人々が、その恐怖を受け止めながら、空騒ぎのようにはしゃいでみせる。そのような身体的な所作、諧謔の身ぶりの記憶を宿すものとして「ノーエ節」はよみがえる。

『野川』は、その「破れかぶれ」の声を再び響かせようとするテクストでもある。

＊引用作品

古井由吉『野川』（講談社文庫）、講談社、二〇〇七年

注

（1）古井由吉／佐伯一麦『往復書簡――言葉の兆し』朝日新聞出版、二〇一二年、四九ページ

（2）同書二三ページ

（3）同書七二―七三ページ

（4）同書八三ページ

（5）同書八三―八四ページ

（6）同書四八―四九ページ

（7）「ノーエ節」の歌詞は以下のとおり。

富士の白雪ゃ　ノーエ
富士の白雪ゃ　ノーエ
富士の　サイサイ
白雪ゃ　朝日でとける
とけて流れて　ノーエ
流れて　三島に　そそぐ
三島女郎衆は　ノーエ
女郎衆は　お化粧が長い
お化粧長けりゃ　ノーエ
長けりゃ　お客が困る
お客困れば　ノーエ
困れば　石の地蔵さん
石の地蔵さん　ノーエ
地蔵さんは　頭がまるい

頭まるけりゃ　ノーエ
まるけりゃ　からすがとまる
カラスとまれば　ノーエ
とまれば　娘島田
娘島田は　ノーエ
島田は　情けでとける
とけて流れて　ノーエ
流れて　三島に　そそぐ
（小塩紘典『静岡県の民謡――駿・遠・豆のさとうた』静岡新聞社、一九八四年、一五四ページ）

（８）第十一章「花見」では、「通夜の席で地図を見せられた覚えは私にない」（二三三ページ）とある。だが、もしそのとおりだとすれば、ここでの記述は想像力があまりにも細部に分け入りすぎている、というべきではないだろうか。

（９）古井の「記憶と生」の結び付きを論じた松浦雄介は、その主体の「脆弱な身体」が、主体を取り巻く諸力の不確定性を、「振動や癖」として「反復する」のだと指摘している。「主体の内にはさまざまな相反する力が流れ込み、せめぎ合」っていて、「その結果、主体は衰弱に陥る」のだが、その主体は「あえて衰弱を選択する」。こうして「衰弱のなかにとどまる主体は脆弱な身体を抱え込む。この脆弱な身体は、みずからの行為を記憶＝リズムの流れにゆだねることができず、振動や癖として反復する」（松浦雄介「反復する身体――古井由吉における記憶と生」「京都社会学年報」第十二号、京都大学大学院文学研究科社会学研究室、二〇〇四年、八九ページ）。野川の土手を歩く井斐の身体は、かつての荒川沿いを歩いた身体のありようを癖として抱え込み、これを反復する。そこには、時の流れのなかで消化、あるいは昇華しきれなかった記憶が露出しているということができるだろう。そしてここでは、その井斐の身体（歩き方）のイメージから、かつて荒川沿いを歩いた子どもの身体の想像へとつながっていく。「反復する身体」が「記憶の伝い」の回路になっているのである。

（10）前掲『往復書簡』四九ページ

（11）天台宗東京教区のウェブサイトによれば、祇園寺は「無住の時代も永く続き廃寺寸前に追い込まれた時」もあり、そのために寺の歴史を示す資料はほとんど散逸してしまったという。しかし、近世になると『武蔵名勝図会』（植田孟縉）、『新篇武蔵風土記稿』（昌平坂学問所）、『江戸名所図会』（斎藤月岑）などに寺の名が載るようになった。明治時代、一九〇八年には「自由民権運動殉難者慰霊大法要」が催され、「板垣退助初め自由党の領袖千余名が甲州街道を馬車を連ねて参集し」た。そのとき、板垣退助の手によって植えられた日本の赤松が「自由の松」と称せられている（天台宗東京教区「虎狛山日光院　祇園寺（通称：佐須薬師）」〔http://www.tendaitokyo.jp/jiinmei/gionji/〕［二〇二一年七月十九日アクセス］）。

（12）調布市地域情報ポータルサイト「ちょうふどっとこむ」（http://chofu.com/web/shizen/）によれば、かつては小川が流れ、「さわがに」が生息していたことから「カニ山」と通称されるようなった。

（13）古井由吉『半自叙伝』河出書房新社、二〇一四年、九―一〇ページ

（14）同書一八七ページ

（15）同書一八七―一八八ページ

（16）同書一八八ページ

（17）同書一八八―一八九ページ

（18）同書一八九ページ

（19）古井は、自分自身が生まれ育った地域を、「郊外」という言葉とともにしばしば「新開地」と呼んでいる。例えば、エッセー集『人生の色気』には、次のような一節を読むことができる。「僕が生まれたのは、いまの品川区旗の台、昔は、荏原の平塚七丁目といいました。東急大井町線の沿線ですね。（略）あの辺は、関東大震災のあと、大規模な宅地開発をした地域なんです。僕のおやじは、岐阜県から慶応大学を出て、安田銀行に勤めていました。昭和のはじめは、全国から東京へ、似たような履歴の人間が地方からたくさん出てきていたんです。しかし、下町は震災でやられているし、山の手はもう一杯というわけで郊外にしか空き地はない。で、一番最初に開けたのが、日蒲電鉄、今の東急電鉄の沿線なんです。自由が丘、田園調布、緑が丘なんてキザな地名は、みんな、あの頃につけたものです。（略）親父が郊外の新開地一世だったとするならば、僕は新開地二世です。小学校の同級生も、みな、似たような子供ばかりで、古い住民の子はもういませんでした。一九六〇年代、七〇年代、八〇年代に発展した東京の郊外都市と

ほとんど一緒です。僕の幼稚園はキリスト教系で、戦時中だからおおっぴらに賛美歌を歌いはしなかったものの、だいたい、雰囲気は想像できるでしょう。あの頃の私鉄は、箱みたいな車両を三つ、四つつなげたようなものでした」(古井由吉『人生の色気』新潮社、二〇〇九年、五八ページ)

(20) 前掲『半自叙伝』一〇ページ

(21) 同書一一ページ

(22) 同書一一―一二ページ

(23) 同書六九―七〇ページ

(24)『野川』で、「記憶」との強い結び付きを示す三つの場所、野川、荒川、品川の新開地はいずれも「東京」の縁（エッジ）に位置し、その空間上の象徴的位置価で呼応しあう関係にある。

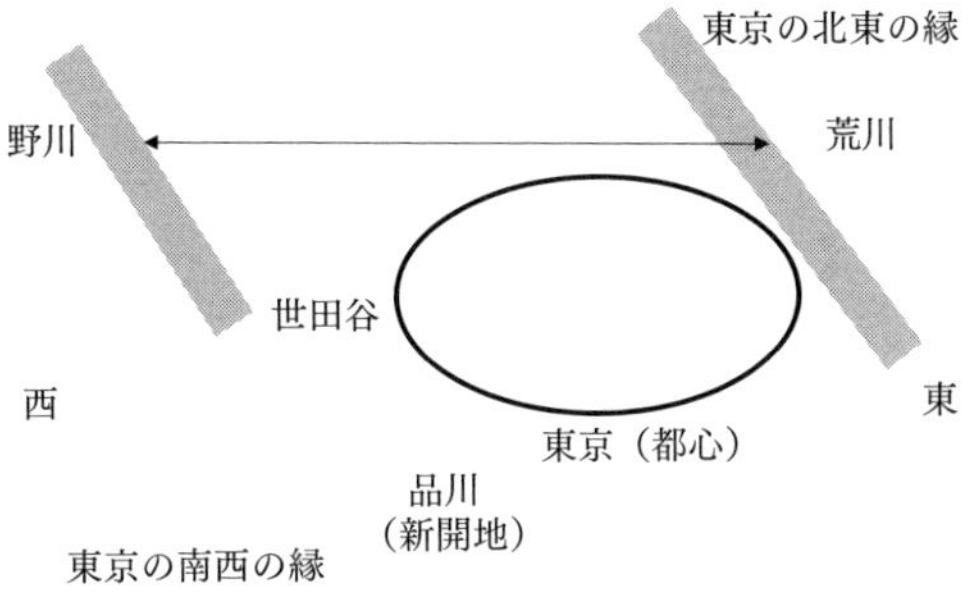

図14 『野川』のトポグラフィー――3つの「周縁の場所」(筆者作成)

(25) 坂部恵「自己論から他者論へ――ナラティヴ・トランスポジション」、宮本久雄／金泰昌編『彼方からの声』(「シリーズ物語論」第三巻) 所収、東京大学出版会、二〇〇七年、三八三ページ

(26) 同論文三七七ページ。坂部は「転移」という言葉を、発話の主体の移行についてだけでなく、「はなし」から「語り」への移行、「隠喩」を成立させる文脈の移行についても用いている。

(27) ここで引用している「中世イスラムの神秘家」とは正確に誰であり、どのテクストなのかは突き止められていない。オマル・ハイヤーム『ルバイヤート』には、次のような一節を読むことができる。「一滴の水だったものは海に注ぐ。／一握りの塵《ちり》だったものは土にかえる。この世に来てまた立ち去るお前の姿は／一匹の蠅《はえ》―風とともに来て風とともに去る。／この幻の影が何であるかと言ったっても、／真相はそう簡単にはつくされぬ。／水面に現われた泡沫《ほうまつ》のような形相は、／やがてまた水底へ行方《ゆくえ》も知れず没する」(オマル・ハイヤーム『ルバイヤート』小川亮作訳〔岩波文庫〕、岩波書店、一九四八年、四二ページ)

(28) 畠山兼人編『民謡新辞典』明治書院、一九七九年、二四三ページ

(29) 前掲『静岡県の民謡』一五五ページ

(30) 「ノーエ節」の起源については、一八六二年頃から横浜港界隈で歌われたのが最初だという説もある。「外国軍隊の教練」を、野毛山から「町人たちが見下ろして、揶揄的に歌い出したのが始まり」であり、やがてこの唄は「三島に野砲連隊所ができてから、その兵舎近くの花柳界でうたわれ出し」、歌詞中の「野毛の山から」が「富士の白雪」に置き換わっていったとされる(同書一五五ページ)。

(31) 前掲『民謡新辞典』二四三ページ

[付記] 文中に挿入した写真はすべて筆者撮影(二〇一五年十一月―一六年二月)。

第6章　この平坦な町で大人になっていくということ
――北村薫「円紫さんと私」シリーズの「町」と「路」

川はたんに流れているだけではない。

日高昭二『利根川――場所の記憶』[1]

1　北村薫「円紫さんと私」シリーズでの郊外の「町」

ミステリー作家・北村薫は、デビュー作「空飛ぶ馬」を起点にして、博識な落語家・春桜亭円紫を探偵役に、女子大学生（のちに、出版社勤務）の「私」を語り手に配した一連の作品を著している（以下、「円紫さんと私」シリーズと表記）。私たちはそれを、次のような五巻にわたる作品集として読むことができる[2]（〔　〕内は各巻の収録作品のタイトル）。

『空飛ぶ馬』東京創元社、一九八九年（創元推理文庫版：一九九四年）
〔「織部の霊」「砂糖合戦」「胡桃の中の鳥」「赤頭巾」「空飛ぶ馬」〕
『夜の蝉』東京創元社、一九九〇年（創元推理文庫版：一九九六年）

〔「朧夜の底」「六月の花嫁」「夜の蟬」〕
『秋の花』東京創元社、一九九一年(創元推理文庫版：一九九七年)
〔「秋の花」〕
『六の宮の姫君』東京創元社、一九九二年(創元推理文庫版：一九九九年)
〔「六の宮の姫君」〕
『朝霧』東京創元社、一九九八年(創元推理文庫版：二〇〇四年)
〔「山眠る」「走り来るもの」「朝霧」〕

これらの作品は、殺人事件のような重大な犯罪を契機としてではなく、日常生活の成り行きのなかに浮かび上がる小さな謎をめぐって展開する。「円紫さんと私」シリーズは、「日常の謎もの」といわれる本格ミステリーのサブジャンルの成立を告げる、推理小説史のなかでも重要な意味をもつ作品群である。

他方でこのシリーズは、語り手である「私」の成長の物語でもある。郊外の町に生まれ育ち、地元の女子高を卒業したあと、東京の大学の文学部に進んだ「私」は、魅力ある教員や友人たち、そして落語家・円紫との交流のなかで文学的教養を深めていくだけでなく、とりわけ「事件」との出合いを通じて人間的な成熟を遂げていく。各篇は、十九歳から二十三歳になるまでの日々の緩やかな成長の軌跡を、ひとコマずつ丹念に追っていく[3]。

この間、「私」はずっと両親の家に暮らしていて、謎解きの対象になる事件もまたしばしばこの郊外の町に起こる。「円紫さんと私」シリーズは、「町」を描くことを主題とするものではないが、その舞台を任意の背景として設定しているわけでもない。「町」は、「私」の成長に対しても謎解きの対象になる事件の発生に対しても深い関わりをもつ、有意味なコンテクストを形成している。少なくともいくつかの物語は、この場所が舞台だからこそ生まれたものであり、テクストは推理小説という形式を介して鮮やかに「町」の姿を浮かび上がらせている。

その舞台になる「町」は、固有名詞によって指し示されてはいないものの、断片的にちりばめられた手がかりから、埼玉県杉戸町から春日部市にかけてのエリアであることがわかる[4]。

杉戸は作者・北村薫が育った町である。そして、彼は早稲田大学を卒業後、埼玉県立春日部高校の教員を勤めていた。作品中の語り手である「私」の家もまた杉戸にあると推察でき、彼女は隣の市・春日部の女子高に通い、大学生になってからもしばしばその市立図書館に足を運んでいる。「私」の語りは、「我が町」に対する慣れ親しみの感覚、「地元感覚」に下支えされている。(5)

　本章の主題は、「円紫さんと私」シリーズをテクストにして、物語と地域空間とのつながりを読み取ることにある。その際、この町の形成とその空間的構造化に関わる「道」と「川」のはたらきに着目したい。次節にみるように、杉戸から春日部一帯の地域が形作られるうえでは、大落古利根川をはじめとする「川」と、これに沿って開かれてきた日光街道（国道四号線）ほかの「道」が大きな役割を果たしている。この二つの路——水路と陸路——は現在も町での人々の動線を規定し、地域空間に方向＝意味を与えている。(6) この空間の編成が物語の展開にどのような影響を与えているのか。ここに、読解の一つの焦点を置くことができるだろう。

2　平坦地——「川」と「道」のトポグラフィー

　杉戸と春日部は平坦な町である。杉戸町で最高地点は海抜十九・二メートル、最低地点は四・七メートル。(7) 春日部市の最高地点が十九・四九メートル、最低地点が三・九四メートル。(8) 高低差十六メートルの幅のなかに二つの町は広がっている。町なかを歩いていても、起伏の感覚がない。商業ビルと高層のマンションのほかに、視界を遮るものがない。文字どおり、フラットな空間である。

　この平坦な地形に関しては、作品のなかでも何度か言及されている。「私」の大学の友人で、神奈川県（二宮）に住んでいる高岡正子（「正ちゃん」）は、この「町」を「つまんないところだな」「平たいばっかりだ。山もなけりゃ、海もない」（『秋の花』三四ページ）とこき下ろす。当の「私」

も、「町」にやってきた「円紫さん」から「この辺りを小学生のあなたが走っていたんですね」と問いかけられて、「そうです」と答え、「まるで自分のことでも謙遜するように」「山もない海もない、詰まらないところで――」と付け加えている(『秋の花』二二〇ページ)。土地の起伏が生み出す景観的な趣の欠如。そんな場所に生まれ育ったことを、「私」は確かに自覚している。

平坦地に暮らすことが人々の心理に及ぼす影響もないわけではない。『朝霧』のなかの一編「山眠る」では、長野県出身だというある教員――「本郷先生」――が「私」に向かって、「こちらは住みやすいが、しかし山がない。真っ平らだ。自分を見ていてくれるものがないようで、何だか落ち着かなくてね」(『朝霧』八八ページ)と語る。山懐に抱かれた場所に育った者にとって、「山」は自分の存在を包み、見守るものになる。それは同時に、人々に居場所の感覚を与えるものでもある。

とはいえ、平坦な空間にも分節と方向の感覚が生まれる。それはまず何より、人と物の移動の方向(導線)とともに生まれるものである。そのような方向感覚をもたらすものとして、春日部・杉戸の一帯では二つの路――「河川」と「街道」――が大きな役割を果たしてきた。

もとより、春日部も杉戸も川が生み落とした町だった。

春日部市の中央部に広がる平地は、東の下総台地と西の大宮台地の合間に、河川が運び込んだ堆積土が作り出した土地である。この中川低地には、東から江戸川、中川(庄内古川)、大落古利根川、古隅田川が流れる。江戸川は、江戸時代に掘削して作った人口の河川であり、大落古利根川は江戸時代以前の利根川の流れの一つだった。河川は土を運び、自然堤防を形成し、その外にさらに低い後背湿地を生み出す。それによって、平らな土地にわずかな起伏のニュアンスが生まれる。住民は自然堤防の上には住居を建て、後背湿地を水田として開発していく[9]。したがってまた必然的に、春日部地域の歴史は治水の歴史でもあった。大雨のたびに氾濫を起こしてきた川の流れを管理し、同時に農業用水を確保することが各時代の治世者の重要な課題であり、地域の集合的な記憶にも「水とのたたかい[10]」が刻み込まれている。

そして何より河川は、中世、鎌倉・室町時代から水運の道として利用されてきた。

古利根川・古隅田川・元荒川などの舟運《しゅううん》は、鎌倉や江戸湾岸、東海地方とも結びついていた。流域の荘園や御厨《みくりや》の年貢などの貢納物も船で運ばれた。東海地方の焼物なども船で内陸にもたらされた。伊豆山神社（静岡県熱海市）の走湯山灯油料船《そうとうざんとうゆりょうせん》は関銭《せきせん》や津料銭《つりょうせん》（利用料）を免除されて内陸まで航行し、下総国一宮香取神宮（千葉県香取市）は利根川に関を設け、通行する船から関銭などを徴収した。[11]

一方での「鎌倉街道の中道《なかつみち》」（陸路）の発展とともに、水路の構築がこの地域の財力の源泉になっていたことがうかがえる。そして水陸交通路の発達は、戦国時代にいたって、春日部に「市《いち》」を形成させる。[12]

江戸時代に入ると日光街道が整備され、一六〇〇年代の初頭に宿場町が形成される。これが、今日の春日部・杉戸の町の基盤をなす。周知のように、徳川幕府は江戸を中心にした国土作りのために、五街道を中心とする「道」の整備に乗り出し、「日光街道」は江戸から千住、草加、越ケ谷、粟橋を抜けて、日光東照宮へとつながっていく。「粕壁」（春日部）は日光道中四番目の宿場、「杉戸」は五番目の宿場町になり、地域の商業拠点として栄える。[13]

粕壁宿は陸上交通の要地のみならず、商工業の拠点として多面的に地域経済を支えていた。道沿いには、宿泊施設である旅籠以外にも商家が軒を並べ、地域の商業経済の拠点となった。いわゆる在郷町として発展していくのである。「四」と「九」の付く日には六斎市が立ち、周辺の農作物や生活用品など多くの商品が売り買いされた。

また、宿場には農具や桐箪笥《きりたんす》をはじめ日常生活や農業生産を支える諸道具を作る職人も多く暮らしていた。職人が生み出す産物は、やがて春日部の特産物となっていった。[14]

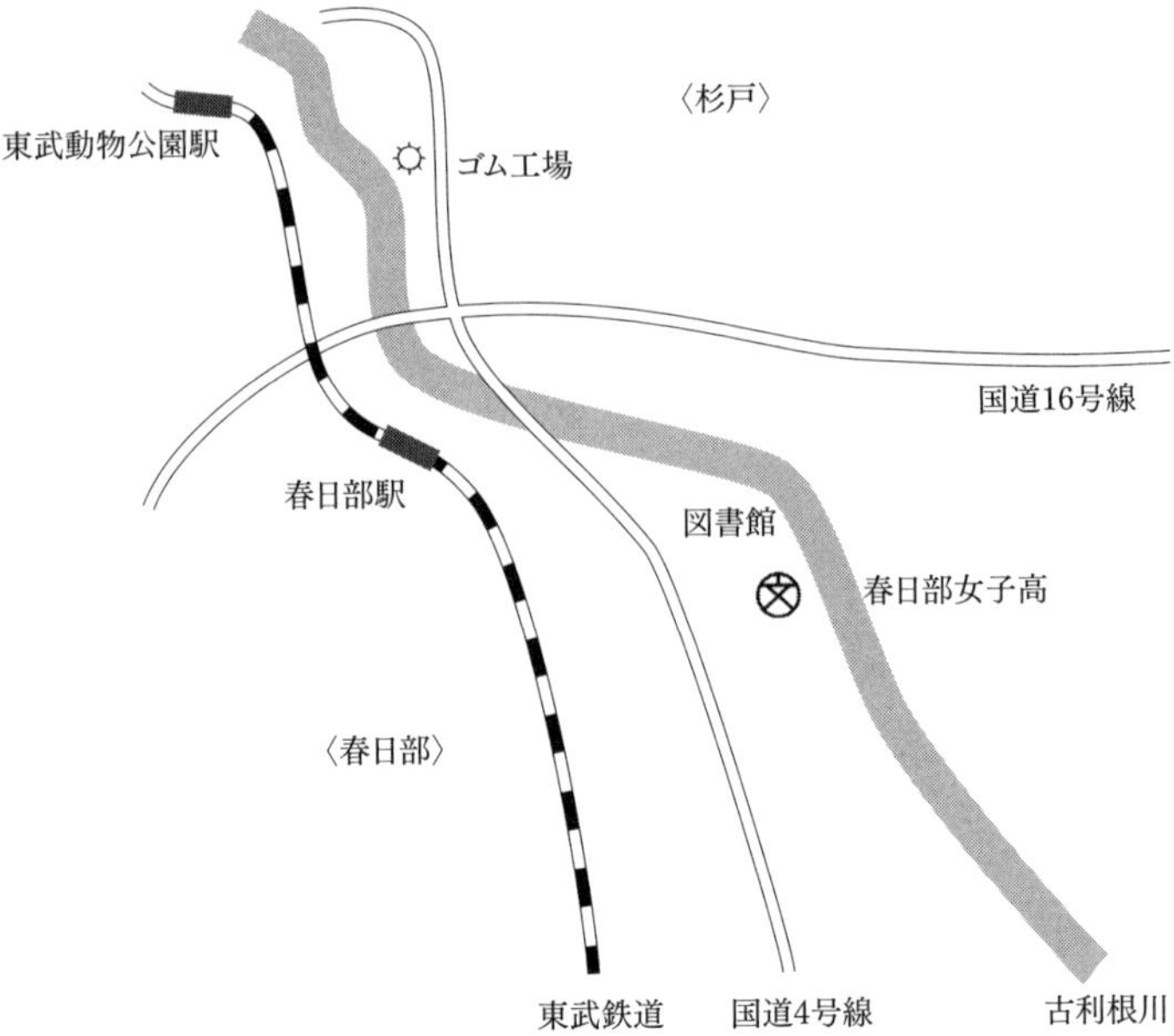

図15　杉戸と春日部の空間図（筆者作成）

いまもなお、春日部の町、杉戸の町は街道沿いの宿場町としての面影を色濃くとどめている。町が水路と陸路、河川と街道によって作られてきたことは、旧・日光街道から古利根川沿いの道を歩いてみれば体感的にも理解できる。

そして、おそらく「川」と「道」は、この地域に暮らす人々が構成する空間地図のなかで、人と物の動線（方向性の感覚）の土台を形作るものでもある。杉戸から春日部につながる街道と川、日光街道と古利根川が描き出す南北の道こそが町の中心線を構成している。そして、明治時代に敷設された鉄道も、この動線に沿って人や物の輸送を担うものだった。千住―幸手間に千住馬車鉄道が開業したのは一八九三年。北千住―久喜間に東武鉄道が運行を開始するのは九九年である。いまもなお、町は南北に延びてつながっている[15]。

このトポグラフィカルな構図は、「円紫さんと私」シリーズでの「私」の移動範囲を考えるうえでも重要な意味をもっている。「私」が住む家は杉戸の町なかにあり、高校時代は電車（東武鉄道）を使って学校の最寄りの駅（春日部）まで移動していた。そして、大学生になってからも彼女は、しばしば自転車で川沿いの道を南に下り、春日部の市立図書館に通っている。杉戸から春日部へ。そのルートを形成したのは古利根川の流れであり、その沿岸の道である。

3 郊外都市としての春日部――高度経済成長期の発展

春日部一帯が郊外都市としての相貌を獲得していくのは、一九六〇年代以降のことだった。旧・宿場町とそれを取り巻く稲作中心の農村地帯だったこの地域を変貌させる一つの契機になったのは、工業団地の造成だった。春日部市は、五九年に自主財源対策と雇用対策を目的に工場誘致条例を議決。六〇年にアンデスハム春日部工場が建設される。六二年からは、国道十六号線沿いの梅田・天神地区に四十三・五ヘクタールの工業団地が造成され、六七年に国道十六号バイパスの開通とともに入居が始まる。[16]

他方、同時期に町は、地元の産業構造を変化させるだけでなく、東京に通うサラリーマンたちが居住するベッドタウンとしての性格をもつようになっていく。一九五〇年代半ばからの春日部地域の人口の急増がそれを物語っている。[17]

こうした人口の受け皿の一つになったのは、一九六〇年代後半から建設された日本住宅公団の団地である。埼玉県内では、日本住宅公団設立（一九五五年）直後から大規模団地を次々と建設していくが、そのなかで、六六年には、大枝・大場地区（春日部市の最南部）六十ヘクタールに七街区からなる武里団地の建設に着工する。六千十世帯、人口一万九千人が住むマンモス団地で、建設当時は「東洋一」の規模とうたわれた。このほかにも民間企業による宅地の造成が進み、「市域は住宅都市として急速に変貌を遂げていく」。[18]

こうした大規模な団地や住宅地の造成を除けば、地域の宅地化は農地の「虫食い」的な切り崩しによって進んできた。市街周辺には現在も、かつて農家だったと思われる家と新築の戸建て住宅が隣接し、かつて田畑だったと思われる場所の一部が駐車場として整地されているような、典型的な「スプロール化」の光景（農住混在型の郊外）が随所に見られる。
また、これに伴って、市の中心部も再開発が進む。典型的には、スーパーマーケットとデパートの建設が、商業街の様相を一変させていく。
一九六八年　市外の資本によるスーパー伊勢甚が進出
一九七〇年　尾張屋（のちのニチイ）が開店
一九七二年　イトーヨーカ堂春日部店が開店
この三店舗はいずれも春日部駅西口に位置する。これによって、業績が低迷した東口商店街（旧・日光街道側）は百貨店の誘致を進め、一九八五年にロビンソン百貨店（のちの西武百貨店）が開業。八〇年代には、旧・日光街道にあたる「かすかべ大通り」の拡張工事がなされる。
そして、一九九〇年代末には、春日部は「業務核都市」[19]の一つに指定される。東京都区部への一極依存型の都市構造を緩和的に改善し、「分散型のネットワーク」を作るための「諸機能の集積地」になることを期待され、「育成・整備」の対象に据えられたのである。
このように、現在の市街地・春日部の基盤は、高度経済成長期の住宅地域としての発展と、それに伴う商業地域の編成によって生まれたものだった。それは、新しい中間層（サラリーマン家庭）のための宅地の造成と、その結果としての人口増加のうえに成り立つ町のありようであった。
しかし皮肉なことに、「業務核都市」に指定された直後から、春日部市の人口は減少傾向を示している。周知のように、少なくとも二〇一〇年代に入ってから全国的に人口の減少が始まっているが、埼玉県全体では二〇二〇年まで人口は増え続けてきた（二〇二一年はほぼ横ばい）。しかし、春日部市は〇〇年代以降、人口がマイナスの方向に変動し続けている（杉戸町でも、ほぼ同時期に同様の傾向がみられる）。
埼玉県内で人口の増加がみられるのは、さいたま市、川口市、川越市、越谷市、戸田市、新座市、蕨市など、県東南部の市域である。対照的に人口の減少が顕著なのは東部・北部の郡部であり、市部の増加分が郡部の減少分を補っている構図にある。

そのなかにあって、「春日部市」の人口減少は、着目されざるをえない現実（問題）になる。人口の減少は、税収の減少や地価の下落とも連動していて、近隣の草加市、越谷市が人口の増加を保っていることもあり、重要な政策課題として意識されている。[20]

これは自然減を補うだけの社会増がみられないこと、転出人口が転入人口を上回っていることから生じている現象である。しかし興味深いことに、世帯数については、人口数ほど明確な減少傾向がみられない。世帯の数は変わらないか、もしくは微増していながら、人口は減っていく。つまり、一世帯あたりの人口が下がっているということである。これには少子化と高齢者世帯の増加が関わっていると推測できる。子どもたちは独立して、外へ転出してしまう。そして、子育て世代の転出率も高い。こうして、残された高齢者が、少人数の世帯を形成して暮らし続ける町。これが現在の春日部である。

このようにざっとその歴史をたどってみると、春日部一帯は、戦後復興後の高度経済成長期の流れのなかで東京の周縁に形作られた、典型的な郊外都市の様相を示している。

春日部と杉戸は、旧・日光街道（国道四号線）と幾筋かの河川に沿って近世（江戸時代）に形成された宿場町を基盤として、戦後、国道十六号線がその物資輸送を担う工業団地と、東武鉄道が輸送路を担う通勤圏のベッドタウンが形成されたところに成長を遂げてきた町である。だが、その郊外都市としての構造が、一九九〇年代以降の新しい経済環境と人口構造の変化にどうやら適応できなくなっている。旧市街の商業地域は衰退をみせ（ロビンソン百貨店から西武百貨店へ、さらには二〇一六年の西武百貨店閉店へ）、周辺域のショッピングモール（越谷市のレイクタウンやイオン春日部店）に取って代わられようとしている。

そして、春日部地域は人口規模が縮小のフェーズに入っている。「スプロール化」による虫食い的な開発はいまだに生じているが、同時に、「スポンジ化」による空洞の発生――例えば、空き家、空き店舗の増加――が問題視される段階にさしかかっているといえるだろう。

4　過渡の風景

戦後から現在までのこうした歴史的経過のなかに位置づけてみたとき、「円紫さんと私」シリーズに描かれた「町」はどのような段階にあるものと理解できるだろうか。

物語は、『空飛ぶ馬』から『朝霧』まで、一九八八年から九一年のあいだに展開する。バブル経済がはじける直前の時期である。資本の自己拡大的再生産の機構はまだ回り続けているものの、実質的な経済成長はもう頭打ちになっている。その頃、春日部・杉戸はまだ人口増加の局面にある。前述のように、八〇年代の半ばに、市街地に百貨店が開業し、近郊中核都市としての相貌を整えていく。東京の都市部に通うサラリーマンたちの住宅の建設が進み、この人口を背後に控えて、春日部の中心部が商業的な活気を保っていた時代である。

作品の時代設定から推測すれば、「私」は一九六八年生まれである。東京都市圏の成長・拡大のなかで、春日部地域の郊外化が急ピッチで進行する時代に、「私」は杉戸の町に生まれ育ってきた。そして、作品の舞台になっている八〇年代の終盤に、この「町」から東京の大学に通う生活を送っている。その時代の「町」の様相は、かなり丁寧に作品中に書き込まれている。

例えば、「山眠る」のなかの次のような叙景。

普段は、狭いのに車も無理に通り抜ける川べりの道である。さすがに今日は身を避けずにすむ。川に沿って緩やかに弧を描く道を歩いて行くと、去年、何の理由でか切られた桜の木のところに男の人が立っていた。

川向こうは、私が子供の頃には見渡す限りの畑だった。今では駅に近い方から家が建ち並び、中には三階

建てさえある。ちょうど、男の人が立っている正面が、家並みの切れ出す境目だった。（『朝霧』八七ページ）

あるいは、「赤頭巾」のなかの次のような場面。

「公園の近くにいらっしゃるの？」

役場の先、住宅地の間に小さな公園がある。ブランコとすべり台があり、子供が座れるぐらいのかばとパンダとキリンが並んでいる。

「すぐ近くでもありませんけれど――」

「まあまあ近く？」

随分、公園にこだわる。

「そうですね」

どれぐらいを以て近くというか分からないが、面倒臭くなってそういった。しかし、そのほくろさんが次に口にした言葉は少なからず異様なものだった。

「だったら、ご覧になったことある？――赤頭巾を」

（『空飛ぶ馬』二二六―二二七ページ）

私が小学校に上がる前だから相当昔のことになる。今は公園になっているところがその時分は農地だった。春のことで麦が一面に植えてあった。子供の時には何でも大きく見える。私には麦が玉蜀黍《とうもろこし》ぐらいに感じられた。畑に入ってはいけないと分かっていたけれど、それをやってしまうのが子供である。畝《うね》と畝の間を桃花源に向かう漁師のように歩いて行った。むっとする麦の青い匂いが両側から私を包んだ。わずかに肌を撫でていた風が幾重もの屏風に遮られて、まったく通らなくなった。私は何度か額を流れ落ちる汗を拭いた。

その時、突然行く手からこの世のものならぬような美しい響きが聞こえてきた。

ピアノだった。

（『空飛ぶ馬』二二八ページ）

「私」が「小学校に上がる前」、すなわち一九七〇年代の前半には「農地」だった場所がいまは公園になり、「ブランコとすべり台があり、子供が座れるぐらいのかばとパンダとキリンが並んでいる」。

そして、かつてその農地（麦畑）に入り込んでいくと、突然近隣の住宅から「ピアノ」の音色が聞こえてくる。畑とピアノのミスマッチ。ここに、中産階級向けの宅地化が虫食い的に進んでいく郊外地域のリアリティーがある。近世的な農村の風景と、都市中産階級的な家庭の文化との隣接（そこで奏でられていたのは、クロード・ドビュッシーの「月の光」である）。

他方、春日部や杉戸のような古い町には、農家だけでなく、地元の商店が数多く生き残っている。「私」の家族は、そうした地域との付き合いのなかで、日々の生活を送っている。行きつけの「川魚屋」があり、「よく行くケーキ屋さん」がある。もともとは酒屋だったがいまはいろいろなものを売っている《かど屋》という店が、酒類を宅配してくれる。その《かど屋》の主は、子ども時代からの「私」の顔なじみである。

その日、帰りの電車で《かど屋》の国雄さんを見た。

《かど屋》は家の近くにあるお店である。もともとは酒屋さんだが、合わせて食料品一般まで幅広く扱っている。

国雄さんはその店の若主人である。若主人といっても、今ではもう四十に近いだろう。小学生の頃、アイスクリームを買いに行くと、にこにこと応対してくれた。《かど屋》ではケン玉やヨーヨー、夏には花火も売っていた。そのケン玉で『ロケット』や『世界一周』などの技を器用に披露してくれた。

（『空飛ぶ馬』二九三ページ）

酒屋が食料品や子どものためのお菓子、おもちゃなども販売するという業態は、このような商店がコンビニチェーンにのみ込まれてしまう以前には、確かに随所に見られたものだ。一九八〇年代の春日部・杉戸あたりは、まだその古い商いの形態が残っていたということだろう。郊外型の大型ショッピングセンターがすべてを吸収してしまう以前の商業形態、消費生活形態が息づいているのである（ただし、すでに《かど屋》については、「私が小学生の時には、もう大手のスーパーがこの町にも進出して来ていたから、経営上は困難極まりない時期だったろう」〔『空飛ぶ馬』二九六ページ〕と語られている）。

そしてもちろん、こうした地元の商店とのつながりは、「私」とその家族だけのものではない。例えば、「私」が通った高校の学園祭の実行委員会（生徒会）にも、地元の商店との古くからのつながりが引き継がれている。例えば、布物を安く買うなら、あのお店というように。

「ウエノ屋って、踏み切りの近くのお店？」
そこでは服地を扱っている。
生徒会に関係していると、催し物をやる時必要な店について詳しくなる。駄菓子袋菓子の仕入れなら国道の向こうの問屋に行けばいい。ヨーカドーで買っていたら、懐が保《も》たない。その他、金魚すくいの準備、喫茶店用の装飾、紙コップ紙皿など、それぞれどこに行けばいいとすぐに答えられる。ウエノ屋は布が安い。
（『秋の花』一六八ページ）

ここでヨーカドーとの対比を語っているように、「町」で暮らす人々の意識のなかには、郊外都市化のなかで進出してきた新しい大型の商業施設と地元の商店との対照の構図が形作られている。とはいえ、この時代の春日部周辺では、従来型の小規模自営業が大きな資本に駆逐されることなく、地域の生活に根ざして生き延びていたことがうかがえる。

ただし、その地域にもすでに、確実にロードサイド型の商業施設が進出している。「私」の家の近く、国道四号線沿いには、ビデオCDのレンタルショップがビリヤード場と本屋を兼ねて開業し、深夜まで営業を続けている。「私」はその風景を、明らかに新奇なものとして受け止めている。(21)

こんな時間に家の近くで本屋に入れるなどとは、高校時代には想像もしなかった。去年の冬、国道沿いのガソリンスタンドの隣に、ビデオCDレンタル兼ビリヤード兼本屋がオープンして、深夜までの営業を始めたのである。一方の隣は役場の広い駐車場だし、国道を挟んだ向こう側はカステラの工場である。特に今夜のように暗い夜には、派手とはいえないむしろ沈んだ風景の中で、点滅する極彩色のネオンは魔界の城のしるしのようである。

(『空飛ぶ馬』二四五―二四六ページ)

ここに描き出されているのは、一九七〇年代から八〇年代にかけて、虫食い的に進行していく郊外都市化の流れのなかで、高度経済成長期以前から続く「町」とこれを侵食していく新しい「町」の要素とが混在する、いわば「過渡の風景」である。

テクストは、その風景の変容を随所に細かく書き記している。

キイ、キイ、キイ、キイと甲高い声が台所の中にまで聞こえて来た。私は読みかけの朝刊を置いて顔を上げた。

「百舌《もず》だわ」

(略)

「お前が小さい頃には、この辺りでも随分鳴いてたんだよ」

「家がいっぱい建っちゃったから?」

「だろうね」

サンダルをつっかけて外に出てみる。そこでまた空を切り裂くような声がした。

半分だけ畑をつぶした駐車場の先に高い欅《けやき》の木が立っている。ところどころ葉を銅の色に変え始めているその頂《いただき》近くに、人騒がせな声の主がとまっていた。遠いけれど、何のつもりか尾を盛んに動かしているのが分かる。

（『秋の花』四五―四六ページ）


家が建ち並ぶにつれて、百舌の声を聞くこともまれになっていくような土地。

「私」は、この移り変わる景色を見つめながら育ってきた。

5　「無印の優等生」としての「私」

では、このような春日部・杉戸の町に生まれ育った「私」は、その社会的プロフィル上、どのような存在として位置づけることができるだろうか。

「私」が住んでいる家は、地理的におおよその場所（エリア）を確定することができる。作品中に書き込まれた細部から推測すると、杉戸のなかの古利根川と国道四号線（日光街道）、さらには、県道三百七十三号堤根杉戸線のあいだあたりにあると思われる。

しかし、家族のプロフィルについての情報はきわめて乏しい。

家族構成は、「父」「母」「姉」「私」の四人からなる。母親は、どうやら専業主婦らしく、常に家にいる。父親の職業については、情報がない。「美人」の姉がいて、大学を卒業後、東京・茅場町の会社に勤めている。

家族の社会的プロフィル（例えば、父親の職業・地位、親戚関係など）に関する情報の乏しさは、もちろん、物語（推理の的になる事件や出来事）に対する有縁性の乏しさによって説明できるが、同時に、「私」の家族を、典型としての郊外サラリーマン家庭＝中産家庭として位置づけることにもなる。「私」に固有名が与えられないことも同様の効果を及ぼしているが、この家族はその個別的特性を省略することによって、郊外の住宅地に暮らす中流の核家族の典型像――勤めに出ている父親、専業主婦の母親、会社員の姉、そして大学生の「私」――として与えられる。(22)

その一方で、家族の暮らし向き（生活文化）については、細部の記述をすることで、繊細な性格づけがなされている。

例えば、「私」が着ているものは、ほとんどが「姉」のお下がりであるということ（『夜の蟬』一〇ページ）。あるいは、「私」が高校から帰ると「母上」が「てんぷらの支度」をしているというエピソード。母親は、「隣のおばさんから京都のみやげに梅干しの甘露煮」をもらい、これを揚げて食べようとしていて、それを聞いた「私」も「着替えて台所に入る」（『空飛ぶ馬』二九四ページ）。

クリスマスイブには、「母上」が「資金援助」してくれて、「私」は自転車をこいでいって「よく行くケーキ屋さん」でクリスマスケーキを買う（『空飛ぶ馬』三三二ページ）。

「母上の作るもので、春秋の牡丹餅お萩と、夏の鰻《うなぎ》（町の川魚屋さんから買って来て、自分の家で味付けをして焼くのである）、そして冬の伊達巻《だてまき》（はんぺんをすり鉢でするところから始まる）は、誰が何といってもおいしい」（『夜の蟬』三六ページ）

手間暇を惜しまない料理の文化、季節ごとの慣習、地域とのつながり、「お下がり」が示す倹約の精神。そこには、戦前から戦後の庶民階層（中産階級）が築いてきた生活文化――古いタイプの新中間層の文化――が継承されていることがうかがえる。

「私」は、そのような性格をもつ、郊外の中産階級の家の娘である。

そして彼女は、類型的に、絵に描いたような「できのよい娘」として造形されている。

公立の女子高に進み、生徒会で学園祭の運営に関わり、真面目に勉強して、東京の私立大学（モデルは早稲田大学である）の文学部に進む。「女子高時代には盲腸を切った時以外は無遅刻無欠席無早退、一度たりとも掃除をさぼったこともない」（『空飛ぶ馬』一〇ページ）。その「私」は、大学でも学問的な研鑽を怠らず、知的な好奇心を伸び伸びと発揮して、芥川龍之介について卒論を書こうとしている。

彼女は、本を読んで大きくなるタイプの人間である。図書館や神田の古書店街を愛し、古今東西の古典を読みふける。決して万能というわけではないけれど、学校という社会化装置にはとてもよくなじんでいる。「卓越的」であるけれど、特別なしるしをもたない。「優秀」ではあるが、へんに尖ったところがない（言い換えれば、屈折を感じさせない）女子生徒。

この「無印の優等生」である「私」は、彼女が生まれ育った「町」との関わりのなかではどのような存在なのだろうか。

この地域の子どもとして、平均的でないことは言うまでもない。作品中に学校名は記されていないが、「私」が通った高校のモデルは春日部女子高等学校であるとみることが許されるだろう。春日部女子高校は突出したエリート校ではないが、進学校である（「普通科」の入学偏差値が「六十」前後）。卒業生のほとんどが大学・短期大学に進学し、その多くは都内の私立大学に進んでいる。

「私」は、地元の中学では相当優秀な成績をとっていたけれど、いわゆる超難関の進学校には通わなかった。地元でいちばんの公立の女子高に進み、そして、その学校ではやはりトップの成績を保っていた、と推測される。地域の進学校でトップランクの成績をとる、いわば「地元の秀才」である。

したがって逆に、地元にはタイプが違う（異なる社会的プロフィルをもった）、さまざまな進路に進んだ友達がいる。そして、「町」を歩いていればかつての同級生とすれ違う（「地元」とは小・中学校時代の同級生とすれ違う場所のことだ、と定義できるかもしれない）。

その一人が、『秋の花』に登場する中学時代の同級生の男子である。

夜になって帰宅する「私」が川沿いの道を歩いていると、一台のオートバイが「私を川べりのフェンスに押し付けるように」止まる。身の危険を感じる「私」の前で、ドライバーの男がヘルメットを取る。それは、中学の同級生、伊原であった。

オートバイの男はぐっと顔を近付け、行き過ぎようとする私の名を呼んだ。そしてヘルメットをぽかっととった。

「あら」

「やっぱりそうかよ、似てると思った」

どこかで見たような、と思ったが、その声を聞いてはっきり分かった。中学校の時の同級生である。恰好の方は勿論学生服などではない。もう夜ともなれば肌寒く私などは自転車に乗る時カーディガンの袖口で指先を覆ったりするほどなのに、何とプリントのシャツの胸元を大きく明けている。そこに金色の細い鎖が見える。髪の毛も玉蜀黍《とうもろこし》のひげのような色に染めている。

（『秋の花』一三二―一三三ページ）

オートバイ、金色の細い鎖、「玉蜀黍のひげ」のような色の髪（要するに、茶髪）の若者。伊原は「私」に「大学〔へ行っているのか：引用者注〕？」と尋ね、「うん」と答えると、校名も聞かずに「凄いんだ」と続ける。「ガソリンスタンド」で働いていて、（「私」の表現によれば）「夜中に爆弾みたいな音させて、何度も行ったり来たりしてる」（『秋の花』一三五ページ）連中の一人。（伊原自身に言わせれば）「飛ばさねぇわけにゃあ、いかねぇんだよ。むしゃくしゃしてさ。さんざんこき使われた上に、むかつくような嫌味なんかいわれんだから」（『秋の花』一三五ページ）。

バイトの仕事にはいくらでもかわりがいるので、むかつく雇い主に文句も言えないと言う。その「目の色」には「ふっと現実への不安」（『秋の花』一三五ページ）が交じる。「乗れよ」という伊原のオートバイにまたがって、

「私」は家まで送ってもらう。

さしあたり、この作品で解明されるべき事件にはまったく関わりがない、傍らのエピソードである（ただし、のちの作品「山眠る」の伏線になっている。本章の第8節を参照）。ここには、「私」と「同じ町」の同級生との緩いつながりが描かれている。地元の進学校から東京の私立大学（早稲田大学）に通う女子と、ガソリンスタンドでアルバイトをしながら、夜の国道を爆走している茶髪の男子。しかし、このまったく異なる進路を歩む若者は、「同級生」のよしみでたまたますれ違えば声をかけ、バイクの後部座席に乗せて、家まで送っていく。そういうつながりを、どこか伊原のほうが求めているし、「私」もまたそれを好ましく受け止めているようである。

ここには、学校という階層構造の（再）生産回路を伝って「町」の外へと抜け出していこうとしている「私」と、その「町」から抜け出せない伊原との対照がある。地元の中学から進学校に進み、「いいとこ」の大学へ進んだ者が、地元の友達に感じるある種のやましさの感覚、それでいてなお同級生として触れ合うときのつかの間の親密感。

こうして「町」から「町の外」へのルートを意識してみると、杉戸から春日部へと移動する道は、すでに「私」を一段上の外の世界にいざなうルートである。そして、その方向のさらに先に東京が位置している。「杉戸から春日部へ」、「春日部から東京へ」。「北」から「南」へと移動する道（道路・鉄道）は、「私」をより広い世界へと連れていくのである。

6　謎解きと成長

ただし、学校というシステムに適応して上位の高校や大学に進んでいくということは、その人の成長を保証するものではない。むしろ苦もなく進学システムを乗り越えていくような「できのいい」子どもは、そこに強い葛藤を感じることなく育っていくので、勉強や進学自体が成長の糧になるような経験たりえない。「私」のような生徒は、特別な無理もせず真面目に学校に通っているうちに、地元の進学校に進み、大学に入れてしまう。そんな「優等生」からみれば、学校への適応は「当たり前」の現実であって、それを乗り越えたことに特別な意味が生まれない。先にみた中学の同級生との再会場面で、「凄いんだ」と言う伊原に、「凄くなんかないけど」と「私」は答えているが、これはおそらく謙遜の言葉ではなく、自分としては特別な努力をしないでここにいるという現実感を表している。

そうだとすると、そこにはまた別種の課題が浮上してくる。「私」のようなタイプは、どうやって「大人」になっていけばいいのだろうか。「円紫さんと私」シリーズは、この問いに答えようとする作品であるようにも思える。

実際に北村は、創元社の編集者から「小説を書きませんか」という話をもらったときのことを回想して、次のように記している。

もとよりわたしもミステリファンなのだから、謎解きへの執着はある。しかし、その王道ともいうべき連続殺人事件は書けそうになかった。舞台に登場すべき人物が見えてこなかったのである。

真っ先に浮かんだのは、「若い女性の一人称」という形式である。物語を綴るなら、それは大筋として、個人の抱える内面の葛藤、救いと新生、そして成長の話になるだろうと思った。[23]

「若い女性の一人称」による「内面の葛藤」「救いと新生」、そして「成長の物語」。そんな作品を書きたいと思ったのではなく、書くとすればそういうものになるだろうという見通しがあったのである。そうだとしても、きわめて自覚的に、「成長」という課題が「円紫さんと私」シリーズを導く一つの重要なコードとしてあったことがうかがえる。[24] 結果としてここには、連続殺人のような大仰な（そして、現実にはめったに起こらないような）大事件ではなく、日常生活のあちらこちらに生じそうな「小さな事件」に遭遇し、その「謎解き」をしながら「大人」になっていく物語が書き継がれていった。それは、フラットな「町」で穏やかな学校生活を送りながら育っていく娘が、どのようにして人間的に成熟していくのかを問う物語である。

このとき、「謎解き」と「成長」という二つの賭け金が、何ら齟齬を起こさずに、無理なくつながっているのが「円紫さんと私」シリーズの驚異的なところである。では、「謎解き」はどのようにして「成長」の物語になるのだろうか。

答えはさしあたり、ごくシンプルである。

それは、事件の謎を解くということが、人の心の深みを覗き見させるからである。

「町」を舞台にした物語、「赤頭巾」と「空飛ぶ馬」を例に引こう（以下、謎に対する答えにも言及します。ご注意ください）。

「赤頭巾」では、先の引用にみた「パンダとキリン」が並んでいる公園に、赤頭巾のような少女が現れては消えていくという「謎」をめぐる物語である。その真相を推理する円紫は、（「私」が敬愛していた）女性絵本作家と友人の夫との性愛の関係を読み解いてみせる。それはグリム童話の『赤頭巾』の内容と呼応しながら、きれいごとでは片づかない現実を生きる「女と男」の秘められた物語を浮上させる。

「空飛ぶ馬」では、これも先にみた《かど屋》の主が幼稚園に寄贈した馬の像が、一夜だけいなくなり、また翌朝にはもとの場所に戻っていたという「謎」が解かれる。円紫の推理によって描き出されるのは、酒屋の主人とその恋人とのあいだに生じた小さな思い違いと、そのために生じたすれ違いを埋めて恋人を悲しませないようにひそかに奔走する男の、こちらはハートウオーミングな物語である。

「――どうです、人間というのも捨てたものじゃないでしょう」（『空飛ぶ馬』三四六ページ）と、謎解きを語ってみせた円紫は言う。「解く、そして、解かれる。／解いてもらったのは謎だけではない。私の心の中でも何かが静かにやさしく解けた」（『空飛ぶ馬』三四七ページ）と「私」は心のなかで思う。その「何か」をひと言で表すことはできそうにない。しかし、「人間」が、(よくも悪くも)人間的な動機づけによって何事かをなそうとすると、それはときに、人目をはばかり、ひそかになされなければならない企てになる。その企ては、何事も起こらないかのようにみえる日常のなかに「謎」をうがち、それに気づいてしまった者を推理へと導く。だから、「謎」は思いのほか近いところに潜んでいるのだ。「私」は言う。

「日常生活即ち平穏無事なものと思い込んでいても、実は案外、どんなことでも私達のすぐ側にあるのかもしれないいね」

(『秋の花』一二七―一二八ページ)

その「謎」を解くことは、「謎」として現れざるをえない現実を生み出してしまった「人間」の心に出合うということである。「私」は「事件」に遭遇するたびに、解かれるべき「謎」としての人間に出会う。スフィンクスが差し出した問いさながらに、答えはいつも、最後には「人間」なのである。

とはいえ、「事件」とその「謎解き」の繰り返しのなかで「私」が獲得していくのは、人の心の奥底を読み解く力ではない。そうではなく、人は決して読み解ききることができない陰を抱え、それがときに「謎」を生み出してしまうという真実である。

その認識は、「円紫さんと私」シリーズの随所で反復的に語られている。

「秋の花」では、「私」の母校である高校の秋の学園祭の準備期間に起きた、ある生徒の転落死の真相をめぐって推理が展開される。その本題に入る前の場面で、川向こうの道を次々と歩いていく人がなぜその方向に進むのかを、「私」と「正ちゃん」が推理している。その謎は案外簡単に解けてしまうのだが、そのあとで、「私」は「まあ、何にしても、全部が全部見えちゃうなんてことの方が、世の中には少ないんだろうけどね」と語りかける。それに応えて「正ちゃん」は、「全部見えちゃったら、生きてなんかいけないよ」と受ける(『秋の花』三六ページ)。

「見えないもの」を抱えている存在としての人間。そこに諸作品を貫く基本的なモチーフがある。

7 「町」と「謎」、あるいは社交の形式としての郊外

ところで、右にみた二つの作品、「赤頭巾」と「空飛ぶ馬」で謎解きに挑んだ円紫は、「この間の《赤頭巾》のことに続いて、同じくあなたの町が舞台です。人が生き、人と触れ合う上での二つの出来事が、そこに順序よく示されているような気がします」（『空飛ぶ馬』三四一ページ）と「私」に語りかけている。

ここには、この二つの事件と「町」という舞台との有縁性が示唆されている。

では、二つの事件はどのような意味で「この町」の物語だといえるのだろうか。

事件として主題化されている出来事――女性ピアノ教師とその友人の夫との秘められた恋、あるいは遠く離れた恋人との行き違いを何とか埋め合わせようとする男の奔走――が、そのつつましさ、そのほどほどさかげんにおいて「中流的」だといえないこともない。しかしそれだけではまだ、「この町」の物語であることを積極的に語る必要もない。とすればむしろ、「町が舞台」であることの必然は、どこにでも起こりそうな出来事が「謎」として浮かび上がってしまう、その見え方にあるのではないだろうか。すべてが明らかになってしまえばごくありふれたものに思える人間の営みが、解き明かされるべき怪異な現象――「赤頭巾」の出現、空を飛ぶ「馬」――を引き起こす。それは、その人間の振る舞いとそれを目撃する者たちとの関係に依存している。言い換えれば、その人の行為が丸々すべて見えてしまうのでも、まったく閉ざされて見えないのでもない、いわば中範囲の公共性／私秘性が成立している空間。そこでは、人々は自分の振る舞いを人前にさらすのではなく、ひそかに事を進めようとしながら、すべてを秘匿しておくことはできない。そこでは、ほかの人々がその人の行動の断片や痕跡だけを目撃し、その全体像を瞬時に把握することができない。そのような条件のもとで、人々のありふれた

営みは「謎」として現出する。

この条件は、地域の社交の様式に依存して生まれる。

個人の生活の私秘性を基準に（いささか凡庸な）類型化をおこなうとすれば、一方の極には、人々の営みが相互に完全に可視的であるような共同体（濃密な協働を求める小規模の村落的共同体のイメージ）があり、その対極には、他者の私的な生活がまったく見えないか、それに対する徹底的な無関心を要求する、匿名的な大都市の社交様式が存在する。もちろん現実には、どのような地域でもこの理念型のあいだのいずれかのポイントで、互いの生活の可視性と不可視性の調整がなされているはずである。しかし、この両極の中間にあって中途半端な見え方を準備している場所があるとすれば、それはまさしくこの「町」のような「郊外の住宅地」ではないだろうか。一戸建てであれ集合住宅であれ、ひとまずそれぞれの世帯ごとのプライバシーは保たれている。しかし、近隣の人の顔も知らないという完全に疎遠な関係にあるのではなく、例えばなじみの商店とのパーソナルなつながりに代表される地域の縁も大事にされ、「お隣」同士で土産を交換する習慣もあり、学校には集団登校の慣習があり、同級生同士の関係を親や家族もまた共有している。こうした「中範囲の地縁的結び付き」は、互いの私生活を「半ば見え、半ば隠された」領域として現出させる。安易に立ち入ってはならないけれど、無関心ではいられない距離に「他者の生活」がある。人々の私的な欲望に基づく行為は、部分的にだけ公共化され、肝心の部分で私秘化される。そのような「ほどほどの距離」こそが郊外の社交形式を性格づけるのだが、それは同時に「謎」を遍在させ、「推理」への欲望を喚起するものだ。

だからこそ「謎」は、「連続殺人」のような大事件としてではなく、よくよく気を配ってみれば「私たちのすぐ側にある」ものとして、「日常」のなかにある。他者の行為が「謎」めいたものとしてみえるような関係の布置を、「私」が生まれ育った「町」はほどよく準備しているのである。

またそうだからこそ、「円紫さんと私」シリーズの推理は、謎を解明しこそすれ、事件を解決したり犯人に制裁を加えて（規範的）秩序を回復したりするにはいたらない。出来事は私生活の領域に、それぞれの生活者の内密の領域に起こっていて、「私」も「円紫さん」もそれに踏み入って裁きを下したり、広く人々の前で真相を披歴したりする権利をもたない。「私」は「謎解き」のたびに、立ち入ることができない他者の人生を目撃する。その真実は限られた仲間（「円紫さん」と「私」、ときには「正ちゃん」や「江美ちゃん」のような友達）だけに共有され、それぞれがひそかに受け止めるべき物語になる。

そのようにして「私」は他者の物語に敬意を払うすべを学んでいく。それが「私」にとっての成長の糧になるのである。

8　この平坦な「郊外の町」で大人になっていくこと

こうした郊外の町の社交様式を踏まえて、「謎」に触れ、「謎」を解こうとしながらも、解き明かしきれない他者の生に出合う姿を鮮明に描き出しているのが「山眠る」という作品である。

この作品では、（北村作品ではしばしばあることなのだが）筋立ての中心線をなす「謎」がなかなか登場しない。物語の前半では、卒業論文を提出した「私」が、出版社の見習いとして作家・田崎を訪ね、文学談義を交わしている。芥川龍之介の作品成立の謎から俳句論へと話題は移る。そして、「暗いもの危ういもの」をもっていた俳人に引かれてしまう「私」の「若さ」を田崎が戒めて対話は終わる。そのあと、「私」は自分の過去へと思いをすべらせ、「しばらくぶりに小学校のこと」を思い出す。そして、一人の同級生・本郷美紗の姿が頭に浮かぶ。特に美紗のことを思い起こしたのには訳があって、小学校の先生をしていた彼女の父親が、町の公民館で開かれている俳句の会で指導をしていたというエピソードがあったからである。その「本郷先生」は、「私」や美紗が卒業したあと、彼女たちの母校（小学校）の校長先生として赴任し、この年の春に定年を迎えようとしている。

解き明かすべき「謎」の主は、この「本郷先生」である。情報は二つの経路から伝わる。一つは、たまたま駅のホームで会った「小中学校を共にした男の子」――「鷹城君」――によって。「町」の本屋の息子である鷹城は、最近「本郷の親父さん」が店で「エロな本」を「いっぱい買い込む」（『朝霧』五七ページ）のだと話す。「私」はそれを聞いて「何かが崩れていく様を見た」ように感じる。

　無数の人が私の前を歩き、様々なことを教えてくれる。私は先を行く人を、敬し、愛したい。だが、人に知識を与え、経験を与える《時》は、同時に人を蝕むものでもあるのだろう。
　辛《つら》い。
（『朝霧』五八ページ）

もう一つは、母親の口から。「本郷先生」が「俳句のサークル」を辞めるという話。本郷は、一切筆を折り、この先はもう俳句作りをしないと宣言し、「これでおしまい」という句を披露したという。その最後の句。

　生涯に　十万の駄句　山眠る
（『朝霧』六五ページ）

なぜ、「昔からずっと打ち込んできた」俳句を、このときにやめようとするのか。そして、「堅物」といわれていた小学校の校長が、なぜ「エロな本」を大量に買い込んでいるのか。そこに解くべき「謎」が生まれる。
この話を「私」の口から聞いた円紫は即座に、「その本郷さんという方に、若い娘さんはいませんか？」と問う。そして、「本郷先生」には「私」と同じ歳の娘がいたこと、父娘が二人暮らしだったことを確認する。そして、本郷の書店での行動は、「ある写真を、町の人たちの目に触れさせたくない」と思ってのことではないかと推理をめぐらせる。
　それを受けて、「そんなことがあるだろうか？」と「私」は自問する。しかし、先立って想起していたように（『朝霧』四二―四三ページ）、「美紗ちゃん」は子どもの頃から勝ち気で、怒ると思い切った行動に出るところがあった。だから、彼女ならそういうこともやりかねないのだと、「私」は思うのである。

——そんなことがあるのだろうか。だが、お金とか、そういうことが目的ではなく、反抗の、抗議の手段としてならあるかもしれない。そう思えた。親子の間に何かがあったとしたら、美紗ちゃんがその気になったとしたら、二十数年、男手一つで育てて来た、真面目一方のお父さんにとって、これほど辛いしっぺ返しはないのではないか。

（『朝霧』七九ページ）

これで、推理の核心部分はすでに尽きている。ただし、父と娘のあいだに実際に何があったのか。それが、さらなる「謎」として残る。

このさらなる「謎」に対する答えを示唆する場面が、作品の最後に描かれる。

「私」は珍しく雪が降り積もった日に、「町」を流れる川のほとりで「本郷先生」に出会う。「本郷先生」は「美紗」と「私」が同じ幼稚園、小学校、中学校に通っていたことを確認したうえで、「同じ中学に、伊原という男の子がいたようだね」と問いかける（伊原は、『秋の花』に登場したオートバイの青年である）。「どんな子だったね」と先生は「私」に問う。「私」は「気のいい子です」と答える。しかし、先生は「そうかね」と言ったきり、「それ以上の話」にはならない。「伊原君と美紗ちゃんの間に」何かがあったこと。それが父親である本郷にとって何かしらの問題だったことだけがほのめかされる。現実に何があったのか、「先生がその時、どうしたのか」（『朝霧』九〇ページ）は語られない。

その場面で、「私」は思う。

総てが明かされ、解決するようなことはない。

（『朝霧』九一ページ）

この言葉は、推理小説の基本文法を自ら否定するようにもみえるし、同時に、推理小説というジャンルの基底に潜む普遍的な真理を語ろうとしているようにも思える。[25]

本章の文脈に引き寄せてみれば、この言葉は「町」での人と人のつながりの形を物語るものでもある。「伊原君」と「美紗ちゃん」はともに幼稚園から中学までの「私」の同級生である。その一方の父親の口から、二人のあいだに「何か」があったことがほのめかされる。「私」は、それがきっかけになって美紗が父親への反抗を試みたのではないか、その結果「町の人たちの目には触れさせたくない」写真が「本」に掲載されたのではないかと推理する。しかし、実際に何が起こったのかは明かされないし、「私」と「円紫さん」の推理が妥当だったかどうかも確認されない。そこに踏み込んでしまうことは、他者の私生活に侵入することになるからだ。

「私」は最後に、本郷の最後の俳句に絡めて、またその日の雪景色に重ね合わせて、「冬の山に雪が積もる」のは、「春になって、新しい草木が芽を出す」ためなのだという言葉をこの老教師に送る。彼が経験したであろう苦しみや痛みが、新しい何かを生み出すための準備なのだと語りかけている。「ありがとう」と言って本郷は去っていく。何一つ語られず、しかし何かが確実に伝わっていることを思わせるラストシーンである。

ともあれ、このようにして、すべてが見えるわけではない距離（関係性）のなかで、「町」の人々はそれぞれの生を営んでいる。推理小説の文法からすれば、「事件」をきっかけに普段ならば隠れたままの秘密が露見し、明かされていなかった物語がみえてくるはずである。ところが「山眠る」では、語られなかった物語には触れないまま、しかし確実に作品は閉じている。他者の私秘的な領域には踏み込まないという人間関係の礼節を保ったまま、しかし「何か」が起きて、人はその結果として生じた経験を乗り越えようとしていることが伝わる。すべてを「明かさない」まま、他者の生が了解されていく。その距離の感覚が、この作品を余韻に満ちたものにしている。

町の本屋で「エロな本」を買い集める小学校の校長。その苦境を思いやりながら、しかし、真相に踏み込むことはしない。踏み込むことなく、その人への思いを伝える。ここに、「私」の成熟がある。それは、この「町」

の緩やかな社交の形式のうえに可能になる、精いっぱいの関与である。このようにして、一つひとつの「謎」に出合いながら、「私」はこの平坦な郊外の町で成長していくのである。

9　「町」と「路」の関わり

ここまで「円紫さんと私」シリーズを、「郊外の町」の物語として、この「町」に暮らす者の「成長」の物語として読み進めてきた。これを踏まえながら視点を転じて、「町」と「路」の関係について、いま一度考察を加えておこう[26]。

作品中では、「路」が随所に描かれ、それは物語に関わる有縁性を有している。最も重要な意味をもっている場所は、古利根川沿いの河原の道である。

先にも触れたように、「私」の家はどうやら、杉戸町の県道三百七十三号堤根杉戸線と古利根川のあいだのエリアに位置している。「家」から川に出るルートについては、特徴的な記述がある。

> 工場の塀に沿って回ると、川に出る。風景が大きくなって気持ちがいい。朝の光で、まぶしい。
> 土手は冬枯れの草の筈だが、一面の雪に覆われている。わずかに、川に接する辺りの、ふんわりとした白い裾から、葉先の黄色くなった緑が顔を覗かせている。遠くの橋に近い辺りでは家鴨《あひる》が泳いでいることもあるが、今日は見えない。水量が減って大きな中洲が出来ている。勿論、そこも白だ。元気に走ったらしい犬の足跡が、そんなところに8の字を描いている。
> （『朝霧』八六ページ）

ここで言及しているのは、おそらく杉戸町清地三丁目の大日ゴムの工場である。

写真22　ゴム工場（埼玉県杉戸町清地）

写真23　ゴム工場裏手、古利根川沿いの道

この一帯に工場が林立しているわけではない。「ゴム工場」は、宅地化の波に取り残された「中洲」のように、そのいささか古びた（昭和レトロな）相貌を見せている。

そして、この道を進んで突き当たりはもう古利根川であり、その角を右に曲がると次のような光景になる。

この川沿いの道を、「私」は隣の市の図書館までしばしば自転車で走っていく。それは、自分の「町」には大きな図書館がないからである。

両側を市に挟まれているせいか、我が町には設備の整ったホールも、きちんとした図書館もない。だから私がよく行くのは隣の市の市立図書館なのだ。

三年間通った女子高のすぐ近くにある。新刊書も割合早く読めるし、明るく広くて入りやすい。何より高校生の間、帰り道にはそこによるのが生活の一部になっていたのだから、ごく自然に利用出来る。

（略）

春から秋まで、お天気のいい時には電車には乗らない。姉の買ったスポーツサイクルで、七キロの道を古《ふる》利根《とね》川沿いに風を切って行くのだ。身も心も軽くなって気持ちがいい。

（『夜の蟬』四四―四五ページ）

澄んだ空気の中、川沿いの小道を自転車で走り抜け、隣の市の図書館に向かう。

図書館は、デパートの側にある。だから土曜日曜には近隣からの買い物客で、辺り一帯が混雑している。渋滞している車を横目に見ては追い越し追い越し、人波をくぐり抜けて、駐輪場に自転車を入れる。ちょっと止め金具の緩んでいる鍵をカチリとかけてポケットに入れ、中に入った。

（『秋の花』五三ページ）

図書館は、本を読んで育つタイプの「私」にとって聖域である。そして、隣の市のそれは、「我が町」の施設では十分に満たされない知的欲求を満たしてくれる重要な場所でもある。したがって、市立図書館までの疾走は単なる物理的な移動ではなく、成長の物語の重要な一プロセスになる。

「円紫さんと私」シリーズでは、この古利根川沿いの道が、常にポジティブなイメージをもって語られている。オートバイに乗った「伊原君」と再会するのもこの河原の道だったし、「本郷先生」との出会いもここだった。「私」の成長の節目になる出来事は、しばしば古利根川沿いの土手の道で起こる。この道は、物語の要所を占める出来事が生まれる場所——時空間の結晶点としての〈クロノトポス〉——である。

この道に続いて国道四号線も、物語の舞台になる「町」の重要な構成要素として姿を見せている。例えば『秋の花』では、「私」の高校の後輩である「和泉さん」が「仲良し」だった「津田さん」との思い出を次のように語っている（それは、のちの物語の展開に重要な影響を及ぼす証言である）。

「……この春には、一緒に自転車で江戸川《えどがわ》まで行きました」

写真24　春日部市立図書館（埼玉県春日部市粕壁東）

写真25　古利根川沿いの道（埼玉県杉戸町清地）

「持久走やるところ?」

我が母校の生徒は、秋に江戸川に沿って往復十キロ走る。学校の周りでは、もう長距離走など出来ないのである。三年の秋の、私にとっては最後の大会でゴールインした時には、そのまま走り続けて草の上に横になり、青い空をぼんやり見上げながら《もう、こんなに走ることもないだろう》と思い、ひとつの時の終わりを感じたものである。

写真26　国道4号線沿いの郵便局（埼玉県杉戸町清地）

「……いいえ、病院のところで四号を渡って、そのまま真っすぐ行ったんです」

といわれても土地の人間にしか分からないはずだ。要するに、川は長い。持久走大会のコースよりは上流の、我が町の近くに行ったわけだ。それにしても、川まではかなりの距離である。

（『秋の花』一〇三ページ）

「病院のところで四号を渡って」「そのまま真っすぐ」「江戸川」まで自転車で行った、という語り。地元の人にしか通じない「土地勘」（空間地図）の共有を前提にした言葉遣いである。このとき、江戸川というもう一つの川筋を「かなりの距離」がある場所に流れるものとして措定し、その決して近くはないロケーションに向かっていくために横断しなければならない「境」の道として国道「四号」に言及している。「四号」を越えて「真っすぐ行」くということを、自分たちの生活圏を「抜け出していく」少し冒険的な営みとしてイメージしていることが

写真27　杉戸町内、旧・日光街道線沿いの風景（埼玉県杉戸町清地）

わかる。ここでは、国道四号線は（親密な生活圏である）「町」（ここでは春日部）とその外との境界をなす「道」として描かれる。

しかし、その国道四号線は「私」にとっての「我が町」（すなわち杉戸）にとっては、必ずしも生活圏の「縁」を走っているわけではないようだ。

前述のように、「赤頭巾」では、夜遅くに「私」が家を出て深夜営業の本屋にまで足を運んでいる。あるいは、「山眠る」では、子どもの頃の雪の日に「父と二人」で行ったことがある思い出の場所として、「国道沿い」の「郵便局」を思い起こしている。

> 郵便局は、国道沿いにあった。我が家は、広い道から離れた住宅地にある。行き来する車も少なく、その音に悩まされることもない。大型トラックが横を走り抜けることも、幸いにしてない。だが、国道の側では、そうはいかない。引っ切りなしに走り抜ける車の音がし、時々チェーンが路面をこするガシガシという硬い音が混じった。
>
> （『朝霧』八五ページ）

ここに語られているのは、前ページ（写真26）に示した杉戸町清地二丁目に所在する郵便局かもしれない。ロードサイドの深夜営業の本屋やビリヤード場が物語るように、国道沿いの風景もまた郊外型の開発に伴って変容している。しかし、重要なことはおそらく、国道四号線は、人々の生活の履歴のなかで蓄積されていくさまざまな記憶の痕跡をとどめているということである。

そして、現在の国道四号線がそのままそべて「旧・日光道中」の道筋をなぞっているわけではないのだが、かつての街道の面影も確実に沿道に残り、土地の歴史の累積の厚みを確かに物語るものになりえている。例えば、杉戸町内の写真27のような光景。

記憶の場所としての「道」＝「街道」。それぞれの時代の生活の痕跡をとどめる空間。そこに往来した人々の生きた時間を堆積させる「道」として、国道四号線は生きている。(27)

10　成長の条件としての「路」

古利根川と国道四号線。それらは、杉戸から春日部へ、さらには東京の方角へと続いていく路であることを再確認しておこう。この二つの路に導かれて、「私」は成長の軌道を描いていく。その路はただの移動経路ではなく、土地の歴史を刻み、住民たちそれぞれの物語の場所になってきた。そのようにして、過去から続き、未来へとつながる「線《ライン》」が、物語を支えている。

それは、この路沿いに形作られた「町」が濃密な記憶の共同性を保っているということではない。人々の物語は私秘的な空間のなかに閉ざされ、他者はその内部には容易に踏み入ることができない。しかしそれはしばしば破綻し、あふれ出す。その断片的な露出が、「謎」として見える。その謎を解くことは、秘められた他者の心に触れることであり、人を知るということである。その経験の積み重ねが、進学や就職といったライフステージの進展とは別の位相で「私」の成長を後押しする。

「路」は、ロードサイドの風景がそうであるように、時代とともにその相貌を変えながらも、地域空間に切れ込んだ断層として、覆い尽くされることがない過去の存在をほのめかし、人々にその想起を促す。そうした記憶の断片に触れ続けることが、この地域に生きる子どもの成長の条件を形作る。

その路沿いにかつてあったことのうえにいまの自分がいる。そして、自分のまなざしの先に続いていく路がある。その単純な事実。つまり、路上の存在であることを感じることができるかどうか。それは、私たちの生の成り立ちを大きく左右することなのかもしれない。

＊引用作品
北村薫『空飛ぶ馬』（創元推理文庫）、東京創元社、一九九四年
北村薫『夜の蟬』（創元推理文庫）、東京創元社、一九九六年
北村薫『秋の花』（創元推理文庫）、東京創元社、一九九七年
北村薫『六の宮の姫君』（創元推理文庫）、東京創元社、一九九九年
北村薫『朝霧』（創元推理文庫）、東京創元社、二〇〇四年

注
（1）日高昭二『利根川——場所の記憶』翰林書房、二〇二〇年、一六ページ
（2）ただし、それから二十年後の「私」を語り手とする続篇があり、新潮社から『太宰治の辞書』として二〇一五年に刊行されている。
（3）『空飛ぶ馬』：「織部の霊」で、「私」は十九歳。大学二年生の春である。「砂糖合戦」は、この年の七月。「胡桃の中の鳥」は同年の八月。「赤頭巾」は十月。「空飛ぶ馬」が十二月。この月に「私」は二十歳になる（一九八八年）。
『夜の蟬』：「朧夜の底」は翌年の三月。「六月の花嫁」は六月。「夜の蟬」は八月の出来事を語っている。「私」は大学二年生から三年生にかけて。二十歳である（一九八九年）。

『秋の花』：「私」が大学三年生の秋の出来事を語っている（一九八九年）。

『六の宮の姫君』：「私」は大学四年生になる。二十一歳。この年の五月から物語は始まる（一九九〇年）。

『朝霧』：「山眠る」の始まりは、大学四年生の十二月。「私」は卒論の提出を控えている。この月に二十二歳になる。

「走り来るもの」では、「私」は大学を卒業し、出版社に勤めている。最終話「朝霧」は、就職一年目の冬。「私」は二十三歳になる（一九九〇―九一年）。

各作品の時代設定は明示されているわけではない。しかし、作品中に現れるいくつかの手がかりから、『空飛ぶ馬』は一九八八年、『夜の蟬』は八九年のことだと推測できる。『空飛ぶ馬』で触れられる「ゴーガンの映画」（七九ページ）は、『黄金の肉体 ゴーギャンの夢』（監督：ヘニング・カールセン、一九八六年）と推測できる。日本での公開は、八八年。ボリショイ・ドラマ劇場の『アマデウス』（二六四ページ）の日本上演も八八年。『夜の蟬』で、最近文庫化されたという『北洋船団女ドクター航海記』（田村京子）が集英社文庫から刊行されたのは八九年三月。作品中で、「私」と「正ちゃん」と「江美ちゃん」が「ロードショウ」で見にいった映画『風の又三郎』（監督：伊藤俊也）の公開も八九年三月である。ここから、「私」が生まれたのは六八年十二月であることがわかる。「私」は、八七年四月に大学に入学し九一年三月に卒業したことになる。バブル経済がはじける直前の東京で、大学生活を過ごした世代である。
（４）北村薫自身が、主人公である「私」が住む町は「春日部界隈」だと語っている（『このミステリーがすごい！』編集部編『静かなる謎 北村薫』〔別冊宝島〕、宝島社、二〇〇四年、七〇ページ）
（５）『空飛ぶ馬』の文庫版解説で安藤昌彦は、北村薫は一連の作品を「私小説」として書いたとみている。「主人公。住んでいる町。家族。それを取りまく周囲の人々。細かな日常生活のディテール。単に作者の技術だけではない。確かな生活の実感がなければ、こうは書けない。作者が男であるか女であるかは問題ではない。まぎれもなく、ひとりの女子大生の私的な世界を描いているのである」（安藤昌彦「解説」、北村薫『空飛ぶ馬』〔創元推理文庫〕所収、東京創元社、一九九四年、三五〇―三五一ページ）
（６）本章では水路（川）と陸路（道）をあわせて「路」と表記する。
（７）杉戸町役場総務課・情報統計局編『平成27年度版 統計すぎと』杉戸町、二〇一六年、二ページ
（８）春日部市史編さん委員会『新編 図録 春日部の歴史』春日部市、二〇一六年、二ページ
（９）同書六ページ

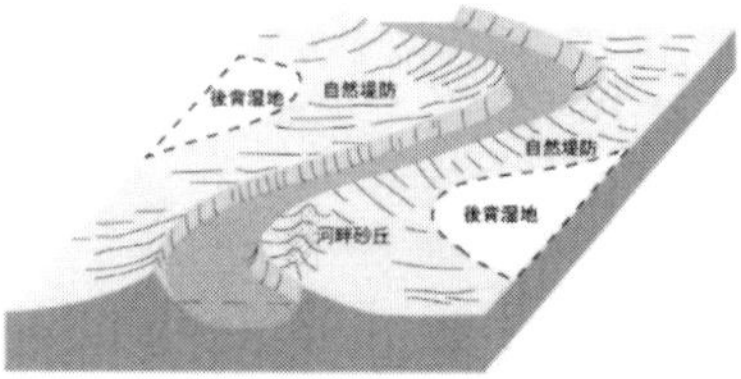

図16　中川低地の地形
洪水時に砂や泥を含んだ流水があふれ出て、河川沿いに堆積したものが自然堤防であり、その一段低いところには後背湿地が形成される。また、河畔砂丘は、自然堤防上に風によって運ばれた砂が堆積したものである
（出典：同書6ページ）

（10）「かすかべ」という土地の名がすでに「水」の記憶を呼び起こす。地名の由来には諸説あるようだが、「水に浸かった土地・カス」、あるいは「川のほとり・カワベ」などの地理的な条件を表す言葉から起こったともいわれる。春日部市郷土資料館（春日部市粕壁東）には、「水とのたたかい」と題した展示コーナーがあり、江戸時代・一七八三年の浅間山噴火と火山灰の堆積による水害の頻発、一九一〇年の豪雨による河川の決壊、四七年のカスリーン台風による利根川堤防の決壊など、「水」の脅威にまつわる出来事の記録を示している。また市域のいたるところには「水塚」（洪水の際の避難場所）が築かれていたことなども紹介している。

（11）前掲『新編 図録 春日部の歴史』六〇ページ

（12）同書六〇ページ

（13）「杉戸宿」は、「元和二年（一六一六年）に日光道中の人馬継ぎ立て宿場として命じられ、上町、中町、下町が出来た」と考えられている。「杉戸宿の町場は、北側から九軒茶屋、横町、河原町、上町、中町、下町、新町から成り立って」いる。さらに「清地村の町場」も杉戸宿に連続していて、事実上「一体的な町並み」を形成していた。一八四三年の「宿村大概帳」には、「杉戸宿の長さ十六町五十五間、道幅五間、家数三百六十五軒、人数千六百六十三人、本陣一軒、脇本陣二軒、旅籠屋四十六軒（大四軒、中七軒、小三十五軒）」とある。中町に本陣と脇本陣（二軒）、上町に高札場、下町に問屋場があり、「上町から下町が宿場の中心であった」ことがわかる（宮代町郷土資料館『平成24年度 特別展――杉戸宿と百間領の村々』宮代町教育委員会、二〇一二年、三ページ）。

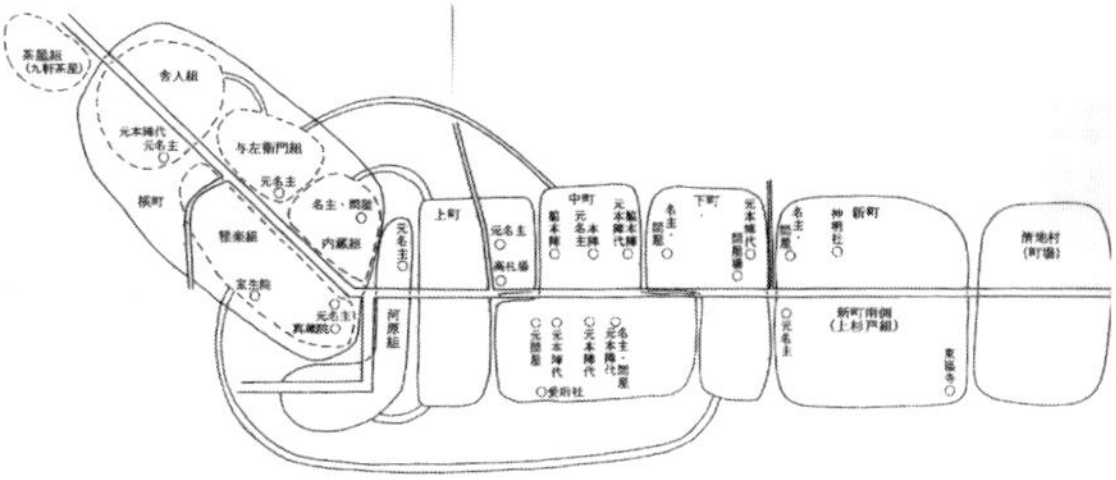

図17　杉戸宿の構成図
（出典：同書3ページ）

（14）前掲『新編 図録 春日部の歴史』一〇〇ページ

（15）『太宰治の辞書』のなかに、一カ所だけ「私」が生まれ育った「町」についての言及がある。そこでは、次のように記している。「埼玉も、東部の町にいた。／南に行くなら東京神奈川、北に行くなら東北本線沿いになる。東西には、ほとんど動かない」（北村薫『太宰治の辞書』〔創元推理文庫〕、東京創元社、二〇一七年、一九五ページ）。これは、春日部・杉戸の人が遠距離の移動のイメージを語る言葉である。「北」への移動は「東北本線」に乗るものであるらしい。そして「東西には」あまり「動かない」のである。

（16）前掲『新編 図録 春日部の歴史』二六四ページ

（17）現在の春日部市は、二〇〇五年に旧・春日部市（春日部地区）と庄和町（庄和地区）が合併して一自治体を構成している。このうち、春日部地区をみると、一九六〇年頃から人口の増加が始まり、六〇年に三万四千二百八十人、六五年に四万二千四百六十人だったものが、七〇年には倍増して八万四千九百十八人、二〇〇〇年には二十万三千三百七十五人にまでいたっている（同書二六八ページ）。

（18）同書二六八ページ

（19）「業務核都市」とは、「東京圏における住宅問題、職住遠隔化等の大都市問題の解決を図るために、東京都区部以外の地域で相当程度広範囲の地域の中心となるべき都市」として指定されたものである。業務核都市は、「業務機能をはじめとした諸機能の集積の核として重点的に育成整備」がおこなわれ、「東京都区部への一極依存型構造をバランスのとれた地域構造に改善していく」ことが期待された。この考え方は、一九八六年六月に決定された首都圏基本計画（第四次）に示され、八八年に制定された多極分散型国土形成推進法で業務核都市制度が定められた（国土交通省ウェブサイト「業務核都市／国土交通省」〔https://www.mlit.go.jp/crd/daisei/gyoumukaku/index.html〕［二〇二一年七月十七日アクセス］を参照）。第四次首都圏基本計画で位置づけられたのは、横浜、川崎、厚木、八王子、立川、青梅、熊谷、深谷、浦和、大宮、土浦、つくば、牛久、成田、千葉ニュータウン、千葉、木更津である。その後、第五次首都圏基本計画（一九九九年）では、多摩地域（八王子・立川を含む）、町田、相模原、川越、春日部、越谷、柏が、これに指定されている。国道十六号線沿道の都市がこれに数多く含まれる。国道十六号線エリアは、国土交通省が首都圏の分散型ネットワークを形成するうえで、中核になるべき周辺的都市が点在する場所だったといえるだろう。しかし現在、業務核都市のうち、青梅、深谷、熊谷、春日部では、人口の増減率がマイナスに転じている。業務核都市制度の思惑に反して、都心回帰の流れに押され、「一極集中」的な構造が高まっていることのしるしと考えていいだろう。春日部の人口減少は、分散型ネットワーク構想の破綻を例示するものである。

（20）かすかべ未来研究所「人口増加策の必要性と具体策についての調査研究――人口動態からみた春日部市の取り組むべき施策の提案について」二〇一三年（https://www.city.kasukabe.lg.jp/shisei/miraikenkyu/miraikenkyu_h24.files/jinkou-zoukasaku.pdf）［二〇二一年七月十七日アクセス］、中村哲也／丸山敦史「業務核都市の自然及び都市景観に

関する市民評価――埼玉県春日部市を事例として」「共栄大学研究論集」第十四号、共栄大学、二〇一六年

(21) 杉戸町の国道四号線沿い（写真28）。おそらくここに記述してある風景に対応している場所には、現在TSUTAYAが店舗を構えている。

写真28　杉戸町内、国道4号線沿いの風景。ロードサイドの「書店」（埼玉県杉戸町清地）

(22) とはいえ、各作品の細部に埋め込まれた情報からは、おぼろげながらこの家族のプロフィルが浮かび上がってくる。「山眠る」からは、父の祖父は神奈川で医者をやっていたことがわかる。戯作版のグリム童話を刊行するような趣味人だった。また、母方の祖父は教員で几帳面な性格だったとされる（『朝霧』四八―四九ページ）。文化資本を継承する、中産階級の家庭であることがわかる。

(23) 北村薫「馬が飛ぶまで」『読まずにはいられない――北村薫のエッセイ』新潮社、二〇一二年、二六九ページ

(24) 成長という主題の所在は、作品中にもしばしば、ときに婉曲化して示唆されている。例えば「山眠る」では、大学の卒業を控えて、「私」と「正ちゃん」と「江美ちゃん」が思い出話に興じている。以下はそのなかの一節である。

あの、今となっては近いようで遠い日、私は――何と十八歳だったのだ。

「髪が短くって男の子みたいだったわね」

「成長したでしょう」

「髪がね」

と、いったのは正ちゃん。私はかまわず、

「でも一番ドラマチックに変化したのは、やっぱり江美ちゃんね。何といっても奥さんになっちゃったんだもの」

(『朝霧』一七ページ)

(25) 探偵小説では、物語は謎の提示に始まり、その謎を解くことによって閉じられる。この円環を律義に反復しながら、探偵は遂に「本当の意味での解決」にいたることはない。「私たちは、答えのない問いの裂け目の前にとどまり続ける」。探偵小説に内在する逆説をこのように指摘したのはジャック・デュボアである(前掲『探偵小説あるいはモデルニテ』三〇四ページ)。

(26) 本章は、塚田修一/西田善行編著『国道16号線スタディーズ――二〇〇〇年代の郊外とロードサイドを読む』(青弓社、二〇一八年)に所収した拙論「不在の場所――春日部にみる「町」と「道」のつながり/つながらなさ」との対で成立しているものである。先の小論では、国道十六号線が「町」とのつながりを形作りきれずに、「町」のなかに存在せず、「町」の住人が現れない「不在の場所」になっていることを指摘した。それを傍証するかのように、北村薫の「円紫さんと私」シリーズは国道十六号線を一度も明示的には描き出さない。主人公である「私」が杉戸から春日部へと移動していくなかで、明らかにこの道を横断しているにもかかわらず、である。こうした町と道との無縁性を一方に置いてみたとき、「私」の成長を語る物語のなかの国道四号線(日光街道)や古利根川の有縁性は際立って意味を帯びて浮かび上がるように思われる。地域の歴史に関する本章の記述の一部が、前の論の一部を反復していることをお断りしておきたい。

(27) これに対して、国道十六号線は「記憶なき道」である。ただ移動するだけの、通過するだけの「道」。それは、出来事の痕跡を残さない。何度通り過ぎても、その場所にかつて営まれていた生活の記憶を呼び起こさない。国道十六号線はその意味でも、この「町」の物語に対して「無縁の道」である。もちろん、国道十六号線に生きる人々のあいだでは、この道に結び付いた記憶が蓄積されていくのだろう。それがどのような物語に結実するのか。これはまた別の探求の主題である。

［付記］文中に挿入した写真はすべて筆者撮影（二〇一六年七月―二一年三月）。

終章　記憶の場所としての郊外

その土地に驚かされることがないうちは、まだまだ界隈をよく知っているとはいえない。
レベッカ・ソルニット『ウォークス――歩くことの精神史』(1)

最後に少し個人的な事柄を記すことをお許し願いたい。

筆者が、東京都区内にあった両親の家を離れて多摩川を越えたところに見つけた古い木造アパートに暮らし始めたのは二十四歳のときだった。以来、三十五年近く、短い留学期間を除けばずっとこの都市の周縁地域に住居を求めてきた。加えて、東京の西郊に立地する大学に職を得たこともあって、私は人生のかなりの部分を「郊外の人間」として過ごしてきた。しかし、職住の拠点になる地元の空間に積極的な関心を向けるようになるまでには、かなり長い時間が必要だった。

それは、若い頃の私の目が都心にばかり向いていたからだ。

一九七〇年代から八〇年代にかけて、高校・大学生活を東京で過ごした（高校は神奈川県横浜市にあったが、遊びにいくのは都心の方角だった）。当時、都市空間の配置と強く結び付いて構成されていた「消費社会」の感性を、私（たち）は強く内面化・身体化してきた。端的にいえば、文化は都市の中心から周辺へと拡散していくものであり、新しいもの、先鋭なものはいつも東京のどこかの場所に生まれ、卓越性の獲得（ディスタンクシオン）のためにはその空間へのアクセスが必要だと思っていたのだ。ファッションにしても食文化にしても映画や演劇や美術にしても、「いま」の動きをつかむためには「街」に出かけなければならなかったし、それぞれの先端を求めて歩き回るのは楽しかった。発信源になるスポットを微妙に移し替えながら、都市の内部に記号的な差異を再生産していく資本の運動にまんまと絡め取られて、「街」のなかに「新しいもの」を追いかけ続けるミーハーな身体を獲得して生きてきた。

そんな私にとって、居住の場所として選んだ郊外の風景は平板で退屈なものだった。都市の周辺にだらだらと広がっていく空間を、文化的消費の場として「貧しい」ものとみる感性が私自身の内にあった。だから、そこに住み、働いていながら、地域にほとんど目を向けることができなかったのである。

変化は遅れてやってきた。個人史的には四十代に入ってから、いまも勤めている大学にしばらくは世話になるだろうという見通しが立ち、ならばここに腰を据えていこうかという構えがようやく生まれたことが一つの要因だったと思う。しかし、同時にそれは、文化状況全体の変化に促されてのことでもあった。都市の中心―周縁の構造にリンクして絶えざる卓越化のゲームを展開してきた記号消費社会の推進力が低下し、情報環境のドラスティックな変化とともに、無数の「島宇宙」(2)が横並び的に点在する「フラット」な空間が広がる時代に移り変わってきた。それは、具体的にいえば、郊外型の量販店やショッピングモール、「ファスト風土」(3)と揶揄されたロードサイドの消費空間を、「貧しい」ものとしてではなく、「それなりに楽しい」ものとして受け止める感性を育んできたということである。郊外のキャンパスに通ってくる学生たちの都心志向の低下ぶり――「渋谷とか疲れるだけじゃないですか」――は、私にはちょっと目新しい感じがした。そんななかで、都心と郊外の境目が次第に曖昧になり、少なくとも「中心の優位」が実感されにくくなってきた。さて、ではこの平板に広がる空間のなかで、私はどんな楽しみを見いだせばいいのか。そんな戸惑いが、郊外への関心を呼び起こしたように思える。

転換を促す具体的なきっかけもあった。

二〇一三年、勤務する大学のキャンパスで、あるシンポジウムに参加する機会を得た。それは、法政大学多摩キャンパスに多摩地域交流センターが開設されたことを受けて、「自由なる民の言の葉」というタイトルで開かれたもので、第一部では三浦しをんを招いて藤沢周との対談（トークショー）がなされ、第二部では、田中優子（法政大学）、石原正康（幻冬舎）、山端穂（町田文学館ことばらんど）の各氏と並んで、私が報告をした。[4] そのとき、話題として取り上げたのが三浦しをんや多和田葉子の作品で、これが本書の第1章「記憶の説話的媒介――多和田葉子『犬婿入り』と三浦しをん『むかしのはなし』を読む」と第2章「越境の場所――『犬婿入り』の「町」を歩く」のベースになっている。地域を物語の場所として捉え、郊外の記憶に出合うメディアとして文学作品を用いるという発想はここに端を発している。私としては、文学をあいだに噛ませないと足元の土地にどうやって目を向けていいのかもわからない、というのが実情だったかもしれない。

ともあれ、小説のテクストを手がかりに土地の記憶を探し歩くという試みは、二〇一〇年代になってようやく、私の研究活動の一端をなすようになった。いまから振り返ってみると、それにはもう一つの背景文脈があったように思う。筆者は、一九九〇年代の末から沖縄の文学に関心をもち、研究会のメンバーとともに作品を読み、その舞台を訪ね、作家や詩人たちにインタビューを重ねるという作業をしてきた。そこで強く印象づけられたのは、文学と土地の記憶との濃密な関係性である。目取真俊、大城貞俊、あるいは崎山多美といった作家たちの営みは、それぞれに形を異にしながらも、場所に根ざす記憶とのつながりのうえに成立していて、しばしば、その地に眠る（または、眠りきれない）者たちの声を汲み上げるようにして書かれている。そうした過去の痕跡が生活世界のなかに遍在していて、死者たちとのつながりを考慮することなしにはそれぞれのテクストを読むことができない。その記憶の密度に、いささか圧倒されるところがある。

その経験は、翻って、私自身が生きている場所での過去との関係の希薄さを思わせることになる。私の場合、家族（例えば、祖父母）の生活の履歴さえよく理解していない。ましてや、自分が住んでいる地域にかつて誰が住み、どんな出来事があったのかなど、考えることも感じ取ることもなかった。その意味で、記憶喪失の状態を生きてきた。そして、この過去からの断絶は、私（たち）の生の成り立ち方――ある意味での「貧しさ」――を何かしら決定づけているのではないか。もちろん、かの土地に宿るものは必ずしも豊かな伝統ばかりではないだろう。しかし、たとえそれが災厄の記憶であるとしても、生活世界の履歴を受け止め、その時間的な連続（もしくは不連続）を生きる人々がいる。それに引き換え私は、自分自身の生活をつなぎとめる係留点をもたずに生きている。「まえがき」でも述べたように、この欠損の感覚が土地の記憶の再発見に向かうささやかな試みの起点になっている。

では、私はこの記憶実践を通じて、どのような時空間を見いだしたのだろうか。

まず、文学作品に媒介されて浮かび上がる記憶が、実に多様な時間の層に及んでいるということ。ときにそれは、十数万年の広がりのなかで、土地が隆起し、火山灰が積もり、それを河川が削って造形していくという、長い時間の物語を呼び覚ます（長野まゆみ『野川』）。あるいは、近世までの農村的な生活圏に近代化以降の都市的な居住様式が重ねられ、異質な空間のあいだに断層と亀裂を形作り、説話によって媒介された古い記憶がその隙間に立ち上がる（三浦しをん『むかしのはなし』、多和田葉子『犬婿入り』）。かと思えば、戦時に空襲を逃れるために人々が歩いた道筋が川の流れとともに呼び起こされ、死者たちの声が聞こえてくる（古井由吉『野川』）。さらには、高度経済成長期以降の郊外に生まれ育った世代が、土地との結び付きのなかでそれぞれの生活史を育んでいる（三浦しをん「まほろ駅前」シリーズ、北村薫「円紫さんと私」シリーズ）。郊外の記憶は、異質な時間のレイヤーに沿って広がりをみせ、それとのつながりから「現在」という時の多様な相貌を浮かび上がらせる。平板に見えていた空間の奥行き、あるいは凹凸を、私たちはこの時間的な位相で再発見することができる。いま私たちが暮らしている町は、思いのほか多層的な時の流れと積み重なり、あるいはその滞留や伏流のうえに成り立っているのである。

ただし、その時間をこの町に暮らす住人たちが共有し、高い密度をもった記憶の共同体を構成しうるわけではない。私たちがそこに触れうる過去は、微細な手がかりをたどりながら探索するところにはじめて浮かび上がる。

それは地域のなかに散在しながら、それとして特定されることがないままに投げ出されている。言い換えれば、郊外空間は膨大な記憶の痕跡を集積させながら、その重層性を覆い隠すかのように組織されている。

だが、そこに目を凝らしてみれば、過去はいたるところに露呈している。住宅地のなかを、あるいはその外れを歩いてみると、随所に亀裂や断層が走っていることがわかる。どれほど宅地の造成がおこなわれても、その土地を造形してきた水の流れを覆い尽くすことはできない。記憶は川辺に露出し、湧き水とともに地表に溢れ出る。そうでなくとも、郊外地域の開発は虫食い状に展開されてきたものであり、いたるところに空白を取り残している。加えて近年では、経済の停滞と人口の減少によって都市圏の拡張が頭打ちになり、資本の都心回帰が進んでいる。[5] 過去の生活の履歴を覆い隠すように設計されてきた郊外住宅地の建設は、実に中途半端に、場当たり的に進行している。だから、そこには隙間もあれば取りこぼしもある。「記憶なき郊外」の典型にみえたニュータウンはそれ自体が老朽化し、よくも悪くも時の流れを景観上に露出している。そこに立ち止まって、その地形や建物の由来に想像をめぐらせてみれば、隠し込まれていたいくつもの時の流れ、あるいはその堆積を感受することができる。だがそれは、その気になってこの場所を歩いてみる者の前にだけ、ひそかに開かれてくる時空間であり、決して住民全体を包摂する集合的記憶を構成するものではない。

郊外の記憶はちらちらと垣間見られるものとしてある。そして、その途絶えがちな過去とのつながりを想像する作業が、おそらくは新しい物語を生み出す。その可能性は少なくとも、郊外住人としての私たちの前に広がっている。その手がかりを探して、私はこれからも町（あるいは町外れ）をうろうろと歩き回るつもりである。

注

（1）前掲『ウォークス』二四ページ

（2）宮台真司『制服少女達の選択』講談社、一九九四年

（3）三浦展『ファスト風土化する日本――郊外化とその病理』（新書y）、洋泉社、二〇〇四年

（4）シンポジウムの記録は、『法政大学多摩地域交流センター年報2013「地域交流DAYS」記録集』（法政大学多摩地域交流センター、二〇一四年）にある。報告の機会をくださった藤沢周先生と保井美樹先生に感謝を申し上げたい。

（5）バブル経済崩壊後の低成長の時代に「世界都市」東京への不動産投資を刺激する政策が展開されたことによって、住宅市場は「東京／それ以外」で差異化されるとともに、東京では「ホットスポット／コールドスポット」の分裂が生じた。「都心とベイエリアのホットスポット」では「大規模な再開発が進む」一方で、「都市縁辺または郊外では、住宅市場が停滞したままコールドスポットが形成された」。そこでは、「人口・世帯が減少し、空き家が増大した」のである（平山洋介『マイホームの彼方に――住宅政策の戦後史をどう読むか』筑摩書房、二〇二〇年、二三八―二四二ページ）。その後、新型コロナウイルスの感染拡大によってリモートワーク化が進み、都心居住の利便性が低下し、地方や郊外に家を求める人が増えているともいわれるが、この現象が郊外開発の全面的な再活性化につながるとは考えにくい。散発的に資本が投入されていく「郊外のホットスポット」にどのような風景が形成されていくのか。社会学的に興味深いものがある。

あとがき

郊外という文脈を意識しながら、町を歩くことを始めたのは二〇一三年のことだった。本書には、そこから現在までに書き継いできたいくつかの論考（実践記録）を収めた。初出は以下のとおりである。

序章・第1章「土地の記憶と物語の力――「郊外」の文学社会学のために（1）」、法政大学社会学部学会編「社会志林」第六十一巻第三号、法政大学社会学部学会、二〇一四年

第2章「土地の記憶と物語の力――「郊外」の文学社会学のために（2）」、法政大学社会学部学会編「社会志林」第六十二巻第一号、法政大学社会学部学会、二〇一五年

第3章「「町田」と「まほろ」のあいだ――「郊外」の文学社会学のために（3）」、法政大学社会学部学会編「社会志林」第六十二巻第二号、法政大学社会学部学会、二〇一五年、「「町田」と「まほろ」のあいだ――「郊外」の文学社会学のために（4）」、法政大学社会学部学会編「社会志林」第六十二巻第三号、法政大学社会学部学会、二〇一五年

第4章「野川を遡る――「郊外」の文学社会学のために（5）」、法政大学社会学部学会編「社会志林」第六十三巻第一号、法政大学社会学部学会、二〇一六年

第5章「野川を遡る――「郊外」の文学社会学のために（6）」、法政大学社会学部学会編「社会志林」第六十三巻第二号、法政大学社会学部学会、二〇一六年

第6章「第5回　杉戸から春日部へ――北村薫「円紫さんと私」シリーズの「町」と不在の国道16号線」「国道

16号線スタディーズ」二〇一七年三月二十七日（https://yomimono.seikyusha.co.jp/kokudou16gou/kokudou16gou_06.html）をもとに加筆。

各章で中心的に取り上げた作品の刊行年は、一九九〇年代から二〇一〇年代にまで広がっているが、実際に町を訪ねてみるという作業は、すべて一三年以降のもので、実質的には「二〇一〇年代の郊外空間論」という性格をもっているように思う。そして、そのような目線で振り返ってみれば、これは、一一年の東日本大震災と原発事故のあとで、自分たちが暮らす地域とのつながりを問い直そうとする流れのなかから生まれたものでもあるのだろう。私は被災地、あるいは福島の現実にコミットして何かをおこなってきたわけではないのだが、それでもこの十年間の研究活動にはさまざまな形で「三・一一」の経験が影響を与えている。その文脈に対して何の貢献もなしえていないが、個人的には、あの日の出来事が余波として生み落としたものとして本書はある。

では、二〇二〇年に始まった新型コロナウイルスの感染拡大という文脈の変化に、ここでの論述はどれだけもちこたえることができるだろうか。時代的な連続性がどこかで断ち切られていく感覚があるなかで、一〇年代の仕事をまとめることにどんな意味があるのか。そこにはぬぐいがたい不安がある。長い時間の巣ごもり生活、ステイホームを強いられたこの一年間で、例えば、居住の場所と労働の場所との関係には多少なりとも変化が生まれているのだろう。リモートでのコミュニケーション機会が増えていくなかで、「場所」と「生活」とのつながりはかなりの変質を被っているはずだ。その変化の内実を十分に見通すだけの準備はまだできていない。しかし、だからこそ、過去の参照点が必要になるのかもしれない。

二〇一〇年代に地域とのつながりを再発見しようとしていた私自身の試みが、この先にどんな意味をもって振り返られることになるのか。それは時代の変化のなかに埋め込まれた個人史的な履歴の効果を考えるうえでも、興味深いことである。そのような期待も込めて、いま本書を刊行できることを喜びたいと思う。

刊行にあたっては、『国道16号線スタディーズ――二〇〇〇年代の郊外とロードサイドを読む』（塚田修一・西田善行編著、青弓社、二〇一八年）に引き続き、青弓社の矢野未知生さんにお世話になった。構想段階での報告にコメントを寄せてくれた〈自己・表象〉研究会のメンバーにも、感謝の言葉を述べたい。

ありがとうございました。

二〇二一年七月

鈴木智之

［著者略歴］
鈴木智之（すずき ともゆき）
1962年、東京都生まれ
法政大学社会学部教授
専攻は理論社会学、文化社会学
著書に『村上春樹と物語の条件――『ノルウェイの森』から『ねじまき鳥クロニクル』へ』『「心の闇」と動機の語彙――犯罪報道の一九九〇年代』『顔の剝奪――文学から〈他者のあやうさ〉を読む』（いずれも青弓社）、『眼の奥に突き立てられた言葉の銛――目取真俊の〈文学〉と沖縄戦の記憶』（晶文社）、訳書にアーサー・W・フランク『傷ついた物語の語り手――身体・病い・倫理』（ゆみる出版）など

郊外《こうがい》の記憶《きおく》　文学とともに東京の縁を歩く

発行――2021年9月7日　第1刷
定価――3000円＋税
著者――鈴木智之
発行者――矢野恵二
発行所――株式会社青弓社
〒162-0801 東京都新宿区山吹町337
電話 03-3268-0381（代）
http://www.seikyusha.co.jp
印刷所――三松堂
製本所――三松堂

ISBN978-4-7872-3495-7　C0036